KB038762

이야기를 창조하는
캐릭터의 탄생

이야기를 창조하는
캐릭터의 탄생

빅토리아 린 슈미트 지음
남길영 옮김

45 MASTER CHARACTERS

창작자를 위한 캐릭터 유형 45

바다출판사

차례

4부 13가지 조연 캐릭터

5부 캐릭터로 살아가기

이 책은 세상의 모든 이야기에 등장하는 인물들의 캐릭터를 나누고 그들의 특성을 보여 주고자 쓴 책이다. 캐릭터의 기본 개념을 이해하고 나면, 그 인물들이 이야기 속에서 어떻게 살아가는지 알 수 있을 것이다. 잘 만들어진 캐릭터는 이야기를 처음부터 끝까지 일관성 있게 유지시켜 나갈 수 있는 토대가 될 것이며, 이야기에 생명을 불어넣고 활력을 줄 것이다.

이 책에 소개된 캐릭터의 유형들은 그동안 내가 글을 쓰기 위해 읽었던 모든 책과 영화 시나리오에서 만날 수 있었던 사람들의 모습이다. 그리고 이들은 이야기에만 머물지 않고 우리가 인생을 살면서 만날 수 있는 모든 사람들의 모습이기도 하다.

사실 나는 글을 쓰는 기술적 원칙이라는 부담에 짓눌려 본 경험을 가진 세상의 모든 작가들을 위해 이 책을 썼다. 이 책에 소개된 이론과 정보들은 작가들에게 글쓰기를 둘러싸고 있는 구조, 형식, 규칙 같은 복잡한 미로 속을 벗어날 수 있는 출구를 알려줄 것이다.

많은 작가들은 이야기를 풀어 놓기 위해 책상 앞에 앉았을 때, 종종 번뜩이는 아이디어로 활력이 솟고 열정이 넘쳐나는 자신과 마주하기도 한다. 섬광처럼 떠오르는 영감은 작가를 하얀 여백의 종이 앞으로 이끌고, 작가는 자신의 마음속에서 근사한 이야기라고 느껴지는 것을 열정적으로 거침없이 쏟아붓게 된다.

그러다가 결국 어느 지점에서 갑자기 자신이 풀어가고 있는 이야기가 정말 근사한 것인지 의문을 품게 된다. 가령, '이런 책을 읽고 싶어 하는 사람이 있을까?' 등의 질문을 던지게 되는 것이다. 그리고 정작 자신이 쓰고 있는 글이 어디를 향해 가고 있는지를 알지 못하기 때문에 베스트셀러 목록에 올라 있는 다른 책들의 이야기와 비교하기 시작한다. 곧 글의 윤곽이 한참 드러나고 등장인물들의 변화가 시작될 즈음에, 작가는 갑자기 이야기를 포기한 채 새로운 아이디어로 옮아 가고, 결국은 기존의 행태를 반복적으로 답습하고 만다. 그러면 어떤 일이 벌어지겠는가? 처음에 작가로 하여금 아무것도 없는 백지를 마주하고도 겁 없이 술술 써내려 가게 만들었던 그 창조적인 활기와 번득이는 영감은 사라지고, 구조나 줄거리라는 틀에 묶여 옴짝달싹도 못하게 된다.

나는 또한 이야기 속에서 수많은 남녀 캐릭터가 나서게 될 삶의 여정도 함께 실었다. 이와 같은 여정은 글을 쓰거나 이야기를 만들 때 처음의 열정을 유지시켜 나가는 데 도움을 줄 것이며, 아홉 단계로 나눈 줄거리를 통해 이야기의 방향을 쉽게 그려 갈 수 있을 것이다. 일단 글을 쓰려고 자리를 잡고 앉게 되면 작가는 자신의 이야기가 어디로 흘러가는지에 관한 걱정은 묶어둔 채, 쉼 없이 글을 써 내려갈 수 있을 것이다.

이 책은 세상 모든 캐릭터들의 특징과 그들의 여정을 담고 있는

이야기를 창조하는 캐릭터의 탄생

나의 여정이다. 이 책이 우리 주변의 사람들을 관찰하고, 그들을 모델 삼아 이야기를 창조하는 데 도움이 되길 바란다. 넘치는 영감과 열정으로 독자 여러분이 멋진 글들을 써가길 기원한다.

1부

캐릭터를 보다

캐릭터란
무엇인가

전형: 보편적인 모델로 고려되는 이미지, 이상적인 인물, 또는 유형.
"전형은 신화, 문학 그리고 예술에서 찾아볼 수 있으며, 문화적 장벽을 초월하여 주로 무
의식적으로 생성되는 이미지 형상들이다."
                                                              ─엔카르타

이야기를 창조할 때 왜 캐릭터를 정확하게 구축하는 것이 중요할까?
내 경험을 통해서 보자면, 거의 모든 작가들은 이야기를 만들어 나가
다 어느 순간 막막한 상황에 직면하게 된다. 멋진 아이디어를 바탕으
로 여러 날에 걸쳐 윤곽을 잡고, 처음 30페이지까지는 막힘없이 줄
줄 써내려 간다. 그러고는 갑자기 어떤 일이 벌어진다. 열정은 사그
라지고 점점 빈 페이지를 채워 나가기가 힘들어진다. 글 쓰는 탄력이
점차 떨어지는 시점을 맞이하는 것이다. 그리고 이내 자신에게 물음
을 던진다. "이야기가 너무 작위적이었나? 다른 이야기를 만들어야
하나?"

이야기를 그렇게 쉽게 포기해서는 안 된다. 슬럼프에 빠진 작가에게 그래도 한 가닥 희망은 있다. 그것은 대개 글이 막히는 것은 이야기 자체에서 오는 문제라기보다는 그 등장인물로 인한 것이 대부분이기 때문이다. 만약 등장인물을 끌고 나갈 추진력이 바닥을 드러내게 된다면 어떻게 전체 글이 전개되겠는가? 만약 당신이 정형화된 도서관 사서에 관한 캐릭터를 떠올린다면 당신은 그 인물에 대하여 지극히 보편적인 생각만을 갖게 된다. 그러면 사서인 그녀 자신의 심리적 욕구, 인생의 목표나 내적 두려움은 알 수가 없다. 그녀가 그저 정형화된 도서관 사서이거나 혹은 작가의 머릿속에 특별한 아이디어가 떠오르지 않는 상태라면 어떻게 캐릭터에 대하여 신선한 흥미를 부여할 수 있겠는가? 글에는 아마 구성점이 존재할 것이다. 그러나 캐릭터로서 그녀에 관한 구성점에서 그녀가 어떻게 반응할지를 생각해 본 적이 있는가? 이야기를 끌어가는 것은 구성점 자체가 아니라 바로 캐릭터의 반응인 것이다.

"전갈과 개구리"라는 이야기를 떠올려 보자. 전갈과 맞닥뜨린 개구리는 목숨만은 살려달라고 애원을 한다. 이에 전갈은 강을 건너게 해준다면 목숨을 살려주겠다고 한다. 그러자 개구리가 묻는다. "내가 업고 갈 때 네가 죽이지 않을 것이라는 것을 어떻게 확신하지?" 전갈이 대답한다. "내가 만약 독침을 쏘면 너는 침에 쏘여서, 그리고 나는 물에 빠져서 우리 둘 다 죽고 말 텐데 내가 왜 그런 짓을 하겠어?" 곰곰이 생각을 하던 개구리는 제안에 응하기로 하고 전갈을 등에 업는다. 강을 반쯤 건넜을 때 갑자기 전갈은 개구리 등에 독침을 쏜다. 둘은 물속에 빠져 허우적거리고 개구리는 묻는다. "왜 내 등에 독침

이야기를 창조하는 캐릭터의 탄생

을 쏘았지? 이제 우리는 이대로 죽는 거야!" 마지막 남은 숨을 몰아 쉬며 전갈은 답한다. "왜냐고? 이건 내 본성이기 때문이야." 캐릭터의 본성은 무엇인가? 이 책에 제시된 여러 캐릭터 유형은 이 질문에 대한 답을 찾는 데 도움이 될 것이다.

생생하게 살아 있는 캐릭터

〈스타워즈〉의 루크 스카이워커, 〈매트릭스〉의 네오, 〈아메리칸 뷰티〉의 레스터, 〈타이타닉〉의 로즈와 잭 등의 캐릭터들을 생각하면 거의 즉각적으로 실제 그 인물들이 선명하게 떠오른다. 그들은 일차원의 피상적인 인물이 아니라 모두 우리가 결부시켜 볼 수 있는 실제 인물들인 것이다. 그 인물들은 우리 안에 강한 감성을 불러일으킨다. 가령 우리는 그들처럼 되고 싶어 할 수도 있고, 혹은 그 반대일 수도 있다. 그들을 잊히지 않게 하는 것은 이야기 속에 설정된 그들의 존재가 아니라 생생하게 살아 있는 3차원적인 성격의 특성 때문이다.

이 모든 캐릭터들은 보편적인 전형을 담아내고 있는데, 이것이 그들로 하여금 캐릭터의 변화의 폭을 살릴 수 있게 한다. 캐릭터의 변화의 폭은 등장인물이 이야기가 전개되면서 겪는 변화의 과정을 보여 준다. 모든 위대한 주인공은 이야기 속에서 펼쳐지는 경험들을 통해 배우고 성장한다. 이야기가 끝날 즈음 그 캐릭터는 그동안의 여정을 통해 뭔가를 깨달은 새로운 사람으로서 부각되어야 한다.

이 책에서 다루고 있는 주요한 전형들은 16가지의 주인공 캐릭터와 그들의 어두운 면을 담은 16가지 모습. 그리고 주인공들을 보조하는 13가지 조연 캐릭터들이다.

영화 〈모비딕〉에서의 아합 선장이 제왕의 전형으로 그려진 반면 〈스타워즈〉에서 마크 해밀이 연기한 루크 스카이워커는 남자 메시아의 전형으로 나타난다. 〈오즈의 마법사〉에서 도로시 역의 주디 갈랜드는 전형적인 소녀 전형을 보여 주고 있는 반면 〈제나〉에서 제나 역을 맡은 루시 로리스는 여전사 전형을 보여 준다. 이러한 캐릭터들은 전형에서 나타난 특성 그 이상을 보여 주고 있지만, 전형은 인물들을 보다 매력적으로 보이도록 하는 세심한 부분까지도 놓치지 않도록 계속적인 영감을 부여해 준다.

전형이란 무엇인가?

심리학자들에게 전형은 환자들 성격의 자세한 부분까지 알려주는, 우리 정신 속에 새겨진 지문 같은 것이다. 작가들에게 전형은 주인공이나 악역, 그리고 조연을 잘 다듬어진 캐릭터로 탄생시키는 데 바탕이 되는 청사진이라 할 수 있다.

카를 융은 그리스 신화에서 7가지의 여신과 남신들의 주요 전형을 나누었다. 이 책에서는 이 7가지 전형을 작가적 견지에서 접근했고, 거기다가 추가적으로 융의 심리학에서는 찾을 수 없는 강력하게 교화된 존재로서 인류를 고통·불행·죄악에서 구해주는 메시아라

이야기를 창조하는 캐릭터의 탄생

는 전형을 더했다. 〈매트릭스〉 같은 영화가 인기를 끌고 있는 것으로 보아 나는 앞으로 우리가 많은 영화와 이야기에서 이런 전형을 만나게 될 것이라 믿는다.

전형이라는 것은 그 가치를 값으로 매길 수 없는 귀중한 도구지만 종종 작가들은 이를 간과하기도 한다. 전형이 갖는 바로 그런 특성은 당신이 보다 심도 있게 캐릭터들을 탐구하게 하여 그들을 단순히 "등장인물 1" 또는 "도서관 사서"가 아니라 이야기 속에 드러난 갈등에 특별한 방법으로 반응하는 인간 유형의 하나로 보게 한다. 그리고 작가들은 작가 자신과 닮은 캐릭터들을 만들어 내는 경향이 있는데, 전형을 이용함으로써 이러한 답습을 피할 수 있다.

캐릭터를 상상하기

먼저 이야기에 등장하는 하나의 인물을 선택하라. 이미 이야기를 써 놓은 상태라면 수정 단계에서 좀더 맛을 살리고 싶은 인물을 선택하면 된다. 전형을 선택하기 전, 작가는 마음속에 이 인물을 어떻게 그려 놓고 있는지 생각해야 한다.

작가인 당신이 그 캐릭터를 그리고 싶어지기 전까지 그 주인공은 무형으로 존재한다. 잠시 눈을 감고 다음의 질문들에 하나씩 답을 하면서 이 등장인물을 생생하게 그려 보라.

• **얼굴** 둥구형인가 길쭉한 형인가? 그녀의 얼굴을 통해서 우리는 그녀

의 삶의 이력, 나이, 직업, 출신에 관하여 어떤 정보를 알 수 있는가? 그녀의 눈은 늘 슬프거나 혹은 날카로워 보이나?

- **피부** 피부색은 어두운 편인가? 유복해 보이는 사람의 부드러운 피부를 갖고 있는가, 혹은 삶에 지친 노동자처럼 거친 피부를 갖고 있나?

- **머리** 머리 길이는 긴가, 짧은가? 곱슬머리인가 혹은 실오라기처럼 가는 머리인가? 예를 들어 아이를 키우는 엄마들은 아침에 머리 손질할 시간이 없으므로 대부분 짧은 머리 스타일을 하고 있다.

- **나이** 등장인물의 고된 삶을 전달하고자 한다면 어떤 연령대가 적당할까? 만약 당신의 등장인물이 가족을 부양하기 위하여 자신의 삶은 포기한 채 살고 있는 이혼여성이라면, 20대보다는 한 40살은 넘은 여인으로 그려내는 것이 훨씬 극적인 효과를 줄 것이다.

- **체형** 아이를 다섯 정도 출산하여 평퍼짐한 엉덩이를 가진 몸집이 좋은 여성인가? 기량이 뛰어난 운동선수처럼 마른 근육질의 체형을 갖고 있나?

- **스타일** 최신 유행을 좇는 스타일인가, 아니면 유행에 뒤처진 사람인가? 자신의 나이에 비해 지나치게 노숙한 옷차림을 하는가?

- **당신이 받은 인상** 당신은 이 인물이 마음에 드는가? 그 이유는? 당신이 내년 한 해를 이 캐릭터에 관한 글을 쓰고 보낼 생각을 한다면 그 이유가 무엇일지 생각해 보라. 아마 이런 작업은 독자들의 마음을 움직여 그들로 하여금 당신이 설정한 캐릭터의 매력에 빠져들게 할 것이다.

이야기를 창조하는 캐릭터의 탄생

성격 창조하기

자, 이제 이 캐릭터가 갖는 성격의 기본적 요소들을 알아보자. 다음 질문들은 작가가 창조해낸 캐릭터의 유형을 파악하는 데 도움을 줄 것이다.

- 그녀는 내성적인가 혹은 외향적인가?
- 그녀는 문제를 해결하는 데 직감, 논리적 사고 또는 감정 중 어떤 것을 이용하는가?
- 그녀는 온 세상을 변화시키고자 하는가?
- 그녀는 어디서 살고 있나? 그녀의 침실을 묘사해 보라. 침실은 집에서도 가장 사적이며 비밀스런 공간이기 때문이다.
- 그녀는 자신의 외모에 대해서 어떤 생각을 갖고 있나?
- 그녀는 자신의 가족과 아이들에 대하여 어떤 생각을 갖고 있나?
- 그녀는 남자나 결혼에 관하여 어떤 생각을 갖고 있나?
- 그녀의 취미는 무엇인가?
- 그녀의 친구들은 어떤 사람들인가?
- 그녀가 재미있다고 생각하는 것들은 무엇인가?
- 그녀는 자신의 성생활에 관해서는 어떤 생각을 하고 있나?
- 그녀는 자신의 주변 환경을 통제해야 할 필요를 느끼고 있는가?
- 그녀가 자리를 뜨면 다른 인물들은 그녀를 두고 어떤 이야기들을 주고받나?
- 그녀는 삶을 진지하게 받아들이는 편인가, 아니면 철없는 어린이이처

럼 행동하나?

• 그녀는 일요일 오후를 어디서 보내는가? 혼자 서점에 가는가? 친구들
  과 와자지껄 식사를 즐기는가? 업무와 관련된 파일을 훑어보는가?

이 질문들에 답을 할 수 있다면 등장인물의 정체를 파악하는 데
큰 도움이 될 것이다. 이어지는 장들에서 캐릭터들의 유형을 다시 살
펴보면서 각 인물마다 어떤 전형을 취하는 것이 "적절"한지 알게 될 것
이다. 적절한 전형은 캐릭터와 조화를 이룰 것이며, 캐릭터가 새로운
방법으로 성장해 가는 데 도움이 될 것이다.

독자 혹은 관객에게 등장인물을 생동감 있게 전달하는 힘은 일관
성에 있다. 예를 들어, 영화 〈유치원에 간 사나이〉에서 보호자로 분
하는 LA 경찰의 강력계 형사 킴블 역의 아놀드 슈왈츠제네거를 생각
해 보라. 그가 가장 성가시게 생각하는 것은 아이들과 함께 있는 것
이다. 그래서 그는 유치원 아이들을 마치 사관학교의 생도처럼 교육
했다. 생도 교육에는 익숙한 그였지만 그가 아이들을 다루는 적절한
방법을 배우기까지는 일정한 시간이 걸렸다. 이런 식으로 일관성이
유지되어야 독자나 관객은 이야기에 몰입할 수 있게 된다.

사람들은 무엇에 관심을 가지는가?

일반적으로 모든 사람에게는 특정한 관심사가 있기 마련이다. 전통
적으로 작가들은 인물에 대한 정의를 내리기 위하여 다음의 질문들

이야기를 창조하는 캐릭터의 탄생

을 받게 된다. 만약 당신의 캐릭터가 무인도에서 오도 가도 못하는 신세가 되었을 때 그가 갖고 싶어 하는 물건 세 가지는 무엇일까? 또는 집이 화재로 전소되었다면 가장 아쉬워하는 것은 무엇일까? 각 전형은 이 답변에 영향을 미치는 가치들에 대한 다른 설정을 갖고 있다. 어떤 경우에는 주인공의 가장 큰 관심사가 물질적인 대상이나 사람이 아니라 삶의 방식이 될 수도 있다. 여전사 전형이라면 〈델마와 루이스〉의 주인공들처럼 자신의 독립성을 빼앗기느니 차라리 죽음을 택할 것이다. 제왕 전형은 자녀들이 자신의 규칙을 따르기를 거부한다면 그들을 버릴 것이다.

당신은 이 캐릭터들의 가장 큰 관심사가 무엇인지를 알고 싶어 한다. 그것은 당신이 독자에게 그 주인공이 어떤 사람인지 알리고 싶을 뿐 아니라 그녀가 가장 관심을 갖는 것을 위험에 빠뜨림으로써 목표를 향해 다가가는 그녀 앞에 걸림돌이 되는 장애물을 장치하기 위함이다. 캐릭터가 자신의 목표를 이루기 위하여 부단히 매진하는 동안 어쩌면 친구의 목숨을 구하는 데 관심을 기울일 수도 있고, 그러다가 친구의 목숨을 구하기 위하여 결과적으로 자신의 목표를 놓쳐 버리기도 한다.

글을 쓸 때 전형으로 인해 줄거리가 좌지우지되는 상황은 피해야 한다. 예를 들어 '여성 가장' 유형처럼 결혼에 깊은 관심을 나타내는 주인공을 설정했다고 해서 결혼이라는 주제에 종속된 줄거리를 구성할 필요는 없다는 말이다. 캐릭터가 어떤 줄거리 속에 설정되어 있든 이러한 욕구는 각 장면의 대화나 숨은 뜻, 그리고 획을 긋는 사건들 속으로 스며들어 전달될 것이다.

사람들이 갖고 있는 두려움은 무엇인가?

그녀가 악몽을 꾼다면 그것은 무엇에 관한 것일까? 그녀가 한밤중에 무슨 소리를 들었다면 그녀는 어떤 반응을 보일까? 그녀는 마음속으로 그 소리를 내는 실체가 무엇일거라 생각하고 있는가?

등장인물이 직면하는 최대의 시험은 두려움에 기인한다. 그래서 물에 대한 극도의 공포심을 가진 주인공이 물에 빠져 허우적대고 있는 연인을 구하려고 물로 뛰어드는 장면은 수영 선수가 물로 뛰어드는 것보다도 훨씬 더 짜릿하고 긴장감이 넘친다.

주인공이 갖고 있는 두려움은 과거의 경험과 혼합된 전형의 심리적인 측면에서 비롯된다. 예를 들어 사업가 전형들은 도시생활과 문명사회를 선호한다. 이러한 속성을 그가 어려서 겪었던 야영장에서의 사고로 인한 두려움과 결부시켜 보라. 그래서 주인공은 야외활동에 대한 두려움을 갖고 있다. 주인공은 자신을 도심 속에 있는 자기 집과 사방이 벽으로 둘러싸인 사무실이라는 공간에 가둬 둔다. 어느 날 상사는 그에게 함께 일하는 고객을 위하여 멀리 떨어진 시골로 여행할 것을 요청한다. 이러한 권유를 받은 주인공은 일을 매우 중요하게 생각하는 사람이므로 자신이 갖고 있는 두려움, 즉 야외로 나가야 하는 상황에 직면할 수밖에 없다.

주인공이 어린 시절에 겪었던 어떠한 일로 인해 이와 같은 공포를 갖게 된 것인지를 당신 자신에게 물어보라.

이야기를 창조하는 캐릭터의 탄생

사람은 무엇에서 동기를 부여받는가?

《시나리오 거듭나기》에서 린다 시거는 우리를 추진시키는 것, 우리가 원하는 것, 그리고 우리의 성패를 좌우하는 것이 무엇인지를 설명하는 일곱 가지 동기를 서술하고 있다.

그것들은 다음과 같다.

- 생존 삶을 영위하고 살아남기 위해 필요한 기본 욕구
- 안전과 보호 일단 기본 욕구가 충족되면, 우리는 안전하고 안심하며 보호를 받는다고 느낄 필요가 있다.
- 사랑과 소속감 우리는 가정을 꾸리고 나면, 가족이나 공동체 그리고 관계에 대한 욕구를 갖게 된다. 무조건적인 사랑과 수용이다.
- 명성과 자존감 이러한 요소는 당신이 열심히 산 대가로 얻어진 사랑과 존경으로 찬사를 받고 인정받는 것이다.
- 지식과 이해에 대한 욕구 우리는 일들이 어떻게 돌아가고 또 어떻게 서로 작용하는지에 대한 본능적인 호기심을 갖고 있다.
- 미적 가치관 균형, 삶의 질서, 우리 자신보다 위대한 무엇과 관계를 맺고자 하는 의식. 영성이 이에 해당할 수 있다.
- 자아실현 우리 자신을 표현하는 것, 자신과 소통하는 것, 공식적인 인정을 받는 여부와 상관없이 우리 자신의 재능, 기술, 능력을 실현하고자 하는 것이다.

각각의 전형은 특별한 방법을 통해 이 욕구들 중 하나로 가득 채

워져 있다. 전형 자체가 동기를 유발하는 영향력과 매우 밀접하게 관련이 있으며, 이어지는 장들에서 언급되겠지만, 바로 이러한 힘이 캐릭터들이 하고 있는 일들을 열정적으로 추진시키는 힘이다.

캐릭터에 대한 시각

캐릭터의 의상이나 욕구가 그의 전형과 어떻게 조화를 이루고 있나? 만약 우리가 길을 가다 이런 전형과 마주친다면 어떻게 식별할 수 있을까? 예를 들어, 사업가 전형이라면 평범하게 디자인된 정장을 선택하겠지만, 독립성이 강한 여전사 전형이라면 운동복 같은 편안한 복장을 선호할 것이다.

　다른 캐릭터들은 당신이 설정한 캐릭터를 놓고 뒤에서 무슨 말들을 할까? 그들은 캐릭터의 행동과 생각들을 어떻게 읽어낼까? 그들에게는 그 캐릭터를 두려워하는 마음이 있을까? 혹시 그 캐릭터를 질투하고 있는가? 그래서 다른 등장인물들은 그가 어떤 사람인지 제대로 파악하고 있는가? 그리고 그 캐릭터는 다른 등장인물들에게 자신을 알리고 친구가 될 수 있는 여지를 열어둘 것인가? 혹은 자신의 실제 모습을 꼭꼭 숨기고만 있는가?

이야기를 창조하는 캐릭터의 탄생

허를 찌르는 캐릭터

캐릭터를 창조할 때는 보다 창의적인 사고로 접근해야 한다. 캐릭터의 전형은 단순한 안내서 정도의 역할을 할 뿐이다. 예를 들어, 제왕으로 잘 알려진 캐릭터를 만든다고 해보자. 가령 통치자의 역할을 사랑하고 깔끔하며 모든 것이 잘 정돈되어 있으며 다른 이들을 통솔하고 조언을 주는 등의 남자를 말한다면 미국 TV 미니시리즈인 〈소프라노스〉에서 제임스 갠돌피니가 열연한 토니 소프라노 같은 사람을 쉽게 떠올릴 수 있을 것이다. 그는 이 전형과 잘 맞는 인물이고, 시트콤인 〈세인펠드〉에 나온 제리 세인펠드 역시 이 전형과 잘 어울리는 인물이다. 모두가 그의 조언을 듣고자 그의 집에 찾아오고 그는 항상 주변을 잘 관리하고 깔끔하며 정돈된 모습을 보인다. 그의 캐릭터는 자신의 전형에 대한 코믹한 반전이다.

여전사 인물의 전형을 생각해 보라. 영화 〈니키타〉에서 니키타(페타 윌슨 분), 그리고 영화 〈에일리언〉에서 엘렌 리플리(시고니 위버 분) 모두 여전사 전형에 잘 맞는 인물들이며, 영화 〈미스 에이전트〉의 그레이시 하트(산드라 블럭 분) 역시 그러하다. 여전사 유형인 그레이시 하트는 억지로 미인대회에 출전하게 되지만, 헤어, 메이크업, 스타일에 관해서 아무것도 아는 것이 없다. 전형을 당신의 작품으로 사용할 때 창의적인 사고를 보태라.

어떤 캐릭터를 선택해야 할 것인가?

만약 당신이 이야기를 이미 전개시켰다면, 주연들의 서로 다른 전형들 속에서 이야기가 어떻게 달라질 수 있을지 고려해 보라. 세 가지 전형을 선택하여 당신 글의 각 전형에 대한 줄거리를 한 페이지 분량으로 적어 보라. 아마도 당신은 각 전형의 두려움과 욕구를 바탕으로 새롭게 펼쳐지는 반전과 구성점들을 보고 놀라게 될 것이다.

당신이 전형을 선택할 때는 이야기 속에서 캐릭터들이 결과적으로 직면하는 여러 장애물로 인해 성장의 여지가 가장 큰 전형을 선택해야 한다는 것을 기억하라. 일국의 왕을 모든 사람에 대한 통제력을 상실하게 되는 상황에 빠뜨려 보라. 아버지의 딸 전형인 여성을 야생의 숲속으로 이끄는 이야기 속에 그려 보라. 전형적인 인물들은 작가가 제공하는 경험을 통해서 뭔가를 배우고 자각해야 한다. 그래서 전형이 보여 주는 그 이상의 인물이 되는 것이다.

자, 이제 글을 시작하기 위하여 당신의 관심을 끄는 전형을 하나 선택하라. 그리고 캐릭터 자신이 갖고 있는 두려움을 사용함으로써 이야기를 더 재미있고 도전적으로 만들 수 있는지를 살펴보라.

이제부터 세상 모든 이야기의 주인공이자 우리 삶에서 늘 만날 수 있는 사람들의 모습을 살펴보자. 그들은 어떤 유형의 사람이며 무엇을 두려워하는지, 또 누구와 함께 일을 할 때 자기 진가를 발휘하는지 볼 것이다.

이야기를 창조하는 캐릭터의 탄생

2부

16가지 여성 캐릭터

매혹적인 뮤즈 vs 팜므파탈

아프로디테

아프로디테는 감정의 영역인 깊은 바닷속으로부터 완벽한 미의 이미지를 드러낸다. 그녀는 단정함으로 자신을 포장하고 있지만, 그렇다고 비굴하게 몸을 낮추거나 사람들의 시선을 피해 숨지 않는다. 그녀는 자신이 당신을 장악했다는 사실을 알면서 시종 순수한 미소로 당신을 매료시킨다. 그녀는 풍성하게 늘어진 머리를 산들바람에 나부끼며 바닷속에서 걸어 나온다. 바다의 생명체들은 그저 한순간이라도 그녀를 더 보기 위하여 자신의 생명을 포기하면서도 그녀를 따라 육지에 오른다. 그녀는 마치 낯선 땅에 발을 디딘 어린아이처럼 호기심 어린 눈으로 주위를 둘러본다. 그녀에게는 주변의 모든 것이 아름답고 황홀하기만 하다. 욕망과 사랑이 그녀를 뒤따르며 그녀는 현명한 남자들을 한순간에 사랑에 눈먼 바보로 만들어 버린다.

매혹적인 뮤즈

매혹적인 뮤즈는 자신이 원하는 것이 무엇인지를 잘 알고 있는 강한 여성이다. 그녀는 자신의 모든 감각을 영원토록 만족시켜 줄 삶에 대한 강한 열망을 갖고 있다. 그녀는 천성적으로 창조력과 아름다움,

사랑, 그리고 풍요로움을 선물로 받았고, 이 때문에 그녀는 자신을 세상에 드러내는 창조적인 일에 사로잡힌다. 그녀는 실로 위대한 발명가이며 삶의 문제들에 대한 가장 단순한 해결책을 찾는 예언가이기도 하다. 그녀는 마치 천장이 낮은 터널을 통과하지 못해 고심하고 있는 트럭 운전자에게 다가가 바퀴의 바람을 조금만 빼면 터널을 통과할 수 있다는 단순한 해결책을 제시해 주는 어린아이와도 같다.

한 남자와의 사랑에 대한 깊은 갈망과 그 관계가 그녀의 가슴을 채워 주지만, 그녀는 더 짜릿하고 가슴 설레게 하는 것들을 추구하는 본능을 멈추지 못한다. 그녀는 자신을 자극적이며 활기 있게 유지시켜 줄 수 있는 더 많은 관계와 육체적 경험을 필요로 한다. 그녀는 깊은 관심을 끄는 강렬한 창조적 활동을 제외하면 혼자서는 아무 일도 하지 못한다. 자연적 치유의 힘을 지닌 그녀는 다른 사람들의 감정을 세심히 배려하고 그들이 자신들의 상처를 치유하도록 돕기도 한다.

오랫동안 이러한 여성은 혹독한 질책을 받아 왔다. 그녀의 그런 매력과 개방적인 성생활을 사회에서 수용하기에는 어려웠다. 고대 아프로디테 신전에서 성적 합일은 신성한 정화의 행위로 여겨졌다. 그러나 오늘날 성적으로 적극적인 여성에 대한 불신은 그녀의 위치를 매춘부나 행실이 나쁜 여자 혹은 요부로 격하시켰다. 그러나 한편 미국에서는 그러한 여성의 이미지를 강한 여성으로 재해석할 방법을 모색하는 여신운동女神運動이 일고 있다.

매혹적인 뮤즈의 개방적인 성정체성은 그녀가 결혼에 대한 기대를 갖고 가족을 꾸리고자 하는 시점에서는 문제를 일으키기도 한다. 그녀는 자주 자신이 정부情婦의 역할을 맡고 있다는 사실을 깨닫게

이야기를 창조하는 캐릭터의 탄생

된다. 그녀의 젊고 빛나는 매력은 깊은 사랑의 감정을 불러일으켜 결혼 생활에도 활력을 불어넣어 주겠지만, 그럼에도 불구하고 대부분의 남자들은 그녀를 평범한 엄마와 아내에 어울리는 사람으로는 바라보고 있지 않다는 것이다. 그것은 바로 그녀의 성에 관한 정체성 때문이며, 이것이 그녀에게 문제를 유발시키는 것이다.

이러한 여성의 현대판이라 할 수 있는 〈섹스 앤 더 시티Sex and the City〉의 사만다 존스(킴 캐트럴 분)을 보라. 그녀는 매춘부도, 행실이 나쁜 여자도, 그렇다고 요부도 아니다. 그녀는 다만 섹스를 즐기고 다른 사람들의 시선 따위는 신경 쓰지 않는 아름다운 한 사람의 여성일 뿐이다.

매혹적인 뮤즈는 무엇에 관심이 있나?

매혹적인 뮤즈는 남자들—최소한 자신과 친밀한 관계를 나누는 사람들—에게 관심이 많다. 그녀는 다른 사람들을 통제하는 것을 즐기기는 하지만 그렇다고 드러내 놓고 남자들을 조정하려 들지는 않는다. 그녀는 자신의 매력을 동원하여 남자들을 은밀하게 조정한다. 그녀는 다른 사람들의 숨겨진 욕구를 파악하는 육체의 언어에 전문가이다. 그녀는 남자들 내면에 억압받고 있는 감정을 끌어냄으로써 그들에게 그녀를 자신들의 파트너이자 친구로 인식시키려 한다.

만약 그녀가 상처를 받았다면, 그리고 그것이 연인으로 인해 입은 감정적 상처라면 그녀는 마음의 벽을 쌓고 자신에게 이렇게 말할 것이다. "조금만 있으면 그보다 훨씬 괜찮은 사람이 나타날 거야."

그녀에게는 주변의 다른 여성들과의 관계도 역시 중요하다. 그러나 그녀가 진정으로 마음을 나눌 수 있는 친구를 만나기는 쉽지가 않다. 그녀는 다른 여성들도 자신처럼 성을 보다 솔직하게 표현하기를 원한다. 그러나 그녀의 강렬함을 이해할 수 있는 사람은 오직 매혹적인 뮤즈의 특성을 가진 또 다른 여성일 뿐이다. 그렇기에 그녀는 다른 여성들을 이해하지 못한다. 그녀에게 양육자 유형의 여성은 지루하게 보이고, 아버지의 딸 유형은 정신적으로 지나치게 집중해 있어서 엄격해 보인다. 그녀는 순간순간을 중요하게 생각하며 살아가기 때문에 이러한 유형과의 우정으로 자신의 자유를 억압받고 싶어 하지는 않을 것이다.

어쩌면 그녀 자신은 인정하지 않을지도 모르지만, 그녀는 주목을 받고 무리 속에서 가장 근사한 선망의 대상이 되는 일에 관심이 많다. 그녀는 자신의 육체를 사랑하고 기회가 된다면 언제든 자랑하고 싶어 한다. 그녀의 육체는 자신을 구성하는 정체성의 일부분이기도 하다.

어떠한 방식의 표현—춤추기, 노래하기, 그림 그리기—이라도 그녀에게는 중요하다. 그녀의 성적인 창조의 에너지는 이러한 표현을 통해 분출될 수 있으며, 집착으로 나타나기도 한다.

매혹적인 뮤즈가 두려워하는 것

매혹적인 뮤즈는 자신의 성적 능력, 매력, 그리고 창조성을 잃게 될까 두려워하고 있다. 만약 이러한 자신의 특성을 잃게 되면 그녀는 엄청난 슬픔에 빠질 것이다. 만약 성행위를 통한 감염증에 걸렸거나 폭행을 당하게 된다면 그녀는 충격적인 상태에 놓인 채 마음 깊은 곳에 큰 상처를 입게 될 것이다.

어떤 식으로든 거부를 당한다는 것, 특히 그 상대가 자신의 연인이라면 그녀에게는 커다란 충격이 될 것이다. 남자들의 마음을 사로잡는 그녀의 매력은 그녀 자신에게 강한 힘을 갖게 하고 그래서 그녀는 관계를 끝낼 때도 자신이 주체가 되길 바란다. 그녀는 마치 섹스와 권력 그리고 계략으로 가득 찬 카이사르와의 관계에 놓인 클레오파트라와 같다.

그녀에게 있어 나이를 먹는다는 것은 사람의 마음을 사로잡는 매력이 사라지고 그녀를 외로운 존재로 내던져지게 하는 무서운 것이다. 그녀는 아마 절대 결혼은 하지 않을 것이다. 고립에 대한 두려움이 사람에 대한, 그리고 관심을 받고 싶은 그녀의 욕구를 부채질하고 있다. 그녀는 젊음과 매력이 있어야 자신 주변에 사람들을 붙들어 놓을 수 있다고 믿고 있다.

그녀는 사람들의 주목을 받지 못하는 것을 몹시 싫어하면서도 동시에 자신이 남들의 이목을 끄는 것을 다른 여성들이 싫어할까 걱정하기도 한다. 그녀의 우정이 가장 빛날 때는 외향적이면서도 마치 큰언니처럼 그녀를 보호해 줄 수 있는 여전사 유형의 친구들 혹은 소녀 유형의 친구들과 함께할 때이다. 대부분의 여성들은 자유로워지길 원하고 또 그녀처럼 되려고 더욱 안달하지만, 정작 그들 자신은 어떻게 해서 그녀를 향한 질투의 감정을 갖게 되는지 알지 못한다. 매혹적인 뮤즈 타입의 다른 여성들과 그녀가 맺는 관계는 꽤 빠른 속도로 경쟁 구도로 치닫는다.

매혹적인 뮤즈에게 동기를 부여하는 것

그녀에게 가장 큰 동기를 부여하는 것은 바로 자아실현이다. 그녀는 공공연한 인정을 받는 것과 상관없이 강한 창조적 욕구를 지니고 있다. 그녀의 내면 깊은 곳에는 새로운 것을 창조하고 삶을 만끽하는 경험으로 이끄는 욕구가 들어 있다. 창조적인 발산을 하지 않는다면 그녀는 이 욕구를 성적인 충동으로 표현한다. 그녀는 마치 영화 〈원초적 본능〉에 나오는 캐서린 트러멜(샤론 스톤 분)과 유사하다. 그녀가 글을 쓰지 않을 때 그녀는 남자들이나 여자들과 그저 즐기기 위한 성에 탐닉한다.

그녀는 행복해지기 위하여 사랑과 관계, 그리고 창조성을 필요로 한다. 그녀는 그 무엇보다 과정 그 자체를 즐기기 때문에 어쩌면 끝나는 시점까지도 과제를 이해하는 데 어려움이 있을 수도 있다. 과제가 끝이 나면 그녀의 즐거움도 함께 끝이 나는 것이다.

다른 사람들의 눈에 비친 매혹적인 뮤즈

어떤 여성들은 그녀가 주목받는다는 사실에 질투를 느낀다. 그녀는 그들의 눈빛을 통해 그런 사실을 감지할 수 있다. 마릴린 먼로와 한 방에 있을 때 편안함을 느낄 여자가 과연 몇이나 될까? 그들은 남자와 여자들에게 한결같이 어필하는 먼로의 미모와 매력을 이해하지 못한다. 먼로는 섹시하고, 화려하며 삶에 대한 열정으로 가득 차 있다. 이러한 특성은 대부분의 여성들이 잘 계발시키지 못하는 것으로, 그들은 먼로를 지켜보면서 자신들의 부족한 점을 깨닫게 된다.

그녀는 고혹적인 옷을 입으며, 때로는 유행을 앞서가고 선도하기도 한다. 그녀는 언제나 자신이 입는 옷에 독특한 맵시와 기품을 더해서 헤어스타일, 손톱, 그리고 피부까지도 모두 생기 넘치고 강렬하게 연출하여 전체적으로 완벽하게 보인다. 그녀에게는 내면으로부터 발산되는 어떤 '스타적 자질'이 있다.

매혹적인 뮤즈를 위한 성공전략

매혹적인 뮤즈는 자주 자신의 외모가 아니라 지적 능력을 통해 사람들로부터 인정받고 싶어 한다. 그녀는 외모가 한때의 덧없는 것이며 피상적인 것이라는 사실을 깨달을 수도 있다. 그녀는 자신을 있는 그대로의 모습으로 받아줄 수 있는 진정으로 마음이 맞는 이성을 만나기를 원하고 있다. 그렇다면 그녀는 언제나 순간을 즐기며 사는 습관을 버리고 조용히 앉아서 미래에 대한 계획을 세우는 법을 배워야 한다.

어린 시절 그녀에게 일어난 어떤 일들이 그녀의 성격을 지배하는 이와 같은 전형을 형성한 것인가? 그녀는 사랑을 많이 받는 어린아이였고, 그리고 그녀의 순수한 매력적인 행동 때문에 버릇이 없어진 것인가? 그녀는 여자들이 솔직하면서도 잘 베푸는 것이 미덕이라고 믿는 문화 속에서 생활했는가? 그녀는 성적으로 학대를 받았고, 그래서 자신이 받은 학대를 남자들과 잠자리를 하고 자신을 비하시킴으로써 무의식적인 행동 양상으로 표출하고 있는 것인가?

이러한 유형의 여성이 성장을 하기 위해서는 다음의 조건들 중 하나와 맞아야 한다.

'여자의 남자' 유형의 남자는 그녀 자신의 몸의 소중함뿐만 아니라 마음과 정신의 가치를 그녀에게 일깨워 줄 수 있다.

메시아 유형의 사람을 통해서 그녀는 자신의 성적 관심을 영적인 에너지로 고양시키는 방법을 배울 수 있다.

은둔자와 신비주의 유형의 사람은 그녀에게 버림 받을 두려움 따위를 잊고 어떻게 홀로서기를 할 수 있는지, 그리고 어떻게 그녀 자신 내면의 깊은 곳을 들여다 볼 수 있는지를 알려 준다.

여전사 유형의 여성은 그녀에게 자신의 한계를 정하고 규율들을 삶의 긍정적인 것으로 받아들이는 법을 가르쳐 준다.

이야기를 창조하는 캐릭터의 탄생

매혹적인 뮤즈의 그림자: 팜므파탈

그녀는 남자들을 조종하기 위하여 자신의 매력을 의도적으로 사용해서 그들로 하여금 자신들의 본성에 어긋나는 행동을 하도록 부추긴다. 그녀는 남자들을 유혹하여 범죄나 살인을 저지르도록 하는 요부이다. 그녀는 그 누구도 믿지 않는다. 그녀는 삶에 지쳐 있고 실망을 느낀다. 그녀는 자신의 육체만을 가치 있게 생각하고 다른 사람들이 자신이 내리는 명령을 따를 때 스스로를 영향력 있는 사람이라고 생각한다. 공동체가 그녀에게 신세를 지고 있고 그래서 그녀 자신은 그저 받을 것을 마땅히 받고 있다고 생각한다.

　그녀는 자신이 기피하는 일을 대신 해줄 남자가 있다면 자신의 손을 더럽히는 일은 결코 하지 않는다. 다만 그 남자를 교묘히 조종할 따름이다. 그녀는 남자들 앞에서 마치 자신이 황금 당근이라도 되는 양 유혹의 몸짓을 하며 그들을 은근히 압박하고 지분거릴 것이다. 그녀를 취하고 싶은 마음이 있는 남자라면 누구라도 그녀의 유혹에 넘어가 결국 목숨을 내놓거나 혹은 완전 폐인이 되고 말 것이다.

그녀가 연인에게 마음을 사로잡히게 되면 상황은 더욱 추악해진다. 만약 그녀의 연인이 가정이 있는 유부남이라면 그녀의 머릿속에 가장 먼저 떠오르는 방법은 공갈 협박이 될 것이다. 그러나 그녀가 실연을 당했다면 그녀는 체면을 구기는 일 따위는 절대 하지 않을 것이다. 그녀는 쉽게 희생양이 되는 일은 하지 않는다. 만약 자신의 외모나 권력을 포기해야 한다면 차라리 죽음을 선택할 것이다. 만약 주목을 받고 있는 그녀의 자리를 넘보는 더 젊은 여성이 나타난다면 어떤 일이 일어나는지 한번 지켜보라.

그녀에게는 과도한 감정 표출과 주목을 끄는 행동 패턴이 있다. 그녀는 문제에 봉착했을 때 그것을 극복할 만큼의 인내심을 갖고 있는 사람이 아니므로 겉으로는 금욕주의자 같은 표정을 지으며 대체 무슨 생각을 하는지 알 수 없는 얼굴을 하지만, 그 이면에서는 급격한 감정의 변화를 겪는다. 그녀는 마치 폭파하기 전까지는 아무도 알 수 없는 시한폭탄과도 같다. 그녀는 비난에 민감하게 반응하며 자신의 외모에 지나치게 관심을 기울인다.

그녀는 남자가 자신을 위해서 뭔가를 해줘야 한다고 생각하고 자신의 뜻이 관철되기 전까지는 그 남자와의 성관계를 거부할 것이다. 자신의 육체를 무기로 사용하고 있는 것이다. 그녀는 자신이 쳐놓은 거미줄에 걸려들어 허우적대는 남자들을 보며 그것은 단지 멍청한 그 남자들 자신의 문제일 뿐이라고 일축한다. 어려서 그녀에게 이런 방법을 가르쳐준 이가 있었던 것은 아니다. 그녀는 살아남기 위하여 신에게서 부여 받은 것들을 이용해 사람들을 조정해야만 했던 것이다. 그래서 그녀는 어느 누구도 믿지 못하며 그녀를 아무렇게나 내동댕이쳐도 괜찮은 고기 덩어리쯤으로 생각하는 이들에게 자신의 존재를 증명해 보이기 위하여 투지에 불타는 것이다.

●● 팜므파탈의 특징

어느 누구도 믿을 수 없다고 느낀다 | 성적인 약속을 미끼로 다른 사람들을 의도적으로 조종하고 꼭 필요한 때가 아니면 그런 약속 따위는 지키지 않는다 | 도덕적 정조 관념이 희박하다 | 다른 사람을 죽이지 않으면 자신이 희생되고 만다는 극단적인 사고방식을 갖고 있다 | 명령에 따라 진짜 눈물을 끌어낼 수도 있는 훌륭한 배우이다 | 돈과 권력에 관심이 많고, 이런 것들은 그녀에게는 생존과 같은 것이다 | 성실하지 못하다 | 그녀는 누군가와 육체적인 관계를 맺어도 그다지 개인적인 특별한 의미를 부여하지는 않고 초연한 자세를 유지한다 | 그녀가 진실을 말할 때가 언제인지 아무도 알지 못한다 | 모든 이들을 위하여 어떤 일도 할 수 있는 카멜레온 같은 여성이다 | 외모적인 매력을 이용해 다른 사람들을 자신의 거미줄로 유인한다 | 언제나 관심의 대상이 되어야 한다 | 무슨 생각을 하고 있는지 알 수 없는 금욕주의자 같은 표정 뒤에서 급격한 감정의 변화를 겪는다 | 비난 받는 것에 민감하게 반응한다

03

여전사 vs 고르곤

아르테미스

높이 치솟은 나무 숲 사이로 비치는 희미한 달빛 아래 여신 아르테미스가 걸어간다. 그녀의 옆구리 가까이에는 은으로 만든 활과 화살이 들려 있다. 그녀는 순수한 젊은 여성들을 지키면서 또한 숙련된 궁수로서 자신의 솜씨를 연마할 기회를 엿보며 도전자를 찾아 조용히 밤을 누비고 다닌다. 신과 여신들 그리고 야생동물들에게 있어서 그녀는 최고의 사냥꾼이다. 그녀는 달빛 아래 야생을 헤매며 걸어 다니면서, 젊은 여성, 인간, 그리고 동물의 소리를 듣기 위해 귀를 쫑긋 세우는데, 그것은 어디선가 출산을 하며 또는 강간의 위험으로부터 그녀의 도움을 필요로 하는 사람들의 소리를 듣고 달려가기 위한 것이다. 성질이 급한 그녀는 자신에게 거슬리는 행동을 하는 자들을 단번에 물리친다. 그녀는 배우자 없이도 자급자족하며 사는 길을 택한 여신이다. 대단한 신중함과 집중력을 이용해 그녀는 자기 마음의 눈을 목표를 향해 겨냥하여 끝까지 그 목표를 뒤쫓는다.

여전사

여전사는 페미니스트이다. 그녀는 자기 자신의 안전보다 다른 여성들의 일에 더 관심이 많다. 그녀는 자신에게 어떤 위험이 닥쳐도 다

이야기를 창조하는 캐릭터의 탄생

른 여성이나 어린아이를 돕는 데 주저하는 법이 없다. 그녀에게 여성들과 맺고 있는 우정은 그 어떤 것보다 소중하다. 그러나 그녀의 중성적인 태도로 인해 그런 관계는 쉽게 만들어지지는 않는다. 그녀의 남성성은 그녀가 갖고 있는 여성성만큼 강해서 종종 다른 사람들과의 관계에서 자신을 어디에 맞추어야 할지 몰라 혼란에 빠지기도 한다. 그녀는 외모에 민감한 사람은 아니다. 오늘날 대부분의 여성들이 가정에 머무르거나 또는 직장 생활을 하는데, 그녀는 이러한 여성들을 높게 평가하지 않는다.

그녀는 가능한 한 많은 시간을 자연 속에서 보내는 거친 여성이다. 오랜 시간 도시에서 살아가는 것은 결코 그녀를 행복하게 할 수 없다. 그녀는 자신의 열정을 쏟을 수 있는 일을 발견하기 전까지는 낙담할 수도 있다. 상쾌한 밤공기를 가르는 그녀의 고독한 걸음걸이는 그녀를 이전의 균형적인 삶으로 인도해 주기에, 그녀에게는 혼자 걷는 어두운 밤길에 대한 두려움 따위는 없다.

그녀는 자원을 재활용하고 보호할 대의명분을 찾고 옹호하는 일종의 대지의 어머니라 할 수 있다. 그녀는 직관력이 뛰어나며 여행을 좋아하고 특히 이국적인 장소를 찾아다니는 것을 즐긴다. 영화 〈타이타닉〉에서 케이트 윈슬렛이 연기한 로즈 드윗 버카터가 바로 새장에 갇힌 여전사 유형의 여성이다.

여전사는 무엇에 관심이 있나?

여전사 유형의 여성은 여성과 자연, 그리고 대지에 깊은 관심을 갖는다. 정부가 천연자원 주변의 땅에 대한 규제를 시작한다면 그녀는 정부에 대한 적의를 갖게 될 것이다. 그녀는 대지는 모든 인간을 위한 것이기에 특정 개인이 소유를 하는 것이 아니라고 믿고 있다. 그래서 그녀는 자신이 원하는 곳은 어디든 갈 것이다.

그녀는 여성과 어린아이들을 돌보며 가부장제와 열정적으로 맞서 싸운다. 그녀는 모든 사람이 자유롭고 독립적인 권리를 부여받았으며 여성들은 모든 상황에서 남성과 동등하다고 느낀다. 그녀는 상대팀과 경쟁을 벌이는 운동을 매우 즐기고, 언제나 승리를 목적으로 하는 승부욕이 강한 여성이다.

여전사가 두려워하는 것

여전사는 자신의 자유와 독립성을 속박당하는 것을 두려워한다. 그녀는 타인에게 의존하지 않고 스스로 자립적으로 살아 갈 수 있다는 사실에 큰 자긍심을 느낀다. 감옥에 수감되거나 몸의 어딘가 마비가 와서 스스로 거동을 할 수 없는 상황에 처한다면 그녀의 영혼은 죽어 갈 것이다. 그녀는 어려움에 처한 사람들을 도와주려 하면서도 그녀 자신이 자급자족하는 독립적인 생활에 큰 가치를 두고 사는 사람이기에 의존적이며 궁핍한 사람들 낮춰 보는 경향이 있다.

그녀의 타고난 경쟁심은 그녀를 일을 하거나 운동을 할 때 다른 사람에게 지고는 못 사는 성격으로 만들었다. 특히 그 상대가 남자라면 그녀는 더더욱 지고 싶어 하지 않는다. 그녀는 이길 때까지 물고 늘어질 것이다. 그녀는 대부분 신체적으로는 자신이 어떤 남자에게도 뒤지지 않고 동등하다는 사실을 증명해 보이길 즐긴다.

　그녀는 연약해지는 것을 가장 두려워한다. 그녀는 특히 성적 희롱의 피해자가 되기보다는 차라리 죽음을 택할 것이다. 그녀의 영혼은 그런 굴욕을 당하고는 결코 버텨낼 수 없을 것이다. 그녀는 공격자에 맞서 자신이 무시할 수 없는 존재임을 각인시키면서 죽음을 불사하고 대항할 것이다. 그녀는 죽음을 두려워하지 않는다. 자신의 죽음보다는 차라리 그녀가 도와줄 수 있는 상황이었음에도 불구하고 안타깝게 희생되고 마는 다른 여자들과 어린아이들의 죽음을 지켜보는 것이 그녀에게는 더 큰 두려움이다. 그녀는 다른 이들을 돕는 자신의 모습에서 정체성을 찾는다.

　그녀는 자신의 이런 남성적인 자질로 인해 다른 여성들로부터 소외를 당할까 두려워한다. 그녀는 화장이나 옷에는 그다지 관심이 없다. 그녀는 "자, 우리 그냥 나가서 신나게 시내나 휩쓸고 돌아다니자"라고 말하는 타입의 여성이다. 그녀에게 여성들과 우정을 나누는 일은 중요한 부분을 차지하지만 그럼에도 자신과 유사한 여전사 유형의 여성들과 어울리는 것은 쉽지가 않다. 그래서 그녀에게는 결국 여자 친구들보다 남자 친구들이 더 많다.

여전사에게 동기를 부여하는 것

생존은 그녀에게 가장 큰 삶의 동기이다. 그녀는 세상에 홀로 남겨져 모든 것을 혼자의 힘으로 꾸려나가는 것을 좋아한다. 그녀가 주변의 사람들이나 환경과 맺어 가는 관계는 그녀로 하여금 본능적이며 원시적인 힘을 갖게 만들어 준다. 그녀는 이 힘을 직장의 회의실로 옮겨가 남자들과 맞서서 자리와 권력 다툼을 한다.

그녀가 깊은 관심을 갖고 있는 대의명분의 진원지를 알아내는 것은 그녀에게 활력을 불어넣어 준다. 그녀는 더 큰 선을 위해 개인적인 안위를 저당 잡힌 채 투표권을 위해 투쟁했던 모든 여성들을 존경한다.

여성이나 어린아이들의 생명을 구해주는 일은 그녀에게 삶의 목적과 높은 자존감을 준다. 그녀는 자신이 마치 모든 여성들의 큰언니이고, 환경운동뿐 아니라 여성운동의 순교자라도 된 것처럼 느낀다.

다른 사람들의 눈에 비친 여전사

그녀는 자신의 옷에는 별로 관심이 없다. 그녀는 활동하기 편한 헐렁한 옷을 즐겨 입는다. 그리스 신화에서 아르테미스는 아버지인 제우스 신에게 길이가 짧은 튜닉을 부탁하는데, 그것은 자신을 섹시하게 보이기 위해서가 아니라 빨리 달릴 수 있게 하기 위함이었다.

운동으로 다져진 그녀의 탄탄한 체구는 매혹적으로 느껴질 수도

이야기를 창조하는 캐릭터의 탄생

있지만 남자와 여자 모두에게 위협적으로 보일 수도 있다.

다는 사람들은 그녀를 때로 차갑고 자신의 일에만 몰두하는 사람이라고 생각한다. 그녀는 자신의 목표에 집중할 수 있는 능력이 있으므로 때로 그녀의 이러한 태도는 거리감을 느끼게 하고 냉정하게 보일 수도 있다. 그러나 자연을 벗 삼아 즐길 때의 그녀는 마치 어린아이와 같다. 그녀는 시계를 차고 다니지 않는다. 왜냐면 시간은 그녀에게 큰 의미가 없기 때문이다.

여전사를 위한 성공전략

여전사 유형의 여성은 친한 친구들과 함께할 수 있는 그녀만의 장소를 갖고 싶다는 생각을 매우 자주한다. 그녀는 자신이 쏟은 모든 노력과 베풀어 준 도움에 대한 인정을 받고 싶어 한다. 그녀는 무엇보다 우선 남자들을 신뢰하는 법을 배워야 한다.

어린 시절 그녀에게 일어났던 어떤 일들이 그녀의 성격을 지배하는 이와 같은 행동에 영향을 미쳤을까? 그녀는 어머니가 안 계시거나 혹은 여자 형제들이 없는 환경에서 성장해서 아버지의 자질들을 더 많이 물려받았을까? 그녀의 엄마도 여전사 유형의 여성이었는가? 그녀는 옷을 차려입고 외모에 신경 쓰는 대신 운동을 즐겼는가? 그녀는 자신이 사랑하는 누군가가 다치는 것을 지켜본 적이 있는가? 가령, 원더우먼같이 그녀가 우상으로 삼았던 여성 영웅 인물이 있었는가?

이러한 유형의 여성이 성장을 하기 위해서는 다음의 조건들 중 하나와 맞아야 한다.

보호자 유형의 남성은 그녀를 도와주는 다른 사람들을 그녀가 신뢰할 수 있도록 가르칠 수 있다.

광대 유형의 남성이나 소녀 유형의 여성은 그녀에게 즐거움과 모험 그리고 삶을 느긋하게 사는 법을 알려줄 수 있다.

양육자 유형의 여성은 그녀에게 아이를 낳고 엄마가 되는 것의 가치를 일깨워 줄 수 있다.

●● 여전사 유형의 유용한 자질
밖으로 나가 자연을 벗 삼아 동물들과 함께하는 것을 좋아한다 | 남성들보다 여성들과 맺는 우정을 더 선호하지만 결과적으로 남성 친구들이 더 많다 | 여성과 어린아이를 소중하게 생각한다 | 그녀 자신이 그렇다고 말하지 않더라도 그녀는 페미니스트이다 | 밤에 혼자 다니는 것을 두려워하지 않는다 | 자신을 지키기 위해서는 죽음을 불사하고 대항하여 싸울 수 있는 의지와 능력이 있다 | 자신의 대의명분을 옹호한다 | 자신의 외모나 옷에 관해서는 스타일보다는 기능적인 측면을 더 선호한다 | 자급자족하기를 원한다 | 한 남자와 결혼생활로 묶이기보다는 그 남자와 동거하는 것을 선호한다

●● 여전사 유형의 성격적 결함
자기주장이 강하고 머리가 우둔하기도 하다 | 당면한 목표 이외에 다른 모든 것들은 보지 못한다 | 어떤 값을 치르고라도 이기고 싶어 하는 자기 자신 때문에 분별력을 잃을 수도 있다 | 뽐내길 좋아한다 | 남자들과 동등하기 위해서 공격적인 성향을 취할 수도 있다

여전사의 그림자: 고르곤

그녀는 다른 여성들을 돕기 위해서라면 설사 그것이 무고한 누군가의 죽음으로 이어지더라도 불사할 것이다. 부당함 앞에서는 그녀의 피 끓는 분노는 매우 신속하고 무자비하게 표출되고 때로는 엉뚱한 대상을 겨냥하기도 한다.

그녀는 메두사나 고르곤 같은 격정과 분노의 여성이며 특히 그녀 자신이 모욕을 당했을 때는 그 양상이 더욱 심하다. 그녀는 협박을 받는다고 느끼면 치명적으로 바뀔 수 있으며, 그녀에게는 자신의 분노를 표현하기 위하여 극단적인 신체적 수단을 사용할 수 있는 능력이 있다. 대부분의 남자들은 그녀의 분노가 그녀를 완전 다른 사람처럼 변화시킬 수 있다는 사실을 전혀 예상하지 못한다.

싸울 때에 그녀는 마치 새끼 사자를 지키려는 어미 사자처럼 필사적으로 달려들 것이다. 분노로 이글거릴 때에 그녀는 자신의 인생이나 생존 같은 문제는 생각하지 않을 것이다.

그녀는 마치 숨 쉴 공기를 확보하기 위해 사투를 벌이는 사람처럼 분노의 감정에 사로잡혀 싸움 말고는 그 어느 것도 중요하지 않은 듯 싸울 것이다. 그 순간만큼은 옳고 그름에 대한 판단들은 모두 무관한 것이 되고 만다. 그녀는 어떤 값을 치르고라도 보복을 감행할 것이다. 만약 그 대의명분이 정당한 것이라면 그녀는 다른 사람들도 그녀를 지지하고, 그녀의 노력을 성공적으로 만들고, 그녀의 야만성도 용서할 것이라고 생각한다.

그녀는 도덕률과 윤리가 부족한 무책임한 행동으로 인해 반사회적인 성향을 보인다. 그녀는 사회적 규범에 순응하기를 거부하면서 불법적이고 난폭한 행동을 드러내 보인다. 그녀는 정서적인 반응을 보이지 않고 끔찍한 사건들에 대해서도 양심의 가책도 받지 않는 것처럼 보인다. 그녀는 신체적으로 공격적이며, 별나고 또 과민하며 자신뿐 아니라 다른 사람들의 안전마저도 무시해 버린다.

그녀는 자신의 기본권이 침해를 받았으므로 자신의 행동이 정당하다고 느낀다. 그녀는 다른 여성들이 어떠한 경우라도 스스로 자신을 방어할 수 있도록 강하게 만들어 주고 싶어 한다. 때로는 부당하게 죽임을 당하는 사람들이 있는데, 그녀는 그런 희생으로 더 많은 사람을 구할 수 있다면 그렇게 되는 것이 합당하다고 믿고 있다. 그녀는 자신이 혐오하는 공격자와 같은 사람으로 취급을 받는다 해도 신경 쓰지 않는다. 그녀는 눈에는 눈 이에는 이라고 믿고 있다. 그녀는 다른 사람들이 무슨 생각을 하든 관심을 두지 않으며 만약 문제가 생긴다면 그녀 스스로 자멸하고 말지라도 다른 사람들이 그녀를 파멸하도록 절대 내버려 두지는 않을 것이다. 그녀는 삶과 운명의 주인은 바로 자신이라고 느낀다.

●● 고르곤의 특징

본능적이며 죄책감을 느끼지 않는다 | 즉각적인 만족감과 공정성을 원한다 | 화가 나고 분노했을 때 판단력을 상실한다 | 공격에 대해서는 지나치게 극단적인 감정적 반응을 나타내기도 한다 | 신중하지 못하다 | 정당성을 부여하며 독재자처럼 군림하려 든다 | 전투가 한창 벌어질 때는 진실이나 법은 통하지 않는다고 믿고 있다 | 자신을 희생해서라도 적을 해치운다 | 대부분 억눌린 외상이나 수년간의 학대로 인한 반응이 나타난다 | 무모한 행동을 드러내 보이기도 한다 | 공격적이며, 변덕스럽고, 짜증을 잘 낸다

　　　　　　　　　　　　　이야기를 창조하는 캐릭터의 탄생

아버지의 딸 vs 중상모략가

아테나

어두운 밤 올빼미 같은 신비를 지닌 여신 아테나는 자신감에 찬 모습으로 대형 도서관이나 승리를 거둔 논쟁의 장을 배회하고 다닌다. 그녀는 싸움에 직접 나서는 대신 자신이 선택한 병사 옆에서 그가 승리하도록 도울 것이다. 그녀는 그 병사에게 불멸의 충성심과, 힘, 권력, 그리고 지식을 부여해 준다. 그녀는 한 손에는 방패를 들고 다른 손에는 승리의 상징인 여신 니케의 이미지를 갖고 있다. 아버지의 머리에서 태어난 그녀에게는 애초에 어머니는 존재하지 않았고 또한 그 어떤 여성도 동지로서 받아들일 마음이 없다. 그녀는 매우 영리해서 자신의 감정을 전적으로 통제할 수 있다.

아버지의 딸

아버지의 딸 유형의 여성은 여전사 유형과는 달리 여성을 위한 대의 명분을 위해서 싸움을 하는 일에는 그다지 관심이 없다. 그녀는 자신이 남자들의 편임을 증명하여 그들의 찬사를 받기 위하여 남자들의 역성을 들어 주며 여자들의 명분에 반론을 펼칠 수도 있다. 그녀는 "다른 여성들은 이런 일을 못해도 난 할 수 있어. 왜냐면 나는 매우 특별한 여성이니까"라고 자신을 예외적인 여성이라고 생각한다.

그녀는 자신의 목표를 성취하는 데 도움이 될 만한 강한 남자들과 동맹관계를 맺는다. 그녀는 그 남자들과 잠자리를 하지는 않는다. 대신 그 남자들과 친구처럼 편안한 우정을 쌓아 간다. 남자들은 그녀를 남자들의 일터 안으로 기꺼이 들어오도록 허용하는데, 그것은 그녀가 싸움이나 일에서 자신과 결속을 맺은 강한 남자들에게 언제나 충성스런 모습을 보이기 때문이다.

그녀는 매우 영리하며 전략적인 사고를 하는 사람이므로 감정에 흔들려 잘못된 결정을 내리는 일은 결코 저지르지 않는다. 그녀는 자연에 길들여지지 않은 야생을 매우 싫어하며 빠른 속도로 펼쳐지는 도시생활을 선호한다.

그녀는 자신이 통제할 수 있는 것들을 좋아하지만 동시에 새로운 것들, 특히 정신 및 일의 세계와 관련이 있는 것들에 관한 도전을 즐긴다. 그녀는 본능적으로 머리를 매우 잘 쓰며 여전사처럼 자신이 세운 목표에 집중할 줄 안다. 그녀는 여신으로서 전투뿐 아니라 특별한 솜씨도 감독한다. 왜냐면 두 가지 모두 인내와 집중력을 요구하기 때문이다. 그녀는 전문가가 될 만한 의지도 갖고 있고 많은 재능도 부여받은 사람이다. 그녀는 매사에 호기심이 많고 위기에는 지략을 발휘하기도 하지만 다른 사람에게 자신의 일을 맡기지 않고 스스로 해나간다.

만약 그녀에게 그런 뛰어난 능력이 없다면, 그리고 일에 대한 기회가 주어지지 않는다면, 그녀는 아마도 남편 뒤에서 마치 자신의 일인 양 남편을 도와줄 것이다. 혹시 그녀의 남편이 그녀를 떠나려 한

이야기를 창조하는 캐릭터의 탄생

다면 그녀는 그 무엇보다도 남편이 하는 일에 더 이상 연루되지 못하는 것에 가장 분노를 느끼게 될 것이다.

영화 〈지 아이 제인〉에서 데미 무어가 연기한 조단 오닐 중위는 여전사가 아니라 아버지의 딸 전형이다. 왜냐면 그녀는 자신이 남자처럼 되기 위해, 그리고 남자만큼 강하다는 사실을 증명하기 위하여 투쟁한다. 그녀가 여전사 전형이었다면 그녀는 여성성의 본질에 가치를 두고 그것을 유지하려 했을 것이다. 그러나 조단은 자신이 남자인 양 남자들만을 위한 클럽에 들어가려 했다. 그녀의 어투나, 태도 그리고 행동과 기치는 영화 후반부에 이르기까지 매우 남성스럽게 그려진다. 그리고 그녀는 승인을 얻기 위해 몇 차례 자기 자신을 희생하기도 한다. 〈커리지 언더 파이어Courage Under Fire〉라는 영화에서는 여전사 유형의 주인공 카렌 엠마 웰덴 경감(맥 라이언 분)이 등장하는데 그녀는 영화의 처음부터 끝까지 여성성의 본질을 유지해 나간다. 물론 그녀는 감정이나 눈물로 인해 문제를 겪지는 않는다.

아버지의 딸은 무엇에 관심이 있나?

그녀의 이름에서 모든 것을 말해 주고 있다. 그녀는 권력이 있는 남자들과 동맹을 맺고 가부장제를 지지하는 데 관심을 두고 있다. 그녀는 남자들의 세계에서 그들의 일원으로서 받아들여져 직업적으로도 성공하기를 원한다. 힘 있는 남자들의 인맥을 뚫고 들어가는 것은 그녀에게 사회생활에서 주요한 초석이 되는 것이다.

그녀는 남자들 눈에 자신이 어떻게 비치는가에 모든 관심을 두고 있다. 다른 여자들이 그녀에 대하여 기대하는 것들을 이야기할 수도 있지만, 정작 그녀 자신은 대부분의 여자들은 그녀가 이루어 낸 성취를 감탄하며 바라볼 것이라고 생각한다.

그녀는 승부욕이 강하며 그녀의 팀 전체가 승리하는 것을 더욱 중요하게 생각한다. 그녀는 팀 전체의 승리를 위해서는 어떠한 일도 마다않는 진정으로 협동심이 강한 사람이다.

그녀는 자신의 사고력을 넓히기 위하여 새로운 것을 공부하고 익히는 것을 좋아한다.

그녀는 아주 먼 곳으로 떠나는 여행을 즐기지만 호화스러운 호텔에 머무는 일은 결코 없다.

아버지의 딸이 두려워하는 것

아버지의 딸은 여자들 사이의 우정에 대하여 두려움을 갖고 있는데, 그 이유는 그 우정이 그녀로 하여금 초월하고 싶은 자신의 여성성을 상기시키기 때문이다. 그녀는 여성들을 연약한 성으로 인식하며, 그들은 매일의 삶에서 자신들이 연약한 존재가 아님을 증명하기 위하여 고군분투하며 살아간다고 생각한다.

그녀는 한두 번 전투에서 실패하는 정도는 감당해 낼 수 있지만 전쟁 자체에서 패자가 되는 것은 상당히 두려워한다. 그런 지배력을 잃는 것은 그녀에게는 엄청나게 충격적인 일이다.

　　　　　　　　　　　　　　　이야기를 창조하는 캐릭터의 탄생

그녀는 도시 속에서 생활해야만 한다. 그녀가 야생의 생활 속으로 들어가면 그녀는 책을 통해 학습하는 모든 욕구를 차단당하게 될 것이다. 그녀는 책뿐만 아니라 자연도 그녀에게 많은 것을 가르쳐주고 있다는 사실을 깨달아야 할 필요가 있다. 그러나 그녀에게는 이런 사실이 잘 울려퍼지지 않는 모양이다.

아버지의 딸에게 동기를 부여하는 것

그녀에게는 알고 싶고 이해하고 싶고 또한 소속되고 싶은 강한 욕구가 있다. 그녀는 남자들 속에서 당당히 어깨를 겨루며 자신이 다른 여자들보다 낫다는 사실을 증명해 보이기를 원한다.

그녀의 힘을 사용할 만큼 도전적인 일은 그녀의 주의를 끌 것이다. 그녀는 무질서한 것은 몹시 싫어하는 편이다.

그녀는 자족적이며 독립성을 키울 필요가 있지만 항상 주변에 만약의 경우를 대비해서 기댈 만한 강한 남성들과 알고 지내는 편이다. 그녀는 아테네가 아킬레스를 도와 그의 목표를 이루도록 해주는 방법도 좋아했지만 아킬레스 또한 자신에게 봉사하기를 원했다.

경쟁심은 그녀의 강한 열정의 일면인데 특히 위기 상황에서는 팀 내에서 그 위험을 함께 나누어 가짐으로써 그녀 자신이 혼자 실패자가 되는 상황을 피하고 싶어 한다. 그녀가 패배한다는 것은 곧 그녀 팀 전체의 패배이며 그래서 그녀 혼자 남은 멍에를 모두 짊어지는 일은 하지 않는다.

다른 사람들의 눈에 비친 아버지의 딸

그녀의 외모는 깔끔하며 전문 직업인의 이미지를 준다. 그녀는 혼자 집에 있을 때에도 다소 입기에 불편할지라도 그럴 듯해 보이는 단정한 옷차림을 하고 있다. 그녀는 위기상황에서도 언제나 이성적이며 차분하기 때문에 다른 사람들에게는 냉정하게 보인다. 그녀는 강렬한 눈빛 뒤에서 항상 무엇인가를 계산하고 있다.

그녀는 다른 사람들 앞에서 흐트러진 모습을 보이는 것을 매우 싫어한다. 그녀의 집은 그녀가 완전히 긴장을 풀고 쉴 수 있는 유일한 장소이다. 그녀는 남들에게 알려지지 않은 그녀만의 재미있는 놀이나 취미활동을 즐기며 실내에서 하는 활동을 선호한다.

아버지의 딸을 위한 성공전략

아버지의 딸은 스트레스를 풀고 건강 회복을 위해 자주 자연으로 돌아갈 필요가 있다. 그녀는 여성이라는 것은 의존적인 나약한 존재가 아니며, 그녀 스스로가 모든 일을 나서서 할 필요도 없고 그저 남자들 속에 일원이 된다는 것은 그다지 중요한 일도 아니라는 사실을 깨달아야 한다.

어린 시절 어떤 사건들이 그녀 성격을 지배하고 있는 이와 같은 전형을 형성시킨 것일까? 그녀는 자신의 어머니가 남자들에게 무시당하는 것을 보고 자신은 절대 그렇게 힘없는 여자가 되지 않겠다고

이야기를 창조하는 캐릭터의 탄생

다짐이라도 했던 것인가? 아버지가 가족의 모든 통제권을 장악하고 있었나? 어려서 마음은 신나게 놀고 싶지만 할 수 없이 부모님이 시키는 대로 밖에 나가지도 못하고 집 안에서 혼자 노는 아이였나?

이러한 유형의 여성이 성장을 하기 위해서는 다음의 조건들 중 하나와 맞아야 한다.

예술가 유형의 남성은 그녀에게 창조성과 잠시 긴장을 풀고 느슨해지는 법을 가르쳐줄 수 있다.

유혹자 유형의 여성은 그녀를 성에 눈을 뜨게 하여 남자들과의 사적인 관계를 만들어 가는 방법을 가르쳐 줄 수 있다.

파괴자 유형의 여성은 그녀에게 여성의 원초적 힘에 대하여 가르쳐 줄 수 있다.

냉소적 여성은 다른 여성들, 특히 남자의 정부情婦인 여자들을 혐오하는데 그런 냉소적인 여성을 통해 모든 여성들을 혐오 대상으로 삼는 일은 우스운 짓이란 사실을 깨달을 수 있다.

여성 가장 유형은 그녀에게 가족 내의 여성의 힘을 보여 줄 수 있고, 전통적인 가치들을 가르쳐줄 수도 있다.

●● 아버지의 딸 유형의 유용한 자질

도시 생활을 즐긴다 | 여자들 간의 우정보다 남자들과 나누는 우정을 선호한다 | 일과 직업의 가치를 최우선 순위에 둔다 | 팀 전체를 위해서는 어떤 궂은 일도 마다하지 않는다 | 독립적이다 | 언제나 성공을 염두에 둔 옷차림을 하고 집에 혼자 있을 때조차도 아무 옷이나 입지 않는다 | 매우 똑똑하고 이지적이다 | 자신감과 확신에 차 있다 | 자급자족 하기를 원한다 | 한 남자와 결혼생활로 묶이기보다는 그 남자와 그저 함께 지내는 것을 선호한다

아버지의 딸의 그림자: 중상모략가

악역으로서 아버지의 딸은 자신의 목적을 성취하기 위하여 다른 사람을 짓밟는다. 그녀는 다른 이들보다 한 발 앞서기 위해서 계산적이며 전략적인 머리를 쓰고, 목표 달성을 위해 친분 있는 주변의 강한 남자들을 이용한다. 때로 이런 주변의 남자들이 그녀의 충성심을 역이용하기도 한다.

그녀는 믿고 있던 남자가 자신을 배신했다는 사실을 알게 되면 몹시 분노한다. 여전사 유형의 여성이라면 남자들이 배신할 수 있다는 사실을 예상하고 있지만, 아버지의 딸은 자신의 믿음과는 달리 결과적으로 자신이 남자들의 일원으로 받아들여진 것이 아니라는 사실을 깨달으면서 비탄에 빠지고 만다. 그녀는 평생을 남자들 속에서 그들과 당당히 어깨를 겨루며 그들 속에 일원이 되려고 노력하며 살아왔기 때문이다.

그녀의 모든 정체성은 그녀의 직업에 집중될 수 있다. 그녀에게 있어 일을 잃는다는 것은 마치 사형선고와 같은 것이다. 이러한 상황에 닥치게 된다면 그녀의 충성스러운 태도는 돌변할 것이다. 그녀는

이야기를 창조하는 캐릭터의 탄생

악의를 드러내지 않고 평범한 일상을 사는 것처럼 보이기 위해 자신의 여성성을 이용하고는 후에 동료를 배신할 것이다.

그녀는 또한 여성의 권리를 주장하는 여성들과 맹렬한 싸움을 벌일 것이다. 그녀는 경쟁의 장이 공평하지 않다는 것을 인정하려 하지 않는다. 왜냐면 그것을 인정하는 순간 자신도 남자들과 동등한 대우를 받고 있지 못함을 인정하고 마는 격이 되기 때문이다. 그녀는 자신의 여성성뿐 아니라 조금이라도 자신이 보기에 나약한 부분은 되도록 거리를 두면서 드러내려 하지 않는다.

그녀는 다른 사람들이 자신에게 해코지를 할지도 모른다는 근거 없는 두려움을 갖고 있다. 그녀는 다른 이들이 보여 주는 충성심과 신뢰를 지나치게 의심하는 경향이 있어서 자신이 하는 말들이 결국 다시 부메랑이 되어 돌아와 자신을 불리하게 만들지도 모른다는 두려움으로 그들에게 속마음을 털어놓지 못한다. 그녀는 긴장을 늦추지 못하고 동료들과 협력적인 작업을 할 수도 없다. 그녀는 모든 사람을 의심의 눈초리로 쳐다보게 되고 결국 그룹에서 스스로가 떨어져 나오고 만다. 그녀의 재기 넘치던 유머감각은 사라져 버리고 만다.

그녀는 성공하고 싶고, 권력을 갖고 싶고, 최고의 자리에 오르고 싶은 욕망은 문제될 것이 없다고 생각한다. 그녀는 여자들보다는 남자들과 더 친하게 지내며 언제나 비장의 패를 들고 자신을 배반하는 동료는 누구든 복수를 하기 위하여 기회를 엿보고 있다.

●● 중상모략가

늘 덫에 걸린 듯한 기분을 느낀다 | 필요하다 싶을 때는 감쪽같이 속여 전형적인 상냥한 젊은 여자처럼 행동하기도 한다 | 언제나 자기 자신이 우선이다 | 다른 사람의 삶이나 일을 짓밟는 일에 큰 죄의식을 느끼지 않는다 | 자신이 필요할 때는 낯선 사람의 친절을 이용하기도 한다 | 다른 사람들의 도움도 스스럼없이 잘 받아들여 그들로 하여금 마음의 빗장을 풀고 그녀를 기꺼이 돕게 만든다 | 결정적인 순간에 자신의 본색을 드러내고 마구 퍼부어대기 전까지, 그녀는 자신을 잘 위장할 줄 아는 완벽한 거짓말쟁이다 | 피해망상증을 갖고 있어서 다른 이들이 자신에게 음모를 꾸미고 있다고 느낀다 | 긴장을 늦추고 여유롭게 휴식을 취하는 방법을 잘 알지 못한다 | 동료에게 자신의 속마음을 털어놓지도 못하고 함께 협력도 못한다 | 그룹에서 스스로를 이탈시킨다

이야기를 창조하는 캐릭터의 탄생

양육자 vs 과잉보호형 엄마

데메테르

데메테르는 유괴된 자신의 딸 페르세포네를 찾아 추운 겨울 어두운 밤거리를 헤매고 다닌다. 그녀 옆에 나란히 걷던 딸의 빈자리를 채울 길이 없는 그녀는 식음을 전폐하고 잠도 자지 않는다. 그녀가 흘리는 깊은 탄식과 절망의 눈물은 곡식이 익어 가는 벌판을 얼어붙게 하여 그녀가 지나간 땅에서는 그 어느 것도 자라지 않는다. 사랑하는 그녀의 딸이 돌아오기 전까지는 그녀의 발걸음이 내딛는 곳은 추운 겨울이다. 그녀의 딸이 돌아오지 않으면 곡식도 자라지 않고 봄도 찾아오지 않는다. 그녀는 딸에 대한 그리움으로 여념이 없어 자기 자신은 돌보지 않는다.

양육자

데메테르형 여성은 자식을 기르는 어머니 유형이지만, 그렇다고 이 여성이 꼭 아이가 있는 엄마여야 할 필요는 없다. 그녀에게 가장 기본이 되는 것은 다른 사람들을 도와주는 의무감이다. 다른 신들은 양육자인 데메테르에게 딸에 대한 납치와 강간을 묵인하고 하데스와 결혼을 종용하도록 하는 조건으로 많은 선물을 보내는데, 그녀는 모두 거절하고 만다. 오직 딸의 귀환만을 바라는 그녀에게는 다른 어느 것도 중요하지 않다. 그녀의 딸이 없어지면서 그녀에게는 자신의 일부가 함께 사라진 것이다. 딸과 함께 살아가는 그녀의 삶에는 열정이 있었다.

양육자 유형의 여성은 대부분의 삶을 자식들을 낳고 기르는 꿈을 꾸며 살아가므로 자식들은 곧 그녀의 삶이 된다. 만약 그녀가 아이를 가질 수 없다면 혹은 아버지 역할을 잘 해낼 수 있는 남자를 찾는다면, 그녀는 자신의 모든 에너지를 다른 사람을 돕고 돌보는 데 쏟는다. 양육자 또는 치유의 역할을 하는 직업에서 이러한 전형은 쉽게 발견된다.

그녀는 어머니로서의 삶과 남을 위한 봉사에 많은 가치를 두고 사는 다른 데메테르형 여성들과도 우정을 만들어 간다. 그녀들은 함께 모여 최근에 치유를 했던 경험과 자녀들을 양육하는 방법을 공유하며 많은 시간을 보낼 수 있다.

그녀의 정체성은 그녀의 자녀들 및 그녀가 돌보는 사람들과 관련이 있다. 그들은 그녀에게 삶의 목적과 의미를 느끼게 해준다. 그녀는 자선단체에서 일하면서 많은 사람들을 보살필 수도 있고, 보호소에 있는 동물들을 돕기도 한다. 자신의 가족들을 돌보기도 하고, 길에서 만난 낯선 사람에게 도움을 주기도 한다. 가까운 친구나 사랑하는 사람을 위해 곁에 있어 주기도 하고, 자신이 가르치는 학생들을 돌봐주기도 한다. 또는 자기 치유에 관한 책처럼 엉망이 된 상황을 수습해서 창조적인 일로 바꾸어 놓기도 한다.

이야기를 창조하는 캐릭터의 탄생

양육자는 무엇에 관심이 있나?

그녀는 어떤 위험요소의 존재 여부와 상관없이 복지단체의 어린이들을 돌본다. 그녀는 자신이 순교자라도 되는 듯 다른 사람들을 먼저 생각하는 경향이 있다. 자신이 돌보는 사람들, 특히 그 대상이 어린 아이라면 그녀에게 우선순위는 아이가 되는 것이다. 만약 자신의 아이를 구하는 일이라면, 그녀는 온 동네를 희생시킬 수도 있는 사람이다.

　일이 잘 되어갈 때 그녀는 그룹 전체를 위한 일에 관심을 두고 그녀가 거의 잘 알지 못하는 사람들에게도 멋진 선물을 선사하기도 한다. 그녀의 보살핌을 받는 몸이 아픈 사람들은 그녀를 천사라고 부르기도 한다. 그녀는 시간이 있을 때는 자선단체나 자원봉사에 관심을 가진다. 그녀는 자신의 감정과 상황에 앞서 다른 이들의 삶을 행복하게 하는 것이 우선이기 때문에 때로 그녀 자신의 삶은 불안정하기도 하다.

양육자가 두려워하는 것

양육자 전형은 자신이 돌보는 사람들을 잃게 되는 것을 두려워한다. 그녀의 모든 정체성과 삶의 의미가 다른 사람들을 돌보는 데 있기 때문이다. 있을지도 모를 위험으로부터 자신이 돌보는 사람을 지키기 위한 그녀의 보살핌이 때로 그들 개인의 독립성을 파괴하는 일이라며 그녀를 비난하는 사람들을 볼 때 그녀는 몹시 화가 난다.

그녀는 자신이 없는 곳에서 아이가 위험에 처할까 두려워한다. 행여 아이에게 무슨 일이라도 생긴다면 그녀는 모든 일이 자기 탓이라는 죄책감에 시달리다 심한 우울증에 빠질 것이다. 그녀는 어쩔 수 없는 상황에 빠지고 만다. 그녀의 생활은 온통 비탄에 젖고 그녀의 고통은 주변의 다른 사람들에게도 전가될 것이다.

그녀의 아이나 자신이 돌보던 환자가 떠난다면 그녀는 도저히 그 상황을 참아내지 못할 것이다. 그렇게 되면 그녀야말로 도움이 필요한 사람이며 그녀는 "빈 둥지 증후군"에 걸릴 가능성이 가장 높은 사람 중에 하나이다.

그녀는 자기 분석에는 그다지 관심이 없다. 왜냐면 그녀는 자신만의 생각과 감정을 가지는 것을 두려워하기 때문이다. 그녀는 자신에 관한 무언가를 생각하는 것을 좋아하지 않으므로 침묵의 시간을 싫어한다. 그녀는 그 시간을 피하기 위하여 차라리 다른 무언가에 열중하는 편을 선호한다.

양육자에게 동기를 부여하는 것

사랑과 소속감은 그녀에게 강한 동기부여가 된다. 그녀는 다른 사람들과 관계를 맺어 가는 것을 좋아한다. 그녀에게 가족을 만들어 주어라. 그리고 그 가족 구성원이 그녀의 보살핌을 고맙게 받아들여 주는 분위기라면 아마도 가족은 그녀에게 최고의 선물이 될 것이다. 그녀

이야기를 창조하는 캐릭터의 탄생

는 분명히 몸이 아픈 아이를 입양하려 할 것이다.

　엄마라는 것, 그리고 양육을 한다는 것은 그녀에게 살아갈 이유를 제공한다. 그녀는 이 소중한 관계를 지키기 위하여 그 어떤 일도 마다하지 않을 것이다. 신화에서 데메테르는 다른 모든 신들을 맹렬히 비난할 때에는 매우 강하게 자신의 목소리를 내며 자신의 딸을 되찾겠다는 의지를 굳건히 다졌다. 양육자 전형들은 신화에서도 이 이야기 부분을 좋아하고 칭송한다.

다른 사람들의 눈에 비친 양육자

어떤 사람들은 그녀를 의존적이며 자신감이 없고, 수동적인 성향을 갖고 있다고 본다.

　그녀는 많은 사람들을 기쁘게 하기 위하여 자신이 압도당할 만큼 많은 일을 한꺼번에 떠맡아 처리하려는 경향이 있다.

　그녀는 성적으로 매력적으로 보이는 데는 그다지 관심이 없으며 유행에도 무관심하다. 그녀는 매우 아름다운 여성일 수도 있다. 그러나 정작 그녀 자신은 그 사실을 깨닫지 못하는 것 같다.

양육자를 위한 성공전략

양육자 유형의 여성은 가끔은 다른 사람들에게 부속된 자신을 내려

놓고 자신만의 정체성을 찾을 필요가 있다. 그녀는 스스로 자신을 돌볼 수 있다는 사실과 가끔 혼자 있는 것이 도움이 된다는 사실을 깨달아야 한다. 요가나 글쓰기는 그녀가 자신을 사랑하는 법을 배워 가는 좋은 취미가 될 수 있다.

어린 시절 어떤 사건들이 그녀 행동을 지배하고 있는 이와 같은 성격을 만들었을까? 그녀는 어린 시절 엄마의 부재를 경험했던 것일까? 그래서 자신의 아이들을 옆에서 돌보아주면서 자신이 못 받았던 엄마의 사랑을 채워주려는 것일까? 그녀는 어려서 자신의 형제자매들을 돌보아야 했나? 그녀는 인형 선물들을 많이 받고 세상에서 엄마가 되는 것이 가장 가치 있는 일이라는 말을 듣고 자랐나? 그녀의 삶에서 그녀에게 도움을 주었던 가령 선생님 같은 그런 사람이 있었나? 그래서 이제 성인이 된 그녀가 어려서 받았던 도움을 누군가에게 다시 돌려주고 싶어 하는 것인가?

이러한 유형의 여성이 성장을 하기 위해서는 다음의 조건들 중 하나와 맞아야 한다.

'여자의 남자' 유형의 남성은 그녀의 뒤에서 그녀를 돌보아주면서 다른 이들과 동등한 관계에서 서로 도움을 주고받는 것이 어떤 느낌인지를 알려준다.

은둔자 유형의 남성은 그녀에게 혼자 있는 시간의 가치와 자신을 알아가는 것의 중요성을 가르칠 수 있다.

고르곤 유형의 강한 여성은 그녀에게 만만하지 않은 세상살이의 고단함과 그녀를 함부로 대하는 사람들을 어떻게 다룰 것인지를 알려 줄 수 있다.

이야기를 창조하는 캐릭터의 탄생

신비주의자 유형의 여성은 그녀에게 자신을 사랑한다는 것의 중요성을 일깨워 줄 수 있을 것이다.

●● 양육자 유형의 유용한 자질
자신의 아이들이든 학생이든 혹은 환자든 상관없이 자신이 보살피는 사람들과 함께 많은 시간을 보낸다 | 자신보다 다른 사람을 먼저 생각한다 | 다른 사람들을 돕는 일에는 주저함이 없다 | 주변에서 알고 지내기에 좋은 사람이다 | 매우 조력적이다 | 다른 사람들의 의견에 귀 기울인다 | 자신의 가족을 위해 헌신적이다 | 인자한 성품을 지녔다 | 대부분의 시간을 집에서 보내는 것을 좋아한다

●● 양육자 유형의 성격적 결함
그녀의 모든 정체성은 다른 사람을 돕는 일과 관련이 있다 | 자녀들에 대해서 끊임없이 걱정을 한다 | 'No' 라는 말을 잘 하지 못하기 때문에 자기희생적이며, 한꺼번에 너무 많은 일을 맡는다 | 가족들이 하는 말을 감정적으로 받아들인다 | 누군가 관심을 쏟을 대상을 필요로 한다

양육자의 그림자: 과잉보호형 엄마

악역으로서 양육자는 그저 돌볼 대상을 찾기 위하여 다른 누군가의 아기를 납치하기도 한다. 그녀는 사교에 도움이 되는 것으로 간주된다면, 다른 누군가의 창조적인 계획도 훔치려 할 것이다.

그녀는 영화 〈미저리〉에서 애니 윌크스(케티 베이츠 분)처럼 사람들이 자신이 베푸는 도움을 기꺼이 받아들이도록 만들기 위하여 그들을 조종하려 할 것이고 그저 돕고 싶은 자신의 욕구를 채우기 위

하여 그들의 목숨을 앗는 일도 서슴지 않을 것이다.

그녀는 자신의 아이에게 독극물을 먹이고는 병원에 데려가 그녀가 아이들을 얼마나 헌신적으로 돌보고 있는지를 다른 사람들에게 알리고 관심을 받고자 하는 유형이다. 그녀는 자신의 절망을 딸에게 투영시켜 딸로 하여금 집을 벗어나지 못하게 하여 딸의 독립성을 키워 주지 못하는 엄마다. 그녀는 자신의 죄의식을 다른 사람들에게 전가시키는 유형이다. 그녀는 다른 사람이 자신에게 기대하는 바를 모두 해준다. 그녀는 다른 사람들이 자신의 도움 없이는 살아 갈 수 없다는 생각을 하고 있지만, 현실적으로 정작 다른 사람의 도움 없이 살 수 없는 사람은 그녀 자신이다. 그녀는 자신이 다른 사람들을 돕고 있다고 믿지만 사실 자신의 문제를 회피하려는 그녀의 노력으로 그녀의 삶은 다른 사람들의 인생으로 온통 꽉 차 있는 것이다.

그녀는 주변에 누군가가 함께 있어 주고 방향을 제시해 주지 않으면 기능을 제대로 수행할 수 없는 매우 의존적인 사람이다. 그녀는 다른 사람들과의 관계가 단절되면 비탄에 빠지고 무력감을 느껴 혼자 남겨지는 두려움에 압도당하고 만다. 자신감이 부족한 그녀는 스스로 무언가를 할 수 없다. 그녀는 누군가 자신을 돌봐줄 사람이 있다는 사실을 확실하게 하기 위하여 다른 사람을 보살피는 노력을 기울인다. 그녀는 혼자 남겨지면 속수무책의 감정을 느낀다.

그녀는 자녀들 양육으로 자신의 삶은 포기했고 그들을 위해 생애를 희생했다고 느낀다. 그래서 그녀는 자녀들로부터 존경과 순종을 원한다.

●● 과잉보호형 엄마

다른 사람들이 자신을 아무렇게나 버려두고 자신의 곁을 떠날지도 모른다고 생각한다 | 자신이 다른 사람들 없이는 살아갈 수 없으므로 다른 사람들도 자신의 도움 없이는 살아갈 수 없다고 생각한다 | 다른 사람들을 위한다는 목적으로 그들을 다치게 할 수도 있다 | 다른 사람들이 원하지 않을 때도 그들의 삶에 참견을 한다 | 죄책감을 느끼게 하여 다른 사람들을 조종한다 | 아프거나 도움이 필요할 때는 지나치게 과장되게 표현한다 | 자신이 도움이 될 것 같지 않은 일에, 요청을 받지도 않았는데도 나선다 | 가끔은 정말로 착한 사람처럼 보여서 다른 사람들을 당황하게 만든다 | 자신감이 부족하다 | 혼자서는 아무 일도 하지 못한다

여성 가장 vs 냉소적 여성

헤라

결혼과 풍요의 여신으로 막강한 권력을 가진 헤라는 은하수의 별들을 지구 위에 흩뿌려 놓았다. 헤라클레스라는 이름은 그녀의 막대한 권력의 증거인 '헤라에게 영광'을 의미한다. 제우스가 그녀에게 마음을 빼앗겼을 때 그녀는 제우스로부터 결혼 약속을 받아낼 때까지 그에게 저항할 수 있었다. 후에 제우스의 배신으로 그녀는 복수심에 불타게 된다. 결혼의 맹세는 그녀에게는 매우 성스러운 것이어서 그녀는 끝까지 제우스를 떠나지 않고 자신들의 동반자 관계도 포기하려 하지 않았다. 이제 그녀는 공정성에 근거하여 때로는 조언을 하며 신들의 가족을 유지시켜 나가는 데 자신의 힘을 쏟고 있다.

여성 가장

여성 가장은 가정을 책임지고 있는 여성이다. 그녀는 가족에게 필요한 것들을 살피고 그 대신 가족들에게 자신을 존중해 줄 것을 요구한다. 그녀는 가족들에게 그녀가 꼭 필요한 존재라는 사실을 느끼게 하려는 만큼 그녀 자신도 가족들을 필요로 하고 있다. 그녀는 아내나 엄마로서의 역할을 벗어나서는 자신의 정체성을 갖고 있지 않다. 그

이야기를 창조하는 캐릭터의 탄생

러나 양육자 유형과 달리 그녀는 매우 강인하고 지략이 있으며, 웬만한 일에는 꿈쩍도 않는 여성이다. 만약 그녀의 남편이 가정에 충실하지 못한 모습을 보인다면, 그녀는 그 상황을 그냥 받아들이지 않는다. 그녀에게 잘못을 저지르고 있는 남편의 행실을 손 놓고 보지는 않을 것이다.

그녀는 강하면서도 헌신적인 여성이다. 여성 가장 유형은 그 어느 유형의 여성보다 성실하고 다정한 파트너이다. 그녀는 삶에서 어떤 일이 일어나도 자신의 가족이나 동료를 두고 떠나는 일은 하지 않는다. 그녀는 자신이 원할 때는 다른 이들에게 매우 너그럽고 지원도 잘 해주는 편이며, 자신이 해준 만큼 받기를 기대하기도 한다. 그녀는 사람들이 조언을 구하기 위해 찾아가는 유형의 여성이다.

결혼식 날은 그녀 인생에서 가장 중요한 날이다. 그녀는 평생 결혼식처럼 살기를 바란다. 그녀가 느끼는 내적 충실성은 그녀가 결혼식장을 걸어 들어갈 때부터 습관처럼 그녀에게 평생 따라다니는 그런 것이다. 모든 눈이 그녀를 향하고 그녀는 관심의 중심에서 사람들의 찬사를 받고 있는 것이다. 그녀의 남편은 그녀의 삶이 되고, 이제 합법적으로 서로가 일치하여 부부로 결합되는 것이다. 그녀는 완벽한 아내가 되기를 꿈꾸지만 그것이 자신의 남편을 행복하게 하기 위한 것만은 아니다. 그녀 자신을 행복하게 만들고 싶기 때문이다. 그녀는 철옹성처럼 단단한 가정을 꾸려 나간다는 사실에 강한 자긍심을 가진다. 만약 그녀에게 자기 자신만의 가족이 없는 상황이라면, 그녀는 모든 열정과 힘을 자기 사업에 쏟거나 직원들과 대리가족의 관계를 만들어 갈 것이다.

여성 가장은 무엇에 관심이 있나?

여성 가장은 아내가 되는 것에 관심이 있으며, 결혼을 해도 남편이나 자녀가 없다면 뭔가 채워지지 않은 결핍을 느낄 것이다. 결혼은 그녀에게 일정한 지위에 오른 듯한 명성을 느끼게 해줄 것이며 그래서 결혼식 날은 그녀 인생에서 가장 행복한 날이다. 결혼 서약은 그녀에게 아주 신성한 것이므로 그녀는 그 약속을 매우 신중하게 받아들인다.

그녀는 대가족을 꾸려 가기를 원하며 그들이 집을 떠나서 함께 살지 않아도 끊임없이 가족들을 통제하려 든다. 그녀는 가족들이 자신을 필요로 한다고 생각한다.

계획을 세우는 것을 좋아하고 사람들을 초대하는 것도 좋아한다. 만약 그녀의 초대를 받았다면 반드시 참석을 하는 것이 좋을 것이다. 혹시라도 불참한다면 그녀는 그 사실을 곱씹으며 절대 잊지 않을 것이다. 그녀에게 세상에 가족모임에 참석하는 것보다 더 중요한 일은 없는 것이다.

그녀의 남편은 그녀의 정체성을 구성하는 중요한 요소이다. 다른 가족은 두 번째다. 그녀는 자식들에게 맹목적이며 손자들이 있다면 그들에게도 그렇게 할 것이다. 그래서 며느리는 자녀양육에 관한 그녀의 강력한 조언에 자주 언짢아한다. 그녀에게 자신이 하는 조언은 곧 따라야 하는 법이기 때문이다.

이야기를 창조하는 캐릭터의 탄생

여성 가장이 두려워하는 것은 무엇인가?

여성 가장은 혹시 결혼을 못하게 되거나 그래서 자녀를 갖지 못하게 될지도 모른다는 두려움을 갖고 있다. 결혼을 하게 되면 남편을 잃게 될까 두려워하고 어떤 일이 있어도 남편과 함께 인생의 풍랑을 넘어가려 한다. 결혼을 유지하기 위해서면 그녀는 어떤 값이라도 치를 것이다. 만약 그녀가 가족이 없는 여성이라면 어떤 대가를 치르더라도 자신의 회사를 유지하기 위해 노력할 것이다.

그녀는 점점 나이가 들고 혼자가 된다는 것에 두려움을 느낀다. 그녀는 자녀들이 자라서 집을 떠나려고 하는 날이 올까 봐 몹시 두려워하고 있으며 또한 남편이 출장을 가서 집을 비우는 것도 두려워한다. 자신이 그 시간들을 어떻게 채울지 고민한다.

그녀는 통제력, 특히 자녀들에 대한 통제력을 상실하게 되는 것에 대한 두려움을 갖고 있지만 그런 사실을 숨기고 드러내지는 않는다. 그녀는 호전적인 성향이 있으며, 만약 어느 자식이라도 마약에 빠져서 누군가의 강력한 힘을 필요로 한다면 그녀는 그 자식을 구하기 위한 전투를 벌일 것이다. 훗날 살면서 그 자녀가 그녀의 도움을 의무감에서 고마워하더라도, 그녀는 어쩔 수 없이 그 자녀를 도울 것이다.

여성 가장에게 동기를 부여하는 것

사람, 소속감 그리고 존중의 감정은 여성 가장에게 동기를 부여하는 아주 중요한 요소들이다. 그녀는 무조건적인 사랑과 지지뿐 아니라 가족을 원한다. 그녀는 아마도 남편의 성공을 위해 많은 노력을 기울일 것이며 그의 성공 속에서 그녀 자신도 함께 인정받길 원한다. 만약 그녀의 남편이 어딘가에서 상을 받게 되었을 때는 그 수상소감에 그녀에게 감사한다는 말을 꼭 언급하고 넘어가는 편이 좋을 것이다!

결혼, 그리고 호화스러운 결혼식은 그녀의 목표다. 그녀는 자신의 결혼식을 치르고 난 후에는 주변의 다른 가족들의 결혼식에 일일이 개입하길 원한다. 그녀는 자주 끼어들어 결혼식은 어때야 한다는 식의 발언을 하며 지적하기도 한다.

다른 사람들의 눈에 비친 여성 가장

언제나 크고 강해 보이며 모욕을 당하는 상황에서조차 머리를 곧추세우고 당당함을 잃지 않는다.

그녀는 어떤 스타일의 옷을 입든 남편의 이미지와 어울리게 입음으로써 자신을 남편의 성공을 위해 매우 헌신적으로 내조를 하는 여성으로 비치게 한다. 남편의 성공은 곧 그녀의 성공인 것이다.

아주 가끔 그녀는 어둠 속에서 꼼짝 않고 서서 자녀들의 사적인 대화를 엿듣기도 하는데, 이것은 자녀들을 계속적으로 주시하고자

이야기를 창조하는 캐릭터의 탄생

하는 노력의 일환인 셈이다. 그녀는 자신이 사전에 알지 못하는 어떤 일이 아주 가까이에서 벌어지고 있다는 사실을 참을 수 없어 한다.

그녀는 누군가를 향해 쉽게 소리를 지를 수도, 또 비웃을 수도 있으므로 쉽게 당해낼 수 없을 것같이 보인다. 그녀는 자녀들이 엄마인 자신을 속여 넘길 수 있다고 생각하길 원치 않는다. 그녀가 하는 일은 언제나 옳은 일이며 그녀의 말은 곧 법이다.

그녀의 강인함은 그녀로 하여금 가족 내의 모든 사람이 기댈 수 있는 단단한 바위처럼 느끼게 만든다.

여성 가장을 위한 성공전략

여성 가장은 남편에게 헌신하는 만큼 자기 자신에게도 헌신하는 방법을 배울 필요가 있다. 그녀는 일단 결혼을 하게 되면, 그녀가 되고자 했던 완벽한 아내라는 역할에 전념한다. 그녀가 하는 모든 일은 남편을 위해서, 그리고 남편과 함께하는 것들이다. 그녀는 다른 사람 안에서 찾아지는 행복이 슬픔을 줄 수 있다는 사실을 깨달아야 한다.

어린 시절 어떤 사건들이 그녀의 행동을 지배하고 있는 이와 같은 성격에 영향을 미친 것일까? 그녀의 아버지는 엄마의 일거수일투족을 통제했고 그런 엄마를 보고 자란 그녀는 절대 엄마처럼 살지 않겠다고 다짐이라도 했던 것인가? 그녀는 모든 이웃들에게 그럴 듯하게 행동하며 완벽하도록 길러진 것인가? 어린 시절 가족이 뿔뿔이 흩어져 살았던 경험이 있는가?

이러한 전형이 성장을 하기 위해서는 다음의 조건들 중 하나와 잘 맞아야 한다.

독재자 유형의 남성은 그녀의 통제권을 훔치고 가족의 기강을 뒤흔든다.

광대 유형의 남성과 소녀 유형의 여성은 그녀에게 젊음과 사랑, 자연스러움을 알려주면서 그녀의 통제권을 내려놓게 한다.

신비주의 유형의 여성은 그녀에게 자신의 내면을 들여다보고 자신이 실제로 어떤 사람인지를 깨닫게 해줄 수 있다.

아버지의 딸 유형의 여성은 그녀에게 일을 갖는 것을 가르쳐주고 독재자가 되는 대신 여러 사람 속에서 조화를 이루는 사람이 되는 방법을 알려줄 수 있다.

●● 여성 가장의 유용한 자질

가족들이 자신을 힘들게 하더라도 그들과 함께 지내는 것을 좋아한다 | 다른 사람들에게 즐거움을 주는 일을 즐긴다 | 파티를 계획하여 가족들을 위한 모임을 갖는 것을 즐긴다 | 결혼 생활에 매우 헌신적이다 | 자주 자신의 멋진 결혼식을 꿈꾼다 | 자기 자신의 가족이 없는 상황이라면 회사를 매우 가족적인 분위기로 꾸려나갈 것이다

●● 여성 가장의 성격적 결함

행복을 자신의 남편과 친구들의 사랑에 의존하는 편이다 | 자신의 이상형인 남자를 만나면 우정도 내팽개친다 | 자녀들을 예의 주시하기 위하여 자녀들의 사생활을 침해하기도 한다 | 자신의 정체성을 가족 안에 국한시킨다 | 남편의 보이는 이미지와 성공을 자기 자신보다 우선시한다 | 명령을 하고자 하는 자신의 욕구에 강박적으로 사로잡혀 있다

이야기를 창조하는 캐릭터의 탄생

여성 가장의 그림자: 냉소적인 여성

여성 가장의 분노와 힘은 남편이나 가족들이 자신을 떠났다고 느낄 때 드러난다. 만약 그녀의 남편이 외도라도 했다면, 그녀 안에서 끓어오르는 분노와 복수심으로부터 안전한 사람은 아무도 없다. 그녀는 아마도 남편보다 앞서 그 상대 여성에게 먼저 분풀이를 할 것이다. 그녀의 정체성은 남편과 깊이 연관되어 있으므로 그녀는 잘못의 원인을 상대 여성이라고 믿을 수밖에 없고, 그래야만 결혼 생활의 파탄을 면할 수 있는 것이다. 모든 책임을 지고 있는 사람은 그녀 자신이므로 그녀는 남편에 대한 통제력을 되찾을 것이다.

그녀에게 꾸려 나가야 할 가족이 없는 삶은 상상할 수도 없는 일이다. 그녀는 모든 일을 자신의 손안에서 쥐락펴락해야만 직성이 풀리는 사람이다. 규칙이 없는 혼돈의 상황은 그녀에게는 허용되지 않는다. 그녀는 가족을 온전하게 유지하기 위해서 행해지는 것이라면 그 어떤 조치도 정당화시킬 수 있다.

그녀는 때때로 융통성 없고, 충동적이며 예측불허의 행동을 하기도 한다. 그녀는 현실에서 혹은 가상에서도 버림받는 상황을 만들지 않기 위해 어떤 일도 서슴지 않고 하기 때문에 그녀의 기분은 변덕스럽다. 그녀는 자신의 장기적인 목표나, 일의 선택 그리고 정체성에 대해서는 확신을 갖고 있지 못하다. 이런 부분에 있어서 그녀는 공허감을 느끼기도 하고 짜증을 잘 내기도 한다. 그녀는 수동적 공격 성향을 갖고 있으므로 가족 중 누군가가 그녀가 틀렸다고 주장한다면 그녀는 말로는 괜찮다고 하지만 실제로는 그 반대임을 보여 줄 것이다. 그녀는 어쩌면 가족의 관심을 받기 위하여 자살을 감행하거나 자해를 할 수도 있다.

그녀는 스스로 가족을 위해 모든 것을 해왔다고 생각하고 있으므로 가족들은 그녀의 헌신에 대한 대가로 그녀에게 일종의 충성심을 보여 주어야 한다고 믿고 있다. 그녀는 주변에서 일어나는 모든 일들을 통제하고 만약 가족들이 그 사실을 마땅찮게 여긴다면 그건 그녀에게는 통하지 않는 일이다. 그 어느 누구도 가족이라는 울타리를 떠날 수 없으며, 특히 나쁜 일로 얼굴을 붉히며 떠나는 일은 더더욱 있어서는 안 되는 일이다. 그녀의 생각대로라면 가족 간의 배신이라는 것은 가장 큰 도덕적인 죄악이다. 만약 그녀의 남편이 고귀한 가족이라는 공동체를 파탄하려 든다면 그녀는 그전에 차라리 남편 스스로 자멸하는 길을 택하게 할 것이다. 그녀는 남편의 배신으로 가족의 울타리가 붕괴되느니 차라리 남편의 죽음을 보는 것이 낫다고 생각할 것이다.

●● 냉소적 여성

남편이나 가족이 그녀를 떠나 버릴지도 모른다는 두려움을 갖고 있다 | 그녀는 자신을 마치 남편과 같은 사람인 것처럼 얽어 놓았다 | 그래서 그녀는 남편의 실체를 제대로 파악하지 못할 수도 있다 | 모든 통제력을 얻기 위한 싸움을 벌인다 | 체면을 지키는 일이라면 그 어떤 일도 마다하지 않을 것이다 | 가족의 문제를 남들에게 함부로 노출시키지 않는다 | 결과적으로 자녀들이 적절한 시기에 필요한 도움을 받지 못할 수도 있다 | 수동적이면서도 공격적인 성향을 드러낸다 | 충동적이다 | 자기 자신의 정체성에 확신을 갖지 못한다 | 관심을 끌기 위해서라면 어쩌면 자살충동적인 성향을 보일 수도 있다 | 짜증을 잘 내고 변덕스럽다

　　　　　　　　　　　　　　　　이야기를 창조하는 캐릭터의 탄생

신비주의자 vs 배신자

헤스티아

빛을 잃어 가는 희미한 난로 불 뒤에서 헤스티아는 여성 특유의 세심한 연민의 마음으로 가정과 가족의 화목을 위해 축복을 빌어 준다. 그녀의 영혼은 그녀가 존재하는 곳에 있는 모든 이에게 기쁨과 평화 그리고 행복을 불러온다. 한밤의 고요 속에서 그녀는 모든 사람이 잠에 빠져든 그 시간에 숲속을 헤치며 밤을 누비고, 생명이 있는 모든 창조물들과 함께 기쁨을 나누며 열린 창가에서 명상을 한다. 그녀의 삶에 어떤 일이 펼쳐질지라도 언제나 그렇게 평화롭게 그녀는 몇 시간이고 앉아서 정신의 내면의 여정을 곰곰이 돌아본다.

신비주의자

헤스티아는 평화와 신비주의의 여성이다. 그녀는 생각하며 혼자 지내는 시간을 좋아하고 고독 속에서 행복을 찾아낸다. 그녀의 고요한 본성과 조용한 기질은 그녀가 만나는 모든 이에게 신비로운 분위기를 준다. 그녀는 어떻게 아무런 스트레스도 받지 않고 살 수 있을까?

그녀는 가정을 축복하고 매일의 일을 가볍고 즐거운 마음으로 수

행해 나간다. 그녀는 가족들이 먹을 빵을 구우면서도 경의를 느낀다. 아무리 수많은 페미니스트의 담론들이 쏟아져 나와도 그녀는 다른 고수입의 좋은 직장을 가진 여성보다 자신을 열등하다고 생각하지 않는다. 그녀의 정신은 쉽게 조종되지 않는다. 그녀는 성욕과 결혼으로 끌어들이는 아프로디테의 꾐에 굴하지 않고 저항할 수 있는 몇 안 되는 여신 중 하나이다. 그녀는 자신에게 집중하고 자신의 선택을 자랑스럽게 여긴다. 그녀는 결혼을 비롯해 외적이고 세속적인 욕구를 선택하기에 앞서 수녀의 영적인 삶을 선택하려 할 것이다.

그녀는 때로 명상이나 샤머니즘 또는 점술 같은 영역에서 활동하기도 한다. 그녀의 내적 세계는 풍요롭고, 매우 예민한 감성을 갖고 있다. 그녀는 다른 사람들의 생각과 감정도 잘 읽어내어 풍부한 연민의 감정을 갖고 있지만, 이런 성향이 그녀로 하여금 여러 사람 앞에 나서는 것을 경계하게 만들기도 한다.

신비주의 여성은 무엇에 관심이 있나?

신비주의자인 그녀는 꾸밈없는 단순함에 관심이 많다. 그녀에게 혼자 지낼 수 있는 공간을 갖춘 집이 주어진다면 그녀는 무슨 수를 써서라도 그 집을 지키려 할 것이다. 그녀는 온순한 성향을 갖고 있다. 단 자신만의 조용한 공간을 침범만 하지 않는다면 말이다! 그녀는 자신만의 창조적인 공간을 필요로 한다. 작업실이나 정원 정도라면 그녀만의 완벽한 공간이 될 것이다.

이야기를 창조하는 캐릭터의 탄생

그녀는 모든 집안일을 자신의 힘으로 척척 해낼 수 있는 자신만의 공간인 집안에서의 생활을 매우 잘 꾸려 간다. 그래서 집안일을 도와주는 사람은 결코 필요로 하지 않는다.

그녀는 아이들을 낳아서 키우고 싶다는 강렬한 욕구는 갖고 있지 않다. 그녀는 고독을 매우 즐기기 때문에 아마도 수감 생활을 하게 되는 상황이 온다 해도 여전사 유형만큼이나 크게 개의치 않을 것이다.

그녀는 자신이 하는 모든 일에 시간을 들인다. 그녀는 한 번에 한 가지 일에 단계별로 집중하여 즐거운 마음으로 수행한다. 그녀는 세상에는 그 어떤 일도 하찮은 것은 존재하지 않는다고 생각하기에 얼마만큼의 시간이 들어가느냐는 중요하지 않은 것이다.

재활용이나 지구 환경에 대한 자각은 그녀에게 매우 중요한 가치이다. 그러나 이러한 사실을 다른 이들에게 일장연설로 풀어 놓지는 않는다. 자연 속에서 보내는 시간을 즐기며 허브를 섞고 뭔가를 만들고 하는 것은 그녀가 가장 즐기는 취미이다.

신비주의 여성이 두려워하는 것

신비주의 유형의 여성은 자신의 두려움을 극복하기 위하여 많은 노력을 기울이지만 언제나 성공으로 끝나는 것은 아니다. 그녀는 다른 이들의 떠들썩한 삶에서 벗어나 혼자 있을 수 있는 자신만의 공간이라고 부를 수 있는 장소를 가질 수 없게 될까 두려워한다.

그녀는 자신을 부양해 줄 누군가와 함께 살아가는 것도 그리 나쁘다고 생각하지는 않는다. 그러나 자신이 원하는 일을 할 수 있는 능력을 가진 그녀가 다른 사람에게 의존적이 된다는 것은 다소 불편한 상황이다.

자신의 집이나 안식처를 잃는다는 것은 그녀에게 매우 충격적인 일이지만 그녀는 자신이 가는 곳이라면 어디서든 새로운 집을 만들 수 있다고 믿는다. 신비주의 전형에게 집은 마음이 깃든 중요한 장소인 것이다.

누구라도 그녀의 사생활과 고독을 앗아가는 이는 그녀의 적이 될 것이다.

그녀는 매우 예민하므로 많은 사람들이 모인 그룹 속에서는 깊은 두려움을 느낀다. 그녀는 다른 사람들의 감정을 잘 읽어내기 때문에 종종 여러 사람들이 모인 곳에서는 그녀 자신이 그런 감정에 압도당하기도 한다. 그녀는 장을 볼 때는 사람들이 많은 시간을 피해 늦은 밤 시간을 이용한다.

그녀는 시선의 집중을 받는 것을 몹시 싫어하므로 서로 부딪쳐 경쟁을 하는 상황은 가능하면 피하는 편이다. 그녀는 자신으로 인해 누군가 패배하는 모습을 보길 원치 않는다. 그녀는 모든 사람이 자기 자신의 노력에 합당한 예우를 받아야 한다고 생각한다.

신비주의 여성에게 동기를 부여하는 것

미적 가치관은 조화를 필요로 하는데, 그중 삶의 질서, 자신보다 위대한 누군가와의 교감은 그녀를 추진시키는 힘이다. 그녀는 교감과 창조를 위한 영적인 욕구를 지니고 있다. 그녀는 이 지구상에 자신이 혼자가 아니며 때로 자신의 주변에 어떤 기운 같은 것을 감지하기도 한다.

홀로 자유를 만끽하며 얻은 마음의 든든함은 그녀에게는 큰 동기를 준다. 그녀는 자신의 고요하고도 평화로운 일상을 지키기 위해서는 그 어떤 일이라도 할 것이다. 가령, 그녀는 수도꼭지가 고장이 나도 외부에서 배관공을 부르기보단 어떻게든 스스로 해결하려 할 것이다.

때로 다른 사람들의 어려운 처지는 그녀로 하여금 행동에 나서도록 명분을 갖게 한다. 그녀는 모든 사람은 저마다 순응해야 할 숙명이 있다고 믿고 있다.

다른 사람들의 눈에 비친 신비주의자

다른 사람들은 그녀를 조용하고 평온하며 느긋한 편이라 생각하며 한꺼번에 여러 가지 일을 처리하는 사람으로는 보지 않는다.

그녀는 대단한 인내심을 갖고 있어서 아무런 보상이나 대가 없이도 몇 시간이고 자주 다른 이들의 문제에 귀 기울여 주는 편이다. 어떤 이들은 그녀를 만만하거나 고지식해서 남의 말에 쉽게 속는 사람이라고 생각할 수도 있다. 그러나 그녀는 이해심 많은 지혜로운 여성이다. 그녀는 보이지 않는 곳에서 많은 일을 하고 있지만 대부분의 사람들은 그 사실을 잘 알지 못한다.

그녀는 주로 유행을 따르는 대신 편리함을 추구하는 단순한 복장을 즐긴다. 그녀는 자신만의 독특한 소박함과 재활용의 경제성을 잘 보여 주는 중고 할인 매장의 옷을 즐겨 입는다.

신비주의 여성을 위한 성공전략

그녀 인생의 주요한 목표는 무엇일까? 그리고 그녀가 두려워하는 것은 무엇일까? 그녀가 자신의 두려움을 극복하기 위하여 어떤 것들을 배워 나가야 하는가? 그녀는 홀로 서는 법을 배울 필요가 있을까? 자신의 집을 지키기 위하여 여러 사람 앞에 나서서 연설이라도 해야 하는 것인가? 그녀는 결혼은 하고 싶어 하지만 결혼의 의무감에 부담을 느끼고 있는 것인가?

신비주의 유형의 여성은 자기주장을 내세우는 법을 배울 필요가 있다. 그렇지 않으면 그녀의 욕구는 충족되지 않는다. 그녀는 세상 속으로 걸어 들어가 삶을 체험해 보아야 한다. 그래서 그녀는 누군가와 사랑에 빠지는 것이 자신의 정체성을 잃는 것은 아니라는 사실을, 그리고 결혼이 한쪽의 일방적 헌신을 강요하는 것도 아니라는 사실을 배워야 한다. 또한 그녀는 세상에는 자신과 같은 생각을 하는 사

이야기를 창조하는 캐릭터의 탄생

람들이 있음을, 그래서 자신이 외톨이로 지내야 할 필요가 없다는 사실을 깨달아야 한다. 드라마 〈프렌즈Friends〉의 피비(리사 크드로 분)는 다른 사람들이 뭐라 하든 침착성을 잃지 않는 여성이긴 하지만 그녀는 자신의 자유로운 영혼을 찾고 표현할 방법을 배울 필요가 있다.

어린 시절의 어떠한 일들이 이와 같은 그녀의 성격 형성에 주요한 영향을 미친 것일까? 그녀가 자라면서 받은 학대가 그녀를 자신만의 세계 속으로 들어가게 만든 것이었을까? 혹은 충분한 영성을 키우도록 격려를 받으면서 성장한 것일까? 그녀의 엄마가 초자연적 현상에 특히 관심을 가졌던 것은 아니었을까?

이러한 전형이 성장을 하기 위해서는 다음의 한 가지 조건들과 잘 맞아야 한다.

검투사 유형의 남성은 그녀에게 느낌과 강렬한 감정의 표현에 관하여 가르쳐줄 수 있다.

매혹적인 뮤즈 유형의 여성은 그녀에게 성性에 관심을 갖게 하고 내성적이고 조용한 그녀의 본성을 편안하게 드러내 보이도록 가르쳐 줄 수 있다.

메시아 유형의 여성은 그녀 자신의 신념을 실행에 옮길 기회를 열어 주며 그녀의 미래를 영적인 분야로 이끌어 줄 수 있다.

●● 신비주의 유형 여성의 유용한 자질

대부분 혼자만의 시간을 즐긴다 | 어떤 대가를 치루더라도 평화로운 삶을 유지시키고자 한다 | 자신의 가정생활과 고독에 가치를 둔다 | 다른 일들을 할 수 있는 충분한 시간이 있음에도 그녀는 한 번에 한 가지 일만을, 그것도 아주 주의 깊게 또 천천히 해낸

2부 16가지 여성 캐릭터

다 | 자신을 조종하려 드는 다른 사람들에게 저항할 수 있는 힘을 갖고 있다 | 영성적인 삶에 동참한다 | 신비로운 것들에 깊은 관심을 보일 수도 있다 | 그녀는 물질적 욕구나 값비싼 소유물이 없어도 살아갈 수 있다 | 아마도 채식주의자일 수도 있다 | 재활용을 잘할 것이고 환경을 지키는 일에 관심이 많다 | 다른 사람들이 자신을 조금은 별나고 기이한 시선으로 바라보아도 별로 개의치 않는다

●● 신비주의 유형 여성의 성격적 결함
다른 사람들과 어울리면서 나누는 즐거움을 잘 알지 못한다 | 주변에 사람들이 있어도 혼자만의 고독한 삶을 살아간다 | 그녀는 수줍음을 많이 타고 때로 소심한 모습을 보이기도 한다 | 자기주장을 분명히 하는 법을 배울 필요가 있다 | 지나친 환상 속에 살아가는 경향이 있다 | 현실 속에 살기를 원하지 않고 어쩌면 다른 별이나 4차원의 세계를 꿈꿀지도 모른다

신비주의 여성의 그림자: 배신자

악역으로서 신비주의 전형은 자신의 남편을 비밀리에 독살하는 곱게 나이 든 여인이다. 그녀는 자신의 조용하고 착한 심성을 이용하여 내면의 어두운 그림자를 그럴 듯하게 포장해 내어 그 어느 누구도 그녀가 나쁜 짓을 하리라고 생각조차 못하게 만든다. 그녀의 밝은 기질의 내면 어딘가에 잔학무도함이 숨겨져 있을지도 모른다.

그녀는 극도로 자신을 드러내지 않기 때문에 사람들은 그녀를 그저 상냥하지만 수줍음을 타는 정도의 사람으로만 여길 뿐 그녀가 감히 그릇된 행동을 하리라는 상상은 하지 않는다. 그래서 사람들은 그녀가 자신들의 기대와는 다른 사람이라는 사실을 알아버렸을 때 그

이야기를 창조하는 캐릭터의 탄생

녀에 대하여 깊은 배신감을 느끼게 된다. 사람들은 그녀에 대하여 보통의 여자들보다는 다소 높은 기준치에 그녀를 올려놓기 때문이다.

그녀는 자신이 가족들에게 얽매여 있다고 느끼게 되면 한순간에 폭발하여 자신의 삶과 가정에 다시금 통제력을 되찾고자 노력한다. 거절당하는 상황 또한 그녀로 하여금 자제력을 잃게 만드는 요인이다.

그녀에게는 사람들, 그리고 그들과 친교를 맺는 상황들을 회피하려는 경향이 있다. 그녀는 모든 상황에서 모두를 기쁘게 하려다 자신이 무슨 실수라도 저지를까 전전긍긍한다. 이러한 것이 그녀에게는 큰 중압감으로 다가와서 그녀를 한순간에 무너지게 하기도 한다. 그녀는 자신을 부족한 사람이라 여겨서 거절을 받게 될까 두려워한다. 그녀는 친밀한 관계를 맺고 있는 사람들이 없으며, 내성적이며 사교에 서툴고 모험을 감행하는 것을 두려워한다.

그녀는 사람들이 자신을 진실로 바라보지 않고 그녀의 내면을 들여다보려 하지 않는다고 생각한다. 그런 사람들 앞에서 그녀는 자신의 내부에 자리한 일탈적인 본성을 감추기 위하여 조용하고 작고 여린 여성의 상투적인 모습을 기꺼이 연출해 보인다. 만약 그녀가 결혼을 한다면 그녀는 남편을 자신에게서 평화롭고 조용한 삶을 앗아가는 골칫거리로 여길 수도 있다. 그녀는 자신이 누군가를 죽일지도 모른다는 말을 하며 자신의 행동을 정당화하려 들지만 사람들은 별다른 반응을 보이지 않는다.

●● 배신자

덫에 걸렸다고 느낀다 | 필요할 때는 조용하고 작은 여성의 상투적인 모습을 내세워 이득을 보기도 한다 | 자신을 가장 먼저 그리고 중요하게 생각한다 | 사람을 죽이거나 계명을 어기는 것을 조금도 두려워하지 않는다 | 왜냐하면 자신은 교회도 규칙적으로 다니고 헌금도 낼 만큼 내고 있다고 생각하기 때문이다 | 낯선 사람의 친절에 의존하기도 한다 | 다른 이들로 하여금 그녀를 돕고 있다는 사실을 기분 좋게 느끼게 만들어 그들이 마음의 벽을 허물게 만든다 | 거짓말에 천부적 재능이 있다 | 반사회적 성향을 갖고 있을 수도 있고 빈번하게 발생하는 정신적 질병이 그녀의 일탈적인 행동의 원인이 될 수도 있다 | 사교적인 성향은 매우 낮다 | 모험을 감행하거나 새로운 사람과 친구가 되는 것을 두려워한다 | 혼자 있고 싶어 한다 | 자신이 부족한 사람이라고 생각하고 사람들로부터 거부를 당할까 두려움을 갖고 있다 | 주변의 모든 사람들의 기분을 맞춰 주려 하고 그 압박감을 못 이겨 갑자기 감정이 폭발할 수도 있다

이야기를 창조하는 캐릭터의 탄생

여성 메시아 vs 파괴자

이시스

빛에 둘러싸인 그녀는 가는 곳마다 변화와 개혁 그리고 지식의 바람을 일으키며 대지를 가로질러 걸어간다. 그녀는 자신이 만나는 모든 사람들을 밝게 비춘다. 그녀는 홀로 삶과 죽음이라는 단어를 간직하고 있다. 왜냐면 그녀만이 신이라는 비밀의 이름을 알고 있기 때문이다. 그녀의 호감을 산 사람들은 영원한 생명의 신비로 축복을 받고 현재 그대로의 모습을 지키고자 하는 사람들은 그녀가 자신들의 영혼을 바꿔 놓을까 두려움에 떤다. 그들은 목숨이 다하는 마지막 순간까지 변화에 맞서 싸우려 할 것이고 그녀를 사악하다 말하며 그녀에게 위해를 가할 것이다. 그녀는 닫힌 마음으로 무관심하게 살아가는 사람들에게는 임무수행을 위해 다가가 자신의 자녀들이 구원과 자유를 찾도록 돕는다. 그녀는 아름다움이고 사랑과 연민이며 또한 변화의 상징이다.

여성 메시아

메시아는 양성성의 유형이다. 여성 메시아가 사랑과 깨우침으로 이르는 길인 반면 남성 메시아는 그 사랑과 깨우침으로 가는 길을 설파하고 보여 준다는 사실을 제외하고 두 유형은 모두 동일한 특성을 보인다. 아마도 이런 이유로 우리는 여성 성인聖人이나 요가 수행자보다는 남성 성인聖人이나 남성 요가 수행자들에 관하여 더 많은 이야기를 듣게 되는 것이다.

여성 메시아 유형은 다른 어떤 유형의 여성과도 어울릴 수 있는데, 이는 현생에서 그녀가 자신의 목적을 달성하는 데 도움을 줄 것이다. 예를 들어, 전쟁이 일어나면 잔다르크가 되어 아르테미스나 아마조네스 같은 여전사들에게 나타나 그들의 구원자가 되었다.

여성 메시아는 자신이 성스러움과 결부되어 있다는 사실을 알지 못할 수도 있지만, 무언가 중요한 것을 성취하려는 투지가 넘쳐난다. 이러한 면에서 그녀는 영적인 목표에 열중한다기보다는 그녀의 전 생애가 하나의 목표로 점철되어 있으며 그녀의 목표는 수천만 명의 사람들에게 그 영향력을 미치는 것처럼 보인다.

여성 메시아는 어려움에 봉착했을 때 그 문제를 전체적으로 볼 수 있는 능력을 소유하고 있다. 그녀는 결코 서둘러 결론을 내리는 법이 없으며 일상의 소문이나 사건에 휘말리는 일도 없다. 그녀는 모든 측면을 보고 모든 시각을 이해하는 객관적인 관찰자이다.

그녀는 모든 종교와 신앙 체계를 존중한다. 그녀는 다른 사람을 돕는 데 주저함이 없다. 왜냐면 그녀가 베푸는 것은 그녀에게 세 배로 돌아온다는 사실을 그녀는 알고 있기 때문이다.

여성 메시아는 여성이라는 이유로 인해 대중들로부터 영적으로 권위적인 인물로서는 그다지 쉽게 인정받는 편은 아니다. 그녀가 어느 정도 침묵을 유지하며 다른 사람들이 자신들에 관한 이야기들을 하도록 허용한다면 후에 그녀는 자신의 견해를 이야기할 기회를 얻

이야기를 창조하는 캐릭터의 탄생

게 될 것이다. 그녀가 전할 메시지를 갖고 있다는 것은 타당한 일이며 그것은 사랑과 동정심이라는 여성적인 특성에 관한 것이기도 하다. 그러나 그녀의 메시지는 아마도 잔 다르크가 그러했던 것보다 더욱 거칠게 전달될 수도 있다. 만약 여성을 동등한 견지에서 바라보지 않는 상황에서라면 이러한 그녀의 성향은 문제를 일으킬 수도 있다. 그녀는 히스테리성 기질이 있다는 평가를 받거나 혹은 중심에서 밀려난 채 '단지 별수 없는 가정주부'라는 소리를 들으며 자신과 자신의 업적을 무시당하는 상황에 처할 수도 있다.

그녀는 자신이 신神과 결탁되어 있다는 사실을 알아채지 못할 수도 있지만 그녀는 강한 목표의식을 갖고 태어났으며, 그 목표를 위해 자신을 기꺼이 제물로 바칠 용기를 갖고 있다. 투표권을 얻어내기 위하여 투쟁했던 여성들이 무엇을 희생했는지 그리고 로사 파크스Rosa Parks가 버스에서 위험을 무릅쓰며 백인에게 자리 양보를 거부했던 사건을 생각해 보라.

여성 메시아는 무엇에 관심이 있나

여성 메시아는 여자들이 겪는 역경과 특정한 사회에서의 여성들을 이해하고 있으며 그래서 여성의 지위 향상에 관심이 많다.

그녀는 다른 사람들뿐 아니라 자기 자신에게도 관심을 둔다. 그녀에게 생명이 있는 세상 모든 것은 신의 현시顯示이다.

그녀는 다른 사람들이 신이 주신 자신들만의 본성을 인식하는 일에 관심이 많다. 그녀는 모든 사람들이 영적으로 성장하길 바라고 있다. 그녀는 어린이들과 동물들에게 특별한 관심을 기울이는데, 그것은 그녀가 직접 나서서 그들을 돕지는 못하기 때문이다.

그녀는 육체의 치유에 앞서 영혼의 치유에 큰 가치를 두고 있다. 그녀 자신이 치유자로서의 능력을 타고나긴 했지만 그렇다고 고통의 체험을 통해 무언가를 깨달아야 할 필요가 있는 사람들에게서 그녀가 통증을 제거해 줄 수는 없다.

여성 메시아가 두려워하는 것

여성 메시아는 잘못된 길로 빠진 사람들이나 자기만족을 위한 그들 자신의 욕구 때문에 사람들이 길을 잃게 될까 두려워한다.

그녀는 자신이 박해 받을지도 모른다는 두려움을 갖고 있지만 이를 자신의 운명의 일부로 기꺼이 받아들인다. 그녀는 모든 일에서 보다 큰 선善을 발견한다. 만약 그녀의 행동으로 인해 가족들이 박해를 받게 된다면, 그것이 그녀가 유일하게 느끼는 고통이 될 것이다.

그녀는 자신의 과업을 달성할 시간이 부족하거나 혹은 다른 사람들의 고통을 지켜봐야 하는 상황에 대한 두려움을 갖고 있다.

이야기를 창조하는 캐릭터의 탄생

여성 메시아에게 동기를 부여하는 것

그녀 자신보다 더욱 위대한 무언가와 결부된 심미적인 욕구는 그녀의 욕구뿐 아니라 그녀에게 동기를 자극하여 무조건적인 사랑을 주고받게 한다.

그녀는 신과의 결탁을 유지하기 위하여 자신이 악마들과 전쟁을 벌여야 한다는 사실을 알고 있다. 그녀에게는 맑은 천상의 기쁨을 누리는 순간이 있지만 그녀는 곧 이러한 경험을 자신의 일상의 직무와 통합시켜야 한다는 사실을 깨달아야 한다. 그녀는 자신을 다른 사람의 윗자리에 올려놓지는 않는다.

그녀는 목적의식이 매우 강해서 목표를 달성하려는 의욕이 높다.

다른 사람들의 눈에 비친 여성 메시아

다른 사람들은 그녀를 좋은 사람으로 또는 나쁜 사람으로 보기도 하는데 그 중간쯤에 해당하는 평가는 없다. 사람들은 그녀를 두고 이상주의자이고 무분별하거나 권력을 과시한다고도 하고 혹은 성스럽고 현명하며 헌신적이라고 보기도 한다. 그러나 이러한 평가가 그녀에게는 별반 영향을 주지는 않는다.

많은 사람들은 그녀가 신, 특별히 성직자들과 결부되어 있다는 사실에 질투를 느낀다. 잔 다르크를 떠올려 보라. 그녀의 목소리를 통한 신과의 결탁은 그녀를 화형에 처하게 했다.

여성 메시아를 위한 성공전략

이러한 사람은 굳이 변화를 줄 필요는 없지만 대신 자신의 두려움을 통해 더욱 강해진다.

그녀 인생의 주요한 목표는 무엇일까? 그리고 그녀는 어떤 상황을 두려워할까? 그녀가 자신의 두려움을 극복하기 위하여 어떤 것들을 배워 나가야 하는가? 그녀는 분노에 들끓는 대중들 속에서 어떻게 중심인물로 부각되는지를 배울 필요가 있을까? 그녀는 전체에서 분리된 개인으로서 자신의 정체성을 찾을 필요가 있을까? 그녀는 다른 사람들에 의해서 좌우되지 않고 스스로 설 수 있는 법을 배워야 하는가?

여성 메시아는 사건의 결과에서 벗어나서 자신을 이끄는 신령스런 존재를 믿는 법을 배워야 한다. 그녀는 자신의 주장을 관철하고 그 결과에 상관없이 자신을 전적으로 믿어야 한다.

그녀는 자신을 비난하는 사람들, 그리고 스스로의 의구심과 맞서야 한다. 만약 그녀가 매우 초자연적이며 민감한 사람이라면 자신이 온전한 사고를 하고 있는 것인지 의문을 품을 수도 있다. 그녀가 처음으로 자신의 입장을 취하려 할 때 그녀에 관한 다른 사람들의 의견이 그녀에게는 큰 고민을 안겨줄 수도 있다.

삶의 어떤 시기에 그녀의 목표와 시각이 보다 강해졌으며 그 원인은 무엇이었나? 그녀는 세례를 받고 통과의례를 거쳤나? 그녀의 부모님은 적극적인 행동주의자들이었나? 그들은 영적이며 종교적인 사람들이었나? 그녀는 어려서 예민하거나 초자연적인 특성들을 보

이야기를 창조하는 캐릭터의 탄생

였나? 그녀는 다른 사람들이 해를 당하거나 또는 호의를 받았던 상황을 본 적이 있었나?

분명 이 사람은 자신의 성장보다는 다른 인물들의 성장을 도울 것이다.

그녀는 소녀 유형의 여성과 함께라면 재미있는 웃음거리를 찾으려 할 수도 있다.

신비주의 유형의 여성과 함께라면 편안한 침묵을 유지할 것이다.

보호자 유형의 여성은 그녀를 위한 보호동맹이 될 수도 있다.

마법사 유형의 남성은 그녀에게 다소 도전이 될 수도 있다.

●● 여성 메시아 유형의 유용한 자질

자기 자신보다 다른 사람을 더 잘 돌본다 | 자기 자신에 대한 건강한 자신감을 갖고 있다 | 어려움 속에서도 자신을 이끌어갈 수 있는 강한 영적인 믿음의 방식을 갖고 있다 | 유년 시절에도 대부분의 어른들보다 더 명석하고 성숙해 보였다 | 그녀는 모든 선을 위해 자신을 기꺼이 희생할 의지가 있다 | 어떠한 대가를 치르더라도 자신이 믿음을 위하여 견뎌낼 수 있다 | 스스로 물질에 대한 소유를 단념한다 | 자연과 조화로운 생활을 한다 | 결코 소멸되지 않는 내적 힘을 지니고 있다

●● 여성 메시아 유형의 성격적 결함

듣기가 불편한 사안일지라도 사람들에게 진실을 말한다 | 사람들로 하여금 성장을 위해 자신들의 능력을 넘어서도록 밀어붙이기도 한다 | 자신에 대한 의구심을 품고 있다

여성 메시아의 그림자: 파괴자

여성 메시아는 자신의 이득 및 욕구와 관련된 상황에서는 그렇게 사악한 행동을 하지는 않는 편이다. 그러나 그녀는 모두를 위한 최고의 선을 지키기 위해서는 무자비해질 수도 있다. 파괴자로서 그녀는 히틀러 같은 사람을 막기 위하여 원자폭탄이라도 투하할 것이다. 그 의도는 긍정적일 수 있으나 그 방법은 파괴적이며 난폭할 수 있다. 그녀는 '내가 널 세상에 나게 한 사람이니 네가 바른 행동을 하지 않는다면 너를 절대 가만히 두지 않겠다'고 엄포하는 엄마이다.

그녀의 행동은 자신을 위한 것이 아니라 모두의 선을 위한 것이다. 그녀는 다수를 구할 수 있는 일이라면 한 사람쯤의 희생도 감수할 수 있는 사람이다. 그러나 그 한 사람이 여러분 자신의 아이일 수도 있다. 그러한 결정을 내리는 그녀는 거의 감정이라고는 찾아볼 수 없는 사람처럼 보인다. 만약 당신의 영적인 성장을 위한 일이라면 그녀는 자신이 치유해 줄 수 있음에도 당신을 질병으로 죽게 내버려 둘 것이다.

그녀가 하는 일에는 감정적이거나 심적인 상황의 개입은 없다. 마치 그녀는 신에 의해서 그렇게 하도록 프로그램이라도 된 듯 일을 수행한다. 그녀는 완성해야 할 임무를 받은 로봇처럼 그저 일을 처리할 뿐이다.

그녀는 다른 사람들에게 자신을 정당화시키려 애쓰지 않는다. 그들은 어차피 그녀의 능력이나 그녀가 수행해야 할 부담을 완전히 이해하지는 못할 것이기 때문이다. 그녀는 모든 사람에게는 각자가 짊

이야기를 창조하는 캐릭터의 탄생

어지고 가야 할 업業이 있다고 믿는다. 당신이 받고 싶은 대로 다른 사람들을 대접하라. 그렇지 않으면 그녀는 다른 사람을 동원해서 당신에게 직접 행하게 하여 따끔한 맛을 보게 해서라도 당신에게 한 수 가르치려 할 것이다.

●● 파괴자

그녀는 모든 문제를 흑백논리로 접근한다 | 다수의 사람들을 구하기 위하여 한 사람을 희생시키는 일에 있어서는 지극히 냉정하다 | 그녀는 희생자의 육체가 아닌 정신을 보는 것이다 | 변혁에 따른 고통은 어쩔 수 없는 부분이라고 생각한다 | 사람들에게 도전하여 그들 자신의 능력을 넘어서도록 밀어붙인다 | 정의라는 이름으로 권력의 칼을 무자비하게 휘두른다 | 모두를 위한 더 큰 선을 위해 응징을 내린다 | 어떤 것들은 명확하게 설명될 수 없다는 사실을 알고 있다 | 다른 사람들을 안심시키려 하거나 편애하는 행동은 하려 들지 않는다

소녀 vs 문제아 10대

페르세포네

들판을 휘젓고 다니며 춤을 추는 페르세포네는 해가 저물자 꽃을 꺾는다. 세상에 걱정이라곤 없는 그녀는 발길을 멈추고 서서 자신의 주위를 맴도는 나비들을 지켜본다. 그녀는 멀리 보이는 수선화를 발견하고 이내 한달음에 달려간다. 꽃을 꺾는 그녀는 무아지경에 빠져 있어 그 꽃을 미끼로 자신을 납치해 신부로 삼으려는 하데스가 지하세계에서 올라오고 있다는 사실을 알지 못한다. 불시에 그녀를 덮친 냉혹한 삶의 현실은 그녀를 행복한 황홀경에서 깨어나게 만든다. 그녀는 자신의 고통을 통하여 다른 사람들을 도울 수 있다는 사실을 깨달아 죽은 사람들의 영혼을 마지막 안식의 장소로 인도한다. 페르세포네가 사라진 빈자리를 지키는 엄마의 비통한 마음이 닿아 그녀는 꽃이 만개하는 봄이 오면 지상세계로 돌아오도록 허락된다.

소녀

귀찮은 일상의 일이나 문제 따위에 무관심한 소녀는 마냥 즐겁고 유쾌한 삶을 살아간다. "뭐 별일 아니야"가 그녀의 삶의 모토이다. 그녀는 걱정이라고는 하지 않기 때문에 스트레스를 받는 일도 없다. 그녀

이야기를 창조하는 캐릭터의 탄생

는 모험을 감행하는데 이는 그녀가 스스로를 불사신 같은 존재라고 생각하고 있기 때문이다. 그래서 그녀는 다른 사람들로 하여금 자신을 따르도록 강요하기도 한다. 그녀의 넘치는 자신감은 다른 사람들에게 영향을 주기도 한다.

이러한 여성에게 나이는 그다지 중요한 요소가 되지 않는다. 왜냐면 아마도 소녀 유형의 여성은 마흔이 넘었어도 여전히 파티를 찾아다니며 즐기는 어린 소녀처럼 행동할 것이기 때문이다. 그녀의 어려 보이는 외모는 결코 시들지도 않는다. 그녀는 나이가 먹어도 철들지 않고 또 그렇게 되려 하지도 않는다. 결혼, 아이들, 그리고 책임감 등등은 그녀의 마음속에서 이미 뒤로 밀려나 있다.

그녀로 하여금 세상에 대한 눈을 뜨게 하는 어떤 일이 벌어지게 되면 그때 그녀는 자신에게 따뜻한 마음과 다른 사람들을 인도하고 치유할 능력이 있음을 깨닫게 될 것이다.

소녀 유형의 여성은 세상 속에 도사리고 있는 위험을 깨닫지 못한다. 그녀에게는 트라우마가 세상의 현실에 눈을 뜨게 하는 통과의례가 될 수도 있다. 그녀에게는 마치 그런 일이 언제 일어나기라도 했냐는 듯, 고통스런 경험을 애써 감추어야 할 때가 있을 수 있다. 그러나 삶에서 비슷한 상황에 놓이게 되면 내면에 숨겨진 그녀의 기억이 수면 위로 떠오르면서 그녀는 째깍거리는 시한폭탄이 되고 만다.

소녀는 무엇에 관심이 있나?

소녀 유형의 여성은 엄마와의 관계에 관심을 둔다. 그녀는 자신을 지지하고 돌봐주는 사람들과는 좋은 관계를 유지하려 한다. 그녀는 평화로운 관계를 이어가기 위하여 하고 싶은 말이나 의견이 있어도 참는 편이다.

그녀는 다른 사람들에게 의존하기를 좋아하며 바로 이러한 성향이 그녀로 하여금 자신의 삶에 대한 스스로의 책임을 회피하게 만든다. 돈 걱정을 하고 지불하는 책임도 그녀는 다른 사람에게 떠넘기는 편이다.

그녀는 새로운 사람들을 만나 즐거운 시간을 보내는 것을 좋아한다. 그녀는 언제나 또 다른 관심사나 유행, 그리고 즐길 만한 일을 찾아 나선다. 모든 새롭고 독특한 것은 그녀의 시선을 사로잡는다. 그녀는 한시도 지루할 틈이 없다. 그녀는 새로운 수업을 듣는 것을 즐기는데 그것은 그 수업들이 길어야 몇 주면 끝이 나고 잦은 변화가 있고 또 매 학기마다 새로운 사람들을 만날 수 있는 절호의 기회가 되기 때문이다.

소녀가 두려워하는 것

소녀 유형의 여성은 스스로 결정을 내려야 하는 상황을 두려워한다. 그녀는 누군가가 자신을 위한 적절한 결정을 내려 줄 때까지 주변

이야기를 창조하는 캐릭터의 탄생

사람들을 끊임없이 귀찮게 할 것이다. 그녀는 꼭 그래야만 하는, 그 래서 다른 선택의 여지가 없는 상황이 아니고는 자립을 원치 않는다. 그녀는 다른 사람들의 마음을 움직여 자신을 위해 일하도록 하는 어 떤 힘이 자신 안에 있다고 믿고 있다.

그녀는 다른 사람들이 자신을 그저 스쳐 지나가거나 자신을 제외 하고 성장해 나가는 것을 원하지 않는다. 그녀는 자신과 함께 즐길 사람들을 필요로 한다.

그녀의 가장 큰 두려움은 아침 9시부터 오후 5시까지 꼼짝없이 일을 해야 하는 직장에 매이는 것 혹은 남자들과의 관계를 자제해야 한다는 것이다. 그녀는 자신만의 공간과 자유를 필요로 한다. 강하지 못한 그녀의 영혼은 깨지기 쉽다.

사람들은 그녀가 순진해서 세상으로부터 공격 받는 것을 두려워 한다고 생각한다. 그러나 그녀가 자신의 주변에서 일어나는 일에 전 혀 영향을 받지 않는 것은 아니다. 그럼에도 불구하고 그녀는 그저 삶을 즐길 뿐이다.

소녀에게 동기를 부여하는 것

안전과 안심이 소녀 유형의 여성에게는 동기를 부여한다. 그녀는 자 신이 넘어지기라도 한다면 어딘가에 누군가 붙잡아 줄 사람이 있는 지를 알고 싶어 한다. 그녀는 삶의 어려움에 처해 있을 때나 그렇지 않을 때나, 혹은 부유할 때나 가난할 때나 자유로운 자신의 삶을 지지해 줄 누군가를 필요로 한다는 사실을 알고 있다.

큰 정신적 충격에 쌓인 상태라면 안심하고 보호를 받고 싶은 그녀의 마음은 그 어느 때보다 커진다.

그녀를 가장 그녀답게 만들어 주는 자유는 그녀의 삶에서 가장 큰 가치이다. 그녀는 자기 자신과 욕구를 표출해야 하지만 또 동시에 다른 사람들을 기쁘게 만들어 주어야 한다. 그래야만 그들이 어떤 일에서 그녀를 빼버리는 일이 없을 테니 말이다. 그녀는 독특하고 특별하다는 소리를 듣는 것을 즐긴다. 그녀는 터무니없는 행동을 하기를 즐긴다.

다른 사람들의 눈에 비친 소녀

여성들은 그녀를 어리고 미숙하고 냉정하다고 생각한다. 남성들이 바라보는 그녀는 성적 매력을 지니고 있으면서도 순진해서 자신들이 맘대로 통제하고 또 구해 주어야 할 여성이다. 그녀는 지배적인 성향을 가진 남성들에게 매력적으로 다가간다.

많은 남성들은 그녀의 청순한 매력에 끌려 그녀를 돌봐주고 싶다고 말들을 하지만 그들은 이내 지나치게 그녀를 과보호하거나 권위적인 모습으로 변하고 만다. 그들은 단지 그녀와 함께 있으면 젊어지는 기분이 들기 때문에 그녀를 좋아한다.

그녀는 때로 소녀 같은 옷을 입기도 하고 또 때로는 매혹적이고 섹시한 옷을 입기도 한다.

이야기를 창조하는 캐릭터의 탄생

소녀를 위한 성공전략

소녀 유형 여성의 주된 인생 목표는 무엇일까? 그리고 그녀는 무엇에 두려움을 느낄까? 그녀가 자신의 두려움을 극복하기 위하여 어떤 것들을 배워 나가야 하는가? 그녀는 자신을 돌보는 방법을 배워야 할까? 그녀는 자신의 영적인 측면을 발견할 필요가 있는가? 그녀는 항상 주변에 사람들을 가까이 두고 싶고 또 파티에 다니고 싶은 욕망을 초월해야만 하는 것인가?

소녀 유형의 여성은 종종 자립을 강요받는다. 그녀는 스스로를 부양하고 책임지는 법을 배워야 한다. 그녀는 자신의 능력으로 신뢰를 받고 자신에게서 강인한 기질을 보아야 한다. 그녀는 삶의 희로애락을 깨달아야 하며 마냥 낙관적이기만 한 시각을 걷어내야 한다.

그녀는 공적으로 다른 사람을 위해 베풀고 그들이 고통과 어려움을 극복하도록 돕는 강한 사람이 될 수 있다. 그녀는 자신 안에 내재된 이러한 타고난 재능을 발견할 필요가 있다. 그녀가 시선을 자신의 내부로 돌려 자신이 정말 누구인지를 알 수 있게 될 때 그녀는 매우 청순하고도 순수한 심성을 갖는다.

어린 시절 그녀에게 일어난 어떤 일들이 그녀의 성격을 지배하는 이와 같은 전형을 형성한 것인가? 그녀는 응석받이로 성장했나? 그녀의 부모님은 모든 문제와 고통으로부터 그녀를 숨겨 주었나? 손위 형제들은 그녀를 위해 모든 것을 다 해주었나? 그녀는 혹시 학습 장애가 있어서 특별대우를 받고 자란 것은 아닌가?

소녀 유형의 여성이 성장을 하기 위해서는 다음의 한 가지 조건들과 잘 맞아야 한다.

'여자의 남자' 유형의 남성은 그녀 안에 잠재되어 있는 힘을 보여줄 수 있고 그녀가 자신의 감수성과 영적인 재능을 이해하고 받아들이도록 그녀를 도울 수 있다.

마법사 유형의 남성은 어떤 식으로라도 그녀를 유괴하여 돌아다니며 그녀가 스스로 만들어 놓은 작은 세계에서 그녀를 꺼내어 준다.

여전사 유형의 여성은 자신을 돌보는 방법을 그녀에게 가르쳐 주어 그녀를 강하게 해줄 것이다. 여전사는 자신의 힘과 감수성을 어떻게 긍정적인 것으로 받아들이는지를 그녀에게 알려줄 것이다. 또한 그녀를 보호의 그늘 밖으로 나오게 도와줄 수 있다.

과잉보호형 엄마는 압도적이며 지배적이어서 그녀가 자립을 배울 수 있도록 집 밖으로 밀어낸다.

●● 소녀 유형 여성의 유용한 자질
사람들과 어울리고 파티를 즐긴다 | 엄마와 아주 밀접한 관계에 있으며 만약 그렇지 않게 되면 거의 제정신이 아닐 수 있다 | 친구나 관심사가 자주 바뀐다. 다양성을 즐긴다 | 토요일 밤을 즐기는 일 말고는 미래에 대한 계획은 없다 | 청순하고 온유해 보인다 | 다른 사람들의 말에 귀를 잘 기울인다 | 정신적 외상으로 고통 받는 사람들을 도울 수 있다 | 감수성이 뛰어나며 영적인 특성이 있다

●● 소녀 유형 여성의 성격적 결함
자신의 생존과 자유를 위해 다른 누군가에게 의존한다 | 관심을 끌고 주목받기를 좋아한다 | 관계에 전적으로 충실하지 못하는 어려움이 있다 | 행동에 따르는 결과를 이해하지 못할 수도 있다 | 자신에게 어떤 일도 벌어지지 않을 듯이 낙관적인 생각만 하고 돌아다닌다 | 다른 사람들을 기쁘게 하기 위하여 의견이 있어도 잘 드러내지 않는다

이야기를 창조하는 캐릭터의 탄생

소녀의 그림자: 문제아 10대

소녀 유형 여성의 나쁜 측면은 즐거움, 파티, 마약, 섹스에 과도할 만큼 사로잡혀 있는 통제 불능의 10대이다. 미래에 관심이 없는 그녀에게 성적이나 규율 따위는 안중에도 없다.

그녀는 자신의 행동에 따르는 결과를 이해하지도 못하면서 범죄를 저지를 수도 있다. 어쩌면 남자들을 기쁘게 해주기 위하여 섹스에 귀가 솔깃해져 피임에 무지한 채로 임신을 하게 될 수도 있다. 이러한 일이 벌어지면 그녀는 자신의 부모나 가족들이 나서서 자신을 도와주리라 기대한다. 그녀의 눈에 가족들은 변호사 비용을 대고 자신이 낳은 아이를 돌봐주고 그밖에 그녀가 필요로 하는 것들을 제공해주기 위하여 그 자리에 있어야 하는 사람들인 것이다. 그녀는 그 이전에도 자신의 행동에 책임을 진 적이 없고 지금도 그런 생각은 하지 않는다.

수동적 공격성향을 갖고 있는 그녀는 말로는 자신의 삶은 자신이 알아서 할 수 있다고 하지만 그 어느 것 하나 제대로 하지 않는다. 만약 자신이 도움을 필요로 할 때 가족이나 친구들이 곁에 없다면 그녀는 무슨 수를 써서라도 그들로 하여금 그녀 자신을 돕게 만들 것이며 뜻대로 안 되면 자살까지도 시도할 것이다. 모두가 그녀의 터무니없는 행동에 대한 뒤치다꺼리를 하며 골치를 썩는 일을 멈춰야 한다. 그녀에 대해 마음을 쓰는 사람이라면 누구도 편안한 잠을 즐길 수 없을 것이다. 세상에 대하여 지치고 환멸을 느끼고 우울한 이 10대는 결국 그녀의 버르장머리를 고치려는 법정의 재판장 앞에 서고 만다. 그녀의 분노를 부채질하는 대부분의 이유는 유년시절 그녀가 받았던 학대가 그 원인인 경우가 많다.

도덕과 윤리에 어긋난 무책임한 그녀의 행동에는 일종의 패턴이 있다. 그녀는 자기 자신에 대하여 무책임한 모습을 보이며 다른 사람들을 조종하기 위하여 자신의 외적인 매력을 이용한다.

그녀는 문제 상황에 봉착하면 지극히 자기 중심적인 태도를 보인다. "다른 사람들은 중요하지 않아. 가장 중요한 건 나 자신이야"가 그녀의 모토다. 그녀는 자신이 매우 특별하며 법보다 우선한다고 생각한다. 그녀는 자신 주변에 독특하고 특별해 보이는 사람들이 있는 까닭은 자신이 그럴 만한 자격을 부여받은 사람이기 때문이라 생각한다. 그녀는 다른 사람들에게 거만하며 쉽게 감정 이입이 되지 않는 사람으로 보일 수도 있다. 그녀는 자주 자신의 삶이 얼마나 성공적일 수 있을지 환상에 빠져들곤 하는데 이는 그녀 자신이 마땅히 그런 것들을 누릴 자격이 있다고 생각하기 때문이다.

그녀는 마치 아무도 자신에게 세상이 무서운 곳이라는 사실을 알려주지 않은 것처럼, 그리고 자신이 원해서 세상에 태어난 게 아니라는 듯 행동한다. 그녀는 모두가 그녀를 그냥 좀 내버려두길 바란다. 그녀는 자기 몸은 자기 것이므로 무슨 짓이던 자기 마음대로 해도 상관없다고 생각한다. 그녀에게는 내일에 대한 걱정을 하고 있을 시간이 없다. 왜냐면 내일은 그녀에게 어쩌면 영영 오지 않을 시간일지도 모르기 때문이다. 그녀는 생을 마감할 때 자신의 삶은 친구들과 즐거움으로 가득했다고 기억하길 원한다.

이야기를 창조하는 캐릭터의 탄생

•• 문제아 10대

규칙과 모든 종류의 권위를 혐오한다 | 반체제적인 성향을 갖고 있다 | 우울하고 분노에 차 있으며 이기적이다 | 남의 물건을 훔치거나 싸움을 한다 | 빨리 죽었으면 좋겠다며 위험한 행동을 한다 | 광신적 사이비 종교나 저항적 집단의 유혹에 쉽게 넘어간다 | 자신의 타고난 외적인 매력을 이용하여 다른 사람들을 조종한다 | 비행을 저지르는 같은 무리의 동료들에게 매우 충성한다 | 가족들에게 상처를 주는 일을 즐긴다. 왜냐면 가족들이 그녀에게 상처를 주었기 때문이다 | 다른 살아 있는 것들에 관심을 갖거나 사랑을 줄 수가 없다 | 자신의 진정한 자아는 깊숙이 파묻어 버렸다 | 자신은 자격이 있고 특별해서 법보다 우위에 있다고 느낀다 | 앞날의 성공에 대한 환상을 갖고 있다 | 책임의식이 없다

3부

16가지 남성 캐릭터

실무가 vs 반역자

아폴로

빛나는 태양 아래 아폴로 신은 해변을 따라 성큼성큼 걸어 나간다. 그는 밀려오는 파도 아래 무엇이 있는지를 조사하는 대신 멀리 수평선을 감상하며 바다를 살핀다. 그의 머릿속은 언제나 멀리서 일어나는 일들로 가득 차 있다. 그는 안전한 거리에서도 공격을 감행할 수 있도록 언제나 활과 화살을 지니고 다닌다. 그는 순수한 어린이들을 지키며 뛰어난 궁수로서의 자신의 실력을 연마할 도전자를 찾아 밤의 어둠 속으로 유유히 미끄러지듯 활공을 한다. 그의 합리적 사고는 그를 법의 시행자로 만들지만 동시에 그는 자신이 세운 어떤 목표라도 꼭 성취해 내는 강한 의지를 갖고 있다.

실무가

실무가는 끊임없이 자신의 일에 관한 생각을 하는 남자이다. 그의 강한 이성은 그를 팀워크에 능한 신뢰할 수 있는 고용인으로 만들어 주지만 그를 훌륭한 남편이나 아버지로 만들어 주지는 못한다. 그는 아이들과 있을 때 어떻게 긴장을 풀고 그들과 놀아 줘야 할지 모른다. 그래서 그는 자주 일을 집으로 가져와 가족들과의 시간을 피해 일에 파묻히기도 한다.

그에게 휴가를 가거나 가족들과 함께 즐거운 시간을 보내는 일은 쉽지가 않다. 여유로운 시간에 가만히 앉아서 친밀함을 나누는 것은 그에게는 마치 시간과 노력을 낭비하고 있는 듯 느껴진다. 그래서 그는 그러한 가족들 간의 휴가의 장으로 자신의 일과 관련된 사람들을 초대해 함께 시간을 보내면서 일석이조의 효과를 거두려 하기도 한다.

그는 일의 인과관계에 대한 특성을 잘 이해하고 있으므로 자신의 삶도 거기에 맞춰 살아간다. 그는 목표를 세워 다른 사람들은 실패하는 목표라도 반드시 달성하고 만다. 그의 집중력은 바위만큼 단단하며 그의 행동은 명쾌하고 정확하다. 그러나 가끔은 궁극적인 목표달성에 어려움을 겪기도 하는데, 그것은 그가 그러한 목표를 이룰 만큼 냉혹함을 갖추지 못했기 때문이다. 그는 큰 대학의 학부나 대기업의 업무 같은 것은 잘 해나간다.

실무가는 무엇에 관심이 있나

실무가 유형의 남성은 자신의 경력에 관심이 많다. 그는 자신의 이력에 대한 계획을 세우고 목표에 집중한다. 그가 맡는 모든 프로젝트와 그와 관련된 모든 것은 그의 경력을 어떻게 진일보시킬지에 따라 행해진다. 그는 시간을 낭비하거나 노력을 헛되이하기를 원치 않기 때문에 자신들의 열정을 공유하지 않는 다른 남자들을 이해하기 어렵다고 생각한다.

그는 차분히 중심에 서서 논쟁을 준비하고 명령과 평화를 불러오는 순간을 즐긴다. 그는 훌륭한 판단을 내릴 것이다. 왜냐면 그 자신이 싸움을 즐기는 편도 아니고 더군다나 그렇게 힘든 상황에서 신체적으로 연루되는 것은 더더욱 달갑지 않기 때문이다.

그는 전략적인 계획을 즐기고 팀의 일원이 되기를 원한다.

그에게 그 상대가 여성이든 남성이든 경쟁을 펼친다는 것은 재미있는 일이다. 그는 자신의 뒤를 이어 같은 자리에 승진을 하는 사람들을 존경한다. 왜냐면 그들도 자신과 같이 계획자의 유형에 속하는 사람들이기 때문이다.

실무가가 두려워하는 것

그는 실직을 하고 그래서 다시 직업을 구해야만 하는 상황을 두려워한다. 그는 자신이 하고 있는 일을 사랑한다. 그에게 일은 자신의 정체성이며 모든 존재 이유이기 때문이다.

그에게 감동이든 또는 어떤 종류의 친밀감이든 이러한 감정이라는 자체가 낯설기만 하다. 그는 동시에 여러 명의 여자 친구를 사귀어 본 적이 있을지도 모른다. 왜냐면 그는 누구와도 지나치게 가까운 관계를 맺는 것을 두려워하기 때문이다. 그리고 그 여자들은 그의 일 중독적인 삶을 이해하고 지지해 주어야 한다.

무질서의 상태는 그에게는 적이다. 그는 즉흥적이거나 제멋대로

인 것들을 처리할 수 있는 능력은 부여받지 않았기 때문이다. 그는 어디서 일들이 제대로 굴러가고 또 왜 그렇게 되는지를 알아야 직성이 풀린다. 그는 언제나 합리적으로 사고하고 자신의 일에서 그러하듯 삶에서도 질서를 수호하기 위하여 고군분투한다.

거절을 당한다는 것은 그에게는 익숙하지 않은 상황인데, 그것이 여성으로부터 받는 거절이라면 더더욱 그러하다.

실무가에게 동기를 부여하는 것

그에게 가장 큰 동기를 부여하는 것은 자부심과 자존감이다. 그는 존경 받기를 바라고 그의 노력에 대한 인정을 받기를 원한다. 그렇지만 동시에 그는 팀에서 분리된 별개의 사람으로 비치길 원하지는 않는다. 그는 결코 회사 전체의 책임을 짊어지고 갈 유일한 사람이 되기를 원하지는 않는다.

경쟁은 그로 하여금 새로운 것들을 시도하게 내모는 원동력이다. 그는 능력을 펼칠 기회가 왔다 싶으면 놓치지 않는다.

성공도 그를 성장시키는 또 하나의 중요한 동기이다. 그는 회사에서 성공을 향한 승진의 줄을 타기 위하여 그 어떤 것이라도 할 것이다.

이야기를 창조하는 캐릭터의 탄생

다른 사람들의 눈에 비친 실무가

어떤 사람들은 그가 회사나 자신의 경력에 도움이 되는 사람들 하고만 이야기를 나누는 것처럼 보여서 그를 두고 위선자라고도 한다. 그러나 그는 다른 사람들의 시선에는 관심도 없다. 그에게 성공은 우정보다 더 중요하다. 은퇴 이후에 나오는 돈은 우정에서 나오는 것이 아니기 때문이다.

그는 옷을 깔끔하게 잘 차려입는 편이지만 그렇다고 동료들보다 딱히 튀는 옷을 입지는 않는다. 가끔은 눈에 띄는 화려한 넥타이를 하기도 하지만 이는 어디까지나 약간 색다른 분위기를 주는 정도의 변화일 뿐이다. 그는 언제나 바른 이미지로 보이기를 원한다.

그는 삶에 대한 뜨거운 열정이나 사랑이 없고, 때로는 동정심이라고는 없는 사람처럼 보인다. 그의 냉철한 두 눈 뒤에서 그가 무슨 생각을 하고 있는지는 아무도 알 수 없다.

실무가를 위한 성공전략

실무가 유형 남성의 인생에서 가장 중요한 목표는 무엇인가? 그리고 그가 두려워하는 것은 무엇인가? 그가 자신의 두려움을 극복하기 위하여 어떤 것들을 배워나가야 하는가? 그는 혼자 지내는 방법 또 행복해지는 방법을 배울 필요가 있을까? 그는 가족들과 정서적인 유대를 위해 연락을 하고 지낼 필요가 있는가? 그의 아내가 세상을 떠난 후 그가 자녀들을 돌보아야 할 상황인가? 승진에서 누락되어 경력에 오점이 생겼는가?

실무가는 매우 빈번하게 자신의 억압된 감정과 강한 목표의식을 내려놓아야 할 때가 있다. 그는 다른 사람들에 대한 인간애와 연민의 마음을 배울 필요가 있다. 그는 자신의 내재된 감정들을 끌어내 명목 상이 아닌 한 개인 대 개인으로서의 관계를 만들어 갈 능력을 찾아 내야 할 필요가 있다.

어린 시절 그에게 일어난 어떤 일들이 그의 성격을 지배하는 이 와 같은 전형을 형성하는 데 영향을 준 것인가? 그의 부모들은 그가 학교에서 우수한 학생이 되고 성공을 하도록 강요했나? 굴욕적인 아버지의 모습을 보았던 것일까? 그의 부모들이 주의를 기울이지 못 하고 직업에 최선을 다하지 못해 재산이라도 잃는 모습을 보았던 것 인가? 다른 아이들과 어울리지 못하고 괴롭힘을 당해서 이제는 좋은 머리로 이를 보상받으려 하는 것인가?

이러한 사람이 성장하기 위해서는 다음의 한 가지 조건들과 잘 맞아야 한다.

예술가 유형의 남성은 그에게 사랑이나 정서 같은 여성적인 특성 들을 어떻게 다루는지를 가르쳐 줄 수 있다.

유혹자 유형의 남성은 그에게 일의 결과에서 벗어나 삶을 어떻게 즐기는지를 가르쳐줄 수 있다.

신비주의자 유형의 여성은 그에게 엄청난 업무나 그의 생각을 사 로잡는 활동을 하지 않고도 어떻게 홀로 지낼 수 있으며 영적인 사 람이 되는지를 알려줄 수 있다. 이 조용한 시간들은 그가 애써 일에 몰두하며 억제해 왔던 추억과 감정들을 그에게 되살려 줄 것이다.

고르곤 유형의 여성은 그에게 굴욕감을 안겨주어 겸손함을 배우게 할 것이다. 그녀는 그의 삶을 혼돈과 불확실성의 상태로 완전히 뒤집어 놓을 수도 있다.

●● 실무가의 유용한 자질
업무를 하며 사람들 속에 잘 섞인다 | 자신의 이미지 관리에 신경을 쓰고 옷도 깔끔하게 잘 입는다 | 일을 완성시키는 강한 의지를 갖고 있다 | 합리적이며 전략적인 사고를 하여 유능한 분석가나 탐정 또는 교사가 될 수 있다 | 질서를 키워 간다 | 일이나 새로운 아이디어를 발견하는 것이 유일한 열정이다 | 충직하고 믿을 만한 사람이다 | 자신의 전문적 기술을 사용할 수 있다면 다른 사람들을 돕는 일도 좋아한다

●● 실무가의 성격적 결함
일에 지나치게 몰두한다 | 자신의 경력을 계발시키는 데 도움이 되는 사람들에만 관심을 둔다 | 자신의 감정을 표현하는 데 어려움이 있다 | 거만해 보일 수 있다 | 공격을 받았을 때 가해자는 모두 한 패라고 생각하여 폭력의 순환을 영속해 간다 | 거절을 당했을 때 그 상황을 잘 처리하지 못한다 | 자발성이 부족하며 혼돈을 혐오하고 경직된 사고를 한다

실무가의 그림자: 반역자

악역으로 등장하는 실무가 전형은 반역자이다. 이 남자에게 언제나 가장 우선순위는 일이다. 만약 자신의 회사가 재난에 처한 상황을 본다면 그는 회사의 어떤 불법행위라도 은폐하기 위하여 극단적인 방

법을 취할 수도 있다. 그는 설령 회사가 위법을 저지를지라도 만약 그의 동료들 중 누군가가 회사를 상대로 협박을 하는 사람이 있다면, 누구든지 밀고해 버리겠다 말할 것이다. 마음을 어루만지는 그의 전문적 능력은 그에게 신뢰를 가져다주고 많은 사람들은 의심의 여지없이 그를 믿을 것이다. 왜냐면 그들은 그와 논쟁을 벌일 만큼 아는 것이 많지 않기 때문이다. 일이 잘못되었을 때 그는 이를 바로잡고 공명정대함을 행할 사람이 바로 자신이라고 생각하며 차분하지만 매우 냉정하게 일을 처리해 간다. 그는 너무 오랜 시간 동안 자신의 감정을 자신의 이성 안에 가둬둔 채 그런 것과는 거리가 먼 삶을 살아 왔기에 그에게는 자비심 같은 것은 없을 수도 있다.

일들이 무질서의 상태로 흘러가면 통제력을 잃은 그의 감정들이 불현듯 솟구쳐 올라 그가 한 번도 할 수 있으리라 생각해 보지 못했던 일들을 저지르게 한다. 그의 논리적인 사고는 그의 감정들을 꼭꼭 숨기려 하지만 그러나 그 상황이 논리를 허물어뜨리면 그의 강한 정신도 한계점을 드러내게 된다.

그는 자신의 감정을 피하기 위하여 규칙과 질서를 이용한다. 그는 세부사항, 규칙, 리스트, 순서, 그리고 일정 등에 집중하여 절대 놓치는 법이 없는 완벽주의자다. 그러나 이러한 점이 그에게는 실제 업무를 완수하는 데 방해 요소가 되기도 한다. 그는 그 어느 것도 놓치고 갈 수가 없다. 그는 다른 사람들이 자신의 일하는 방식을 전적으로 수용하고 따르는 상황이 아니라면 일에 있어 그들의 도움을 받는 것도 마다한다. 다른 사람들이 그의 방식에 맞춰 일을 하지 못할 때는 자기 혼자 하는 편이 낫다고 생각한다. 그는 마치 영화 〈스피드

이야기를 창조하는 캐릭터의 탄생

Speed〉에서 잭 크레이븐 장교(키아누 리브스 분)와 함께 출연하여 다음 단서에 이르기 위하여 퍼즐을 하게 했던 하워드 패인(데니스 호퍼 분)과 흡사하다. 그는 자신의 고안품과 전문적인 지식을 뽐내기를 좋아한다.

대부분의 악역들은 자신들이 나쁜 사람이라고 생각하지 않는 것이 사실인데 특히 이 악역은 자신이 정말 괜찮은 사람이라고 믿고 있다. 모든 일은 다른 사람들의 잘못으로 일어난 것이고 그들이 무질서의 상태를 초래했으므로 그 자신은 그보다는 더 괜찮은 가치가 있는 사람이라 생각하는 것이다. 그는 자신이 얼마나 가치 있는 사람인지를 알려주고 싶어 하며 그래서 사람들이 그를 빼고는 일을 할 수 없다는 사실을 증명해 보일 것이다. 그는 자신이 일한 것에 대하여 응당한 대가를 받아야 한다고 생각하기 때문에 자신의 고안품에 높은 값을 매겨 경매에 붙일 것이다.

> ●● 반역자
> 자신이 과소평가를 받는다고 느낀다 | 노력에 대한 인정과 존경을 받고 싶어 한다 | 집단 속에서 내쳐졌다고 느끼면 어떤 충성심도 갖고 있지 않게 된다 | 어떤 대가를 치루더라도 자신의 삶의 질서를 바로잡으려 할 것이다 | 다른 사람들을 가르치려 들고 그래서 자신이 악역이라는 생각은 전혀 하지 않는다 | 가만히 앉아서 거절을 당하고만 있지는 않는다 | 자신을 배반했다고 생각되는 사람들에게 배신을 안긴다 | 일의 착수에 따른 계획을 준비하고 이를 성취해 내려는 욕구에 지나치게 몰두해 있다 | 다른 사람들을 장기판의 졸로 보는 경향이 있다 | 그 자신뿐 아니라 경쟁자에게도 도전이 될 수 있는 장기적인 일을 좋아한다 | 어쩌면 그 경쟁자들과 친구가 될지도 모른다.

11

보호자 vs 검투사

아레스

언덕 저 높은 곳에서 아레스를 제외한 모든 신들이 인간사에서 벌어지는 전쟁을 지켜보고 있다. 갑옷으로 완전무장을 한 아레스는 기쁨에 들떠 전쟁에 가담한다. 그는 고귀한 명분을 위한 승리를 위해서라기보다는 피를 보기 위해 신물 나도록 싸움을 벌인다. 모든 신체적인 활동은 그에게는 즐거움을 주고, 그의 격정은 모든 것을 숨이 막힐 듯한 열정 속에 남겨둔다. 그는 공동체와 가족을 수호하는 보호자로 알려져 있기는 하나, 이유를 불문하고 어떤 싸움이든 일단 가담하고 보는 사람이다.

보호자

보호자 유형의 남성은 머리가 아니라 신체를 이용해서 살아가는 남자다. 그는 모든 것을 격정적으로 생각하고 모든 종류의 신체적 활동을 갈망한다. 그는 자신이 사랑하는 사람들을 매우 맹렬히 보호해서 마치 개인적인 즐거움을 채우기 위하여 대항하는 사람처럼 보인다. 그는 그럴듯한 대의명분 없이도 싸움을 벌이기도 하고 혹은 어떤 상

이야기를 창조하는 캐릭터의 탄생

황에서는 난폭한 반응을 보이기도 한다.

그는 마치 모든 사람이 자신을 괴롭히러 온 가해자들인 양 대하기 때문에 언제 또 싸움이 날지 몰라 늘 불안하다. 그는 폭발의 순간을 기다리며 째깍거리는 시한폭탄과 같다. 동시에 그는 여성들에게는 자신들이 특별한 보호를 받고 있다고 느끼게끔 맹목적인 충심을 보이며 보호해 준다. 그는 타고난 관능적인 본성과 뛰어난 육체 덕분에 여성들에게는 매우 근사한 연인이 될 수 있다. 그는 자발성과 모험에 대한 욕구가 강해 다른 사람들의 삶에 자주 참견하며, 그 결과 사람들은 그를 두고 마음을 바쳐 헌신할 만한 사람은 아니라고 판단한다.

직업적 경력을 쌓는 목표는 그의 머릿속에서 우선순위는 아니다. 그에게 미래는 먼 나라 얘기처럼 느껴진다. 그의 삶은 모험과 위험으로 가득하지만 그는 이런 삶을 좋아한다.

보호자는 무엇에 관심이 있나?

보호자 유형 남성은 신체적인 활동을 좋아한다. 자신의 신체는 그에게 그 무엇보다 중요하며 그는 신체를 통해 삶을 배워 간다. 춤추기, 노래하기, 웃고 싸우기 등이 바로 그가 살아가는 방식이다.

보호자 유형 남성은 그 자신이 그다지 단결심이 있는 사람이 아님에도 불구하고 그 장소가 축구장이건 회의실이건 그 싸움의 승리에 관심을 둔다.

보호자 유형 남성은 자신의 가족과 친구들의 일에 관심이 많기 때문에 언제라도 그들을 옹호해야 할 기회가 생기면 앞뒤 가리지 않고 뛰어든다. 누군가 자신의 가족이나 친구들을 공격한다면 그는 곧 그 자신을 공격하는 일이라고 간주한다. 그는 이런 맹렬함을 다른 사람들을 보호하여 자선을 베푼다는 명분으로 삼을 수도 있고, 그래서 훌륭한 활동가가 될 수도 있다. 다른 사람들의 권리를 보호하기 위해 싸워야 하는 상황에서 그의 진가가 발휘되기도 한다.

여행을 하거나 자연스럽게 여자들과 어울리는 일은 그가 가장 즐기는 취미이다.

보호자가 두려워하는 것

그를 두려움에 떨게 할 사람은 아무도 없다. 그의 유일한 두려움은 자신의 신체적 감각이나 능력을 잃게 되는 것이다. 그에게 있어 질병에 걸리거나 몸에 마비증상이 오는 것은 마치 사형선고와 같은 것이다. 그는 모든 것을 극단적으로 받아들이는 경향이 있다.

그는 자신이 아끼는 사람들을 보호하지 못하게 될까 봐 두려움을 느낀다.

그는 종일 책상머리에 앉아서 하는 일에는 질색을 할 것이다. 그래서 그런 일을 하는 사람들도 잘 이해하지 못한다. 그는 차라리 임금이 좀 줄더라도 공사장에서 하는 노동을 선호할 것이다. 그것도 약간의 위험이 따르는 일이라면 더더욱 그의 흥미를 자극할 것이다.

　　　　　　　　　이야기를 창조하는 캐릭터의 탄생

그는 머리를 많이 써야 하는 일도 달가워하지 않는다. 그는 무슨 문제든 발생하면 머리를 쓰고 생각하기보다는 먼저 뛰어들어 신체적으로 해결하는 방법을 찾으려 들것이다.

보호자에게 동기를 부여하는 것

그에게 가장 큰 동기를 부여하는 것은 생존이다. 크고 작은 모든 공격은 그에게 있어서는 생존을 위협받는 행위인 것이다. 그는 하루하루를 벼랑 끝에 선 사람처럼 살아간다. 어떤 사소한 위협이라도 그에게는 큰 사건의 시발점이 될 수 있으므로 그는 아예 처음부터 그 싹을 제거하려 들 것이다. 많은 사람들이 순간적으로 화가 나서 심한 말들을 내뱉기도 하는데 그건 그냥 말일 뿐이다. 그러나 그는 이를 액면 그대로 받아들인다. 그래서 "죽여버려. 안 그러면, 내가 당하고 말 거야"가 그의 모토이다. 그에게는 '눈에는 눈, 이에는 이'인 것이다.

모험이 따르지 않는 삶은 지루하기 짝이 없는 삶이다. 만약 그가 누군가를 보호하거나 옹호하고 있는 상황이 아니라면, 그는 또 다른 큰 도전을 찾아 나설 것이다. 그는 위험한 상황에서 가장 먼저 물속으로 뛰어드는 사람이다. 그러고는 그를 따르기를 두려워하고 주저하는 사람들을 바보 취급하는 그 순간을 즐긴다. 그는 사람들을 이끌어 자신을 따라 위험을 무릅쓰게 만들며 삶을 즐기는 사람이다.

다른 사람들의 눈에 비친 보호자

그는 집중력이 있는 열정적인 사람으로 보일 수도 있고 또 우둔하거나 낙관적인 사람으로 비칠 수도 있다. 그는 순간순간을 살고, 깊은 생각 없이 그때그때 반응할 뿐이다. 그는 스스로 삶을 즐기고 있기 때문에 다른 사람들이 무슨 생각을 하든 개의치 않는다.

그는 싸움을 하기 위하여 자신의 두 눈 뒤에 도사리고 있는 비밀스러운 욕구를 다른 사람들이 감지하기를 원한다. 그는 다른 사람들에게 겁을 주고 싶어 한다.

그는 자신의 상황에 맞는 실용적인 옷을 즐겨 입는다. 그는 어디든 자유롭게 돌아다니며 싸움에 가담하길 원한다. 그래서 어떤 종류의 행사에 참석을 하든 정장은 입으려 하지 않을 것이다.

보호자를 위한 성공전략

보호자 유형 남성의 인생에서 가장 중요한 목표는 무엇일까? 그리고 그는 무엇을 두려워할까? 그가 자신의 두려움을 극복하기 위하여 어떤 것들을 배워나가야 하는가? 자신의 신체 대신 머리를 사용하는 법을 배워야 할까? 그는 얌전히 혼자 앉아 있는 법을 배워야 할까? 그는 위험을 감수하기 위하여 자신의 욕구를 어떻게 조절하는지를 배울 필요가 있나? 그는 불같은 성격을 통제할 필요가 있는가? 그는 꾸준히 급여를 받는 직업을 얻거나 경력을 쌓아갈 필요가 있는가?

이야기를 창조하는 캐릭터의 탄생

보호자 전형은 매우 빈번하게 자기 자신을 통제해야 하는 상황에 놓인다. 그는 언제나 홧김에 앞뒤 안 가리고 행동을 하는데, 상황에 반응하기 전에 먼저 깊이 숨을 들이쉬고 한 발 물러서서 상황에 접근할 필요가 있다. 그는 주먹이 아니라 말로써 자신을 옹호하는 방법을 배워야 한다.

어린 시절 그에게 일어난 어떤 일들이 그의 성격을 지배하는 이와 같은 특징을 형성한 것일까? 그의 아버지는 욕설을 퍼부어대는 사람이었나? 그의 어머니는 집 안을 이리저리 돌아다니며 춤을 추고 그와 함께 많은 놀이를 하였나? 어려서 아이들로부터 괴롭힘을 당하고 강해져야겠다는 다짐이라도 한 것인가? 아버지가 심하게 다치는 것을 보았나? 그의 부모님은 그에게 명분을 위해서는 싸워야 한다고 가르쳤던 활동가들이었나? 어머니가 다쳤는데 그가 도와드릴 수 없는 상황이 있었나?

이러한 유형의 사람이 성장을 하기 위해서는 다음의 한 가지 조건들과 잘 맞아야 한다.

제왕 유형의 남성은 그에게 자신을 통제하는 법과 규율을 가르쳐 줄 수 있다.

문제아 10대 유형의 여성은 구조를 원하지 않을 수도 있다. 그래서 보호자 남성은 그의 도움을 필요로 하지 않는 사람들은 그냥 두는 것이라는 사실을 배워야 한다.

아버지의 딸 유형의 여성은 자신의 두뇌를 훌륭하게 사용하는 사람이므로 그에게 말로써 대항하는 법을 알려줄 수 있다. 그녀의 영향으로 그는 차분해질 수 있고 이전의 자신의 행동들을 돌아보며 반성을 하게 한다.

　과잉보호 엄마 유형의 여성은 자신의 타고난 통제력을 이용해 그에게 규율을 가르쳐줄 수 있다. 그녀의 감정과 격분하는 성격은 그와 매우 잘 어울리기 때문에 그녀는 그의 대항자가 될 만하다. 만약 값비싼 대가를 치를 준비가 되어 있지 않다면, 그가 화가 난다고 그녀를 때려눕히는 일 따위는 벌이지 않을 것이기 때문이다.

●● 보호자 유형의 유용한 자질
정신적인 면과는 동떨어진 만큼 신체적인 활동을 즐긴다 | 즐거움과 여행을 위해서 직업적 성공은 버렸다 | 자신이 사랑하는 사람들을 보호하기 위하여 싸울 것이고 또 포기하지도 않는다 | 다른 사람들이 나서기를 두려워해도 선의를 위해서 싸운다 | 노래와 춤, 그리고 사랑의 행위를 즐긴다 | 또 다른 전율, 도전, 그리고 위험을 찾아 나선다

●● 보호자 유형의 성격적 결함
깊이 생각하지 않고 공격에 대하여 단순히 신체적으로 반응을 한다 | 언제나 죽음을 불사할 듯 맞서 싸운다 | 생활이 불안해 보인다 | 행동의 결과를 고려하지 못하고 일을 벌려 곤란에 처한다 | 행동을 취할 때는 무자비하여 '눈에는 눈, 이에는 이'라는 신념을 갖고 있다

보호자의 그림자: 검투사

악역으로서 보호자 전형은 검투사로 변신한다. 그는 자신이 사랑하는 사람들을 구하고 보호하기 위하여 나서거나 선의를 위하여 싸우는 것이 아니다. 그보다는 전쟁과 피를 보고 싶은 욕망에서 싸움에

나선다. 그는 완전한 기쁨과 전쟁이 가져다주는 권력을 얻기 위해 싸우고 파괴한다. 그는 군중들의 함성을 갈망하는데, 아마 뉴스에 나온 자신을 보면서 이러한 갈망을 채울 수 있을 것이다.

위험을 무릅쓰고 모험을 감행하는 그의 강한 욕망은 다른 사람들의 위험에 빠뜨리기도 하고, 또 신중히 생각을 하지도 않는다. 그는 단지 친구를 집에다 데려다주기 위하여 운전을 하고 가는 길에도 속도를 두 배나 내면서 차를 모는 그런 사람이다. 그는 도로 위에 있는 다른 운전자들의 안전 따위는 아랑곳하지 않는다. 그에게 삶은 모두 신나는 게임인 것이다.

그는 충동적이며 예측불허의 타고난 부적응 행동 양상을 보인다. 그는 자주 불같이 화를 내기도 하고 불안정한 이미지를 풍긴다. 그는 자신의 행동에 그다지 책임을 지려 하지 않고 자신의 행동으로 곤란한 상황에 처하면 외려 자신이 피해자라고 주장한다.

스트레스와 관련된 불안은 실제나 상상 속에서 버림받은 감정처럼 그를 괴롭힌다. 그의 내면은 언제나 텅 빈 듯 공허하여 그는 이런 기분을 상쇄하기 위하여 자기 자신뿐 아니라 다른 사람도 위태롭게 하는 모험을 감행한다. 위험이야말로 그의 감성을 자극한다. 그는 혼자 있는 것을 참지 못한다. 그래서 그는 언제나 밖으로 쏘다니면서 뭔가 할 일을 찾으며 어쩌면 다른 사람들을 괴롭힐 수도 있다.

그는 싸움을 좋아하고 도전과 위험을 즐긴다. 바로 이런 것들이 그로 하여금 살아 있다고 느끼게 해주기 때문이다. 그가 느끼는 삶은 지루하고 또 잔인하기도 하지만, 그는 그런 고민을 하고 있을 인물이 아니다. 그 자신도 죽을 운명이라는 것을 쉽게 받아들이면서도 그는 왜 다른 사람들을 죽이는 일에 관심을 갖는 것일까? 그는 최후의 순간이 도래해도 관중들의 우렁찬 함성 소리를 들으며 원형경기장에 들어서고, 마지막 순간까지도 영웅이고 싶은 것이다. 그는 늙고 나이 들어가는 것에도 개의치 않는다. 왜냐면 그 자신이 어차피 오래 살기를 바라지 않기 때문이다.

●● 검투사

버림받았다는 생각을 한다 | 군중들의 강한 함성을 듣고자 하는 욕망이 있다 | 피, 죽음 그리고 전쟁을 갈망한다 | 배려의 감정 같은 것은 잘 알지 못한다. 그저 분노와 화를 느낄 뿐이다 | 자주 갑자기 분노를 폭발시킨다 | 자아상自我像이 매우 낮다 | 홀로 남겨지는 것을 견디지 못한다 | 위험을 느끼고 싶어 하고 또 그가 느낄 수 있는 유일한 것이 위험함이다 | 내재된 공허함을 상쇄하기 위하여 위험을 무릅쓰고 모험을 감행한다 | 다른 사람들도 그와 함께 모험을 감행하도록 강요한다 | 무고한 사람들을 위험에 빠뜨린다 | 그의 행동에 대한 비난을 받으면 자신이 피해자라고 우긴다 | 오래 살기를 바라지 않는다 | 영웅적인 죽음을 기꺼이 받아들인다

이야기를 창조하는 캐릭터의 탄생

은둔자 vs 마법사

하데스

지하세계의 어둠 속에서 사는 하데스는 자신만의 세상 속에서 살아간다. 그는 주위에 친구나 사람들을 필요로 하지 않는 대신 혼자 한없이 생각에 잠겨 시간을 보내기를 좋아한다. 일상의 삶을 살면서도 그의 머릿속은 온통 상상으로 가득하다. 그의 생각은 언제나 딴 곳에 머물러 있다. 그는 아름다운 여신 페르세포네를 만나기 전까지는 자신이 삶에서 놓치고 사는 것이 무엇인지조차 깨닫지 못했다. 페르세포네를 보면서 그는 삶의 동반자인 누군가가 필요하다는 사실을 알게 되지만 사랑에 대해서는 배운 바도 경험한 바도 없어 무지하기만 하기 때문에 그녀를 납치해 지하세계로 데려가고 만다. 그는 그녀의 순결함을 훔치고는 지금껏 자신이 얼마나 무감각하고 냉혹한 삶을 살았는지를 깨닫는다. 그의 연인이 성장해 가자 그는 그녀를 위해 자신의 시간을 내어 주기로 마음 먹고 봄이면 그녀가 자신의 엄마를 만나러 갈 수 있도록 해준다. 그녀는 그에게 연민의 감정과 자신에 대한 자각을 깨우쳐준다.

은둔자

은둔자 유형의 남성은 풍부하고 창조적인 정신세계를 갖고 있지만 가끔은 자신만의 공상 세계로 빠져들기도 한다. 그는 어쩌면 심령 같은 다른 영역을 볼 수 있는 매우 예민한 감각을 지니고 있는 사람일 수도 있다. 그래서 전적으로 현실에서 눈을 떼고 완전히 움츠러드는 위험한 상황에 처할 수도 있다.

그는 여러 시간 책을 읽거나 관념을 분석하며 보내는 위대한 철학가일 수도 있다. 그는 자신에게 잘 맞는 여성을 만난다면 작은 가족을 꾸려 동반자와 함께 살아가는 삶을 즐길 수도 있다. 그러나 그 관계는 전적으로 여자에게 달려 있다. 그는 그런 분야에 문외한이기 때문에 가끔은 며칠씩 딴 생각을 하는 사람처럼 거리를 두고 냉랭하게 굴 수도 있다. 헤스티아 같은 여자가 그에게는 아주 잘 맞는다. 그녀도 혼자 있는 시간을 즐기기 때문이다.

은둔자는 무엇에 관심이 있나?

은둔자 유형의 남성은 혼자 시간을 보내는 일에 관심이 많다. 그는 풍부한 정신세계를 갖고 있고 공상을 즐긴다. 그는 주변에 사람들이 있을 때 특히 많은 사람들과 함께 있을 때는 마음이 편안하지 않다. 그래서 수완 좋은 사업가보다는 등반가가 되기를 선호한다. 만약 그가 대도시 가까이에 산다면 그는 수도자의 길을 택할지도 모른다.

그의 유일한 관심은 오직 자신의 내면세계뿐이다. 다른 사람들은 그들 각자 삶의 각본을 계속 이어나가는 것이다. 그는 다른 사람들로부터 조금이라도 방해받고 싶어 하지 않는다. 그는 여러 사람들 속에 있을 때는 투명인간처럼 눈에 띄지 않는 것을 좋아한다.

그는 다른 사람들 눈에 자신이 이방인처럼 보인다는 것을 느끼고 있다. 그래서 어쩌면 기꺼이 죽어서 얼른 다음 세상으로 가기를 원할지도 모른다.

그는 자신의 취미나 기획하고 있는 일에 관심이 많아서 때로는 작은 일을 붙잡고 몇 시간이고 매달리기도 한다. 그는 모든 일을 혼자서 해결하려 한다. 가령 일에 필요한 도구를 사러 철물점으로 달려가는 대신 혼자 힘으로 모든 것을 만들고 처리하는 편이다.

은둔자가 두려워하는 것

은둔자 유형의 남성은 집단에 대한 두려움을 갖고 있다. 그는 고독을 즐기지만 그의 마음 한편에서는 조촐한 가정을 꾸리고 싶은 갈망이 있다.

그는 상상이 넘쳐나는 자신만의 세계로 깊이 빠져들지도 모른다는 두려움을 갖고 있다. 특히 그가 영성이 매우 발달이 되어 있어 영혼의 소리라도 들을 수 있다면, 그의 두려움은 더더욱 커진다.

그는 자신의 감정이 드러나는 것을 두려워하여 때때로 개성이 없는 무미건조한 사람처럼 보이기도 한다.

그는 세상이 자신을 삼켜 버리기라도 할까 두려워한다. 그는 사람들이 자신의 삶 속으로 비집고 들어올까 두려워한다. 그에게 집이라는 토대는 마치 피신처와 같은 매우 중요한 의미이다.

은둔자에게 동기를 부여하는 것

은둔자에게 가장 큰 동기 부여를 해주는 것은 알고 싶고 이해하고자 하는 욕구이다. 그는 공상을 하며 언제나 많은 생각과 분석을 한다. 그는 자신의 시간을 주변 세계에 대해 이해하고 싶은 욕구를 채우는 데 모두 써버리기도 한다. 그는 아주 오랜 시간을 불가사의한 삶의 신비에 대하여 의문을 갖고 생각하며 보낼 수 있는 매우 훌륭한 철학가이다.

혼자 있고 싶은 그의 욕구는 혼자 지낼 수 있는 공간을 찾기 위해서는 무슨 일이라도 하도록 동기부여를 한다.

어떤 시점에서 그는 혹독한 외로움을 견디지 못해 배우자나 친구를 찾아 나설 수도 있다.

다른 사람들의 눈에 비친 은둔자

다른 사람들은 그를 개성이라고는 없는 무미건조한 사람으로 볼 수도 있다. 사람들은 때로 그가 정신 이상이 아닌지 의아해하기도 하는데 왜냐면 그가 사물의 보다 깊은 의미를 찾는 데 지나치게 집착하기 때문이다.

그는 머릿속이 복잡한 사람이라서 자신이 걸치는 옷이나 음식 따위에는 별 관심이 없다. 그는 매일 같은 종류의 양복을 입고 다녔다는 아인슈타인 같은 사람이다.

이야기를 창조하는 캐릭터의 탄생

그는 단편적이고 어수선해 보이며 언제나 물건을 쓰고 엉뚱한 자리에 두고는 또 그 물건들을 찾느라 정신이 없다.

은둔자를 위한 성공전략

은둔자의 가장 큰 목표는 무엇인가? 그리고 그는 무엇을 두려워하는가? 그가 자신의 두려움을 극복하기 위하여 어떤 것들을 배워나가야 하는가? 그는 많은 사람들 앞에서 이야기하는 법을 배워야 할까? 그는 자신의 삶을 보다 계획적으로 체계화시킬 필요가 있을까? 그는 사랑을 느끼고 표현하는 법을 배워야 할까? 그는 자신만의 공간인 집을 지켜내기 위하여 많은 사람들과 접촉하고 소통을 해야 할까?

은둔자 전형은 사람들과 관계 맺는 법을 배울 필요가 있다. 그는 사람들과 사귀는 것은 그 자체로도 보람 있는 일이며 그것은 그의 내면세계만큼이나 그의 삶을 풍요롭게 해줄 수 있다는 사실을 배울 필요가 있다. 그는 몸을 잘 단련시켜 신체적 활동을 해야 할 필요가 있다.

어린 시절 그에게 일어난 어떤 일들이 그의 성격을 지배하는 이와 같은 특징을 형성한 것인가? 그의 부모님이 은둔적인 삶을 살았나? 그의 성장기에 친구들이 있었나? 외진 곳에 살아서 사람들과 어떻게 어울리는지를 배우지 못했던 것인가? 어머니가 도시 생활을 두려워했고 사람들과 어울리기를 기피했던 사람이었나?

이러한 전형이 성장을 하기 위해서는 다음의 한 가지 조건들과 잘 맞아야 한다.

광대 유형의 남성은 삶을 어떻게 즐기고 긴장을 풀고 자유를 느낄 수 있는지 그에게 가르쳐줄 수 있다. 사람들과 어떻게 이야기를 하고 또 다시 만나는지를 알려줄 수 있다.

독재자 유형의 남성은 어떻게 많은 규칙과 규정들을 강화시키는 지를 알려주고 그래서 은둔자가 다른 사람들의 규칙을 따르기 위해서는 스스로 일어서서 고립된 삶을 청산해야만 한다는 사실을 가르쳐줄 것이다.

소녀 유형의 여성은 그에게 사랑하는 법과 재미있게 논다는 것이 무엇인지, 또 아이처럼 순수한 것이 어떤 의미인지를 가르쳐줄 수 있다. 모험을 즐기는 소녀의 본성은 그의 삶을 변화시킬 수도 있다.

냉소적 여성은 과거의 관계로 인해 많은 상처를 받았기 때문에 그녀가 보여 주는 특유의 비사교적인 행동은 그보다 한 술 더 뜰 것이다. 그는 마치 거울을 보듯 그녀의 행동을 통해 자기 모습을 보게 될 것이고 자신의 행동방식을 바꾸려 마음을 먹을 것이다.

●● 은둔자 유형의 유용한 자질

대부분의 시간을 혼자 즐긴다 | 시간을 쏟을 만한 다음 계획이나 생각을 갈망한다 | 수도자의 삶도 쉽게 살아간다 | 신체적으로 매우 민감하다 | 작은 단위의 가족을 갈망한다 | 매우 철학적이며 지적인 사람이 될 수도 있다 | 매우 성실한 동반자가 될 수도 있다 | 그는 언제나 같은 장소에 있으므로 신뢰를 주는 사람일 수 있다 | 보통 사람들이 즐기는 게임이라도 그는 하지 않으며 다른 사람들이 법석을 떠는 사건에 연루되지도 않는다 | 통찰력이 있다

이야기를 창조하는 캐릭터의 탄생

은둔자의 그림자: 마법사

악역으로서 은둔자는 사악한 마법사가 될 수 있다. 그는 자신의 초자연적 비술을 다른 사람이나 환경에 피해를 주기 위하여 이용한다. 그는 개인적인 이득을 얻으려고 애를 쓰며 자신의 행동이 외부세계에 그다지 영향력이 없다는 사실을 이해하고 있다. 그는 단지 그가 실험을 해보고 싶었던 난해한 아이디어들을 연구하느라 너무 많은 시간을 쏟은 것이다.

외로움은 그를 정신분열의 상태로 이끌고 공상으로 인해 그는 다른 사람에게 위해를 가할 수도 있다.

그는 사람들이나 또는 그들과 친목을 도모하는 자리를 피하는 경향이 있다. 그는 거절을 당하는 것이 너무 두려운 나머지 어느 누구에게도 자신의 일을 보여 주거나 자신의 아이디어를 말하지 않는다. 그는 친분을 맺고 있는 사람들이 없고 내성적이며 사회성이 부족하여 모험을 망설인다.

그는 혼자 있고 싶어 하는 것이 뭐가 그렇게 잘못된 일이라는 것인지 결코 이해하지 못한다. 그는 사회의 일원이 되길 원치 않는다.

왜냐면 사람들은 서로를 못 잡아먹어 안달이기 때문이다. 영혼은 그의 친구이다. 영혼의 세계는 매우 흥미롭고 그에게 많은 것을 가르쳐 주기도 한다. 그는 자신이 원하면 다른 이들이 그를 혼자 내버려두도록 주문을 걸 수도 있다. 그는 초자연적인 마술의 세계와 모든 반체제적인 것들에 매우 깊이 빠져 있다. 그는 이런 자신을 보고 다른 사람들이 두려워 달아나면 혼자 있을 수 있으므로 이런 것들을 즐긴다.

●● 마법사 전형

반사회적이다 | 자신만의 잇속을 채우려 애쓴다 | 자신의 행동이 세상에 미칠 영향 따위는 생각지 않는다 | 권력을 쟁취하기 위하여 초자연적 힘을 이용한 실험을 감행할 수도 있다 | 거부당할까 두려워한다 | 친밀한 관계를 맺고 있는 사람들이 없다 | 상대방을 지배하지 않고는 진실한 사랑을 느끼지도 표현하지도 못한다 | 사회를 조롱하며 그런 우스운 사회가 정한 규칙 아래서는 살 필요가 없다고 생각한다 | 통제력을 장악하고 싶어 한다 | 다른 사람들을 겁먹게 하는 일을 즐긴다

이야기를 창조하는 캐릭터의 탄생

광대 vs 직무 태만자

헤르메스

광대는 평생 춤을 추며 세상사에 관심을 두지 않고 살아간다. 그는 어른과 아이의 중간 쯤에 해당하는 세계에 살고 있다. 그에게 모든 삶은 단순하고 가벼운 것이며 또 한편 경이롭기도 하다. 그는 방랑 생활을 하며 그 대상이 사람이건 강아지건 혹은 게임이건 언제나 새로운 놀이거리를 찾아 나선다. 그의 가슴은 사랑과 웃음으로 가득 차 있다. 그는 모든 신들 중에서 가장 장난기가 많고 놀기 좋아하는 신이며 그 자신이 모험과 여행을 즐기므로 인간과 신들의 세계 사이를 오가는 전령사의 역할을 하기도 한다.

광대

광대 유형의 남성은 내면에 여전히 소년 같은 성향이 남아 있는 사람이다. 그는 성장하려는 노력을 하지 않으면서도 자신이 남들보다 열등하다는 생각을 하진 않는다. 그는 외려 다른 사람들이 그들 자신의 지루하고 미미한 존재감을 알아차리지 못하는 것이라고 생각한다. 업무가 끝나면 사람들은 자주 그의 주변으로 모여드는데 그것은 그가 긴장을 풀고 맘껏 즐길 수 있는 파티장으로 그들을 데려가 줄 것이기 때문이다.

그는 나이에 걸맞지 않게 빈둥대고 장난 치는 것을 즐긴다. 그는 스트레스를 받아 가며 일에 몰두하는 사람들은 분명 정신 나간 사람들이라고 생각한다. 그는 삶은 즐거워야 하며 그래서 그 자신도 즐기면서 살기로 마음먹은 것이라고 믿고 있다. 그는 차고 앞에 근사하게 버티고 서 있는 값 비싼 차가 있는 최고급 주택 같은 것은 필요치 않다고 생각한다.

그는 누군가를 위해 헌신하고 낭만적인 관계에 얽히는 일 따위는 피하려 든다. 만약 그와 함께하기를 원하는 여자라면 이러한 성향을 존중해 주어야만 한다고 생각한다.

그는 여러 사회적인 집단들을 떠돌며 중개자 역을 즐겨 하지만 자신이 하고 있는 일이 합법인지 불법인지는 개의치 않는다. 그가 저지른 행동에 따른 결과도 그에게는 별로 중요하지 않은데, 왜냐면 그는 자유로운 영혼을 가진 자로서 그 순간을 즐길 뿐이라고 생각하기 때문이다. 그의 행동은 다른 사람에게 해악을 끼칠 만큼은 아니지만 딱 거기까지가 그가 갖고 있는 도덕적 잣대라고 보면 된다. 그는 무엇이든 한 번은 해보려 할 것이고, 보다 많은 사람들이 관심을 갖고 지켜볼수록 그의 행동들은 더 나아질 것이다. 그는 반복되는 일상 속에서 종일 직장에 매여 있는 샐러리맨의 삶보다는 사람들의 시선을 받고 관심이 집중되는 일을 좋아하기 때문에 훌륭한 세일즈맨이나 배우가 될 수도 있다. 그의 마음은 언제나 방랑자이며 어디를 가서나 새로운 친구들을 잘 사귀는 사람이다.

이야기를 창조하는 캐릭터의 탄생

광대는 무엇에 관심이 있나?

광대 유형 남성은 자유에 관심이 많다. 그는 자기 기분 나는 대로 자유롭게 오가는 것을 좋아하며 때때로 며칠 혹은 몇 주씩 어디론가 사라지기도 한다. 그는 언제나 또 다른 모험을 찾아 나선다. 그에게는 새롭고 신기한 것을 경험하고 싶은 그의 본능이 언제나 문제인 것이다.

그는 자신의 삶의 모든 영역에서 도전을 즐기며 혼자서도 잘 해내는 편이다.

그는 나이와 상관없이 언제나 어려 보이고 싶어 하고 근심걱정 따위는 없다.

그는 어린아이들에게 관심을 기울이고 생명의 위협을 무릅쓰고라도 그들을 구해 내려 할 것이다. 왜냐면 어린아이들의 때 묻지 않은 동심을 자신의 모습과 동일시하기 때문이다.

광대가 두려워하는 것

광대 유형의 남성은 자유를 잃게 될까 두려워한다. 침대에 꼼짝 없이 누워 있거나 감옥에 갇혀 있는 것은 그 자신을 매우 황폐하게 만드는 일이며, 그래서 그는 무슨 수를 써서라도 이런 상황을 벗어나려 할 것이고, 죽음이라도 불사할 것이다.

그가 두려워하는 또 한 가지는 지루함이다. 그는 만약 자기 손에 들린 유일한 물건이 반창고라면 그것을 이용해서라도 스스로를 즐겁게 만들 방도를 찾으려 할 것이다. 만약 학교에서라면 그가 가장 먼저 친구들을 선동해 지루한 수업을 빼먹고 놀러가자고 할 것이다.

그는 모험을 즐긴다. 그가 재미있다고 생각하는 것은 쌍둥이 빌딩에서 행글라이더를 타고 내려오는 것 같은 일이다. 그의 덜 성숙한 태도는 아무도 자신을 꺾을 수 없다는 확신을 주고, 그래서 그는 습관적으로 쉽게 흥분하기도 한다.

그냥 내버려 두고 지나칠 수 없는 일부 사람들을 제외하고 그에게는 헌신이라는 말은 어울리지 않는다.

그는 어린아이들을 돕는 것을 좋아하는데 그래서 자신이 곤경에 빠진 어린아이들을 돕지 못하는 상황에 놓일까 봐 두려워한다. 그는 나이가 아무리 먹어도 여전히 어린아이 같다. 그는 어린아이들을 이해하고 그들이 갖고 있는 창조하고 습득하는 능력에 대한 가치를 알고 있다.

광대에게 동기를 부여하는 것

그에게 가장 큰 동기를 부여하는 것은 알고 이해하고자 하는 욕구이다. 그는 자신의 신체를 움직이는 것만큼 두뇌도 끊임없이 회전을 시킨다. 그의 호기심은 그를 모험의 세계로 이끌고 그의 삶에 다양함과 묘미를 더해 준다.

다른 사람들의 눈에 비친 광대

다른 사람들은 그를 두고 예측불허의 매력적인 사람이라고 할 수도 있고 혹은 어린아이같이 변덕스럽다고 말할 수도 있다. 그에게는 결코 멈추지 않는 에너지가 있고 뭔가 새로운 아이디어가 떠올랐을 때는 다른 사람들마저 열광하게 만드는 열정이 풍겨난다. 그러나 그가 최근 계획했던 일이 무엇이었는지를 아는 사람은 아무도 없다. 왜냐면, 그의 생각은 너무나 변화무쌍하기 때문이다.

그는 편안한 복장을 즐겨 입고 때로는 자신의 나이를 잊은 듯 10대들 사이에 최신 유행하는 옷을 입기도 한다.

그의 상상력은 끝도 없이 펼쳐지는 것처럼 보이고 대화를 하며 다른 사람들이 그의 가까이서 심각한 표정을 짓고 있을 때에 그는 종종 먼발치를 쳐다보는 듯한 표정을 짓곤 한다.

광대를 위한 성공전략

광대 유형 남성의 가장 큰 목표는 무엇인가? 그리고 그는 무엇을 두려워하는가? 그가 자신의 두려움을 극복하기 위하여 어떤 것들을 배워나가야 하는가? 그는 가족을 부양할 수 있는 직업을 선택해야 할까? 치료해야 할 병이 있는 것인가? 군입대를 앞두고 있는 것인가? 자신이 연루되지 않은 범죄로 고소를 당한 적이 있는가?

광대 유형의 남성은 자신의 행동에 대한 상한선을 설정해 둘 필요가 있다. 그는 자신의 행동이 그를 따르는 사람들에게 얼마나 고통을 안겨줄 수 있는지 인식하지 못한다. 그는 결국 사람들 특히 자신의 가족들과 관계를 맺어 가야 한다면, 더더욱 그들의 감정을 배려할 필요가 있다. 그는 자신을 돌보는 방법을 배우고 자신의 행동에 대한 일종의 책임의식을 수용할 필요가 있다. 그는 왕의 권위를 존경하는 법도, 또 그렇게 하지 않으면 그 결과에 대한 대가를 치러야 한다는 사실도 알아야만 한다.

어린 시절 그에게 일어난 어떤 일들이 그의 행동을 지배하는 이와 같은 성격을 형성한 것인가? 그의 부모들은 항상 싸우고 그는 그런 부모들 앞에서 코미디언처럼 웃겨서 상황을 해결하려 했던 것은 아닐까? 학창시절엔 그의 익살스럽던 모습이나 나태하게 굴었던 모습들이 혹시 미화되었던 것은 아닌가? 그의 아버지는 언제나 그를 향해 소리를 질러대고 그는 그런 문제에서 벗어나기 위해서 어떤 식으로 대화를 해야 한다는 사실을 일찍이 깨달아야만 했던 것인가? 그의 부모님은 모험을 즐기는 사람들이었나?

이러한 전형이 성장을 하기 위해서는 다음의 한 가지 조건들과 잘 맞아야 한다.

실무가 유형의 남성은 그에게 책임감과 함께 여느 성인들이 하듯 어떻게 자기 자신을 돌보는지를 알려줄 수 있다.

처벌자 유형의 아버지는 광대 전형에게 철이 들라고 강요를 하면서 그로부터 모든 즐거움을 앗아갈 수도 있다.

여성 가장은 그에게 가족과 헌신의 의미를 가르쳐주려 할 것이다. 그래서 그는 뿌리가 없다는 것은 완전히 혼자가 되는 것이라는

이야기를 창조하는 캐릭터의 탄생

사실을 배우게 될 것이다.

파괴자 유형의 여성은 광대 전형의 삶을 변화시키려 할 것이며, 성숙한 어른이 될 수 있고 어른이 된 후에도 여전히 즐거움을 누릴 수 있다는 사실에 눈을 뜨게 만들어 줄 것이다.

●● 광대 유형의 유용한 자질
짓궂은 장난을 즐긴다 | 태평스럽다 | 모험심과 호기심이 있다 | 홀로 모험을 찾아 나설 수 있다 | 매력적이며 놀기를 좋아한다 | 뛰어난 상상력을 갖고 있으며 언제나 새로운 아이디어로 가득하다 | 나이에 비해 행동도 옷 입는 방식도 젊다 | 앞서서 계획을 세우는 것을 싫어하며 자발성이 강하다 | 그는 함께 있을 때 오직 당신에게만 집중을 하는 근사한 친구가 될 수 있는 사람이다 | 그 자신이 어린아이 같은 사람이므로 어린이들을 사랑한다

●● 광대 유형의 성격적 결함
충동적이며 무모함이 한계를 넘어선다 | 의무를 진다는 것을 두려워한다 | 짐을 싸들고 사라져 오랫동안 나타나지 않을 수 있다 | 아무도 자신을 꺾을 수 없다고 생각하기 때문에 극단적인 모험을 감행한다 | 책임감을 완수하거나 전통적인 직무는 잘 처리하지 못한다

광대의 그림자: 직무 태만자

악역으로서 광대 전형은 직무에 태만한 사람이 될 수도 있다. 그는 거리에서 현금을 얻기 위해 부정이득을 챙기는 사기꾼들 가운데서 자주 찾아볼 수 있는 사람이다. 그는 대단히 매력적이며 다른 사람들

을 자신의 게임에 끌어들일 만큼 카리스마를 가진 사람이기도 하다. 대화를 하면서 지어 보이는 그의 미소는 그를 신뢰감 있는 사람으로 보이게 한다.

모든 일에 있어서 과도한 그의 행동은 그의 부모님과 가족들에게 많은 고통과 수치심을 안겨준다. 그는 행동의 결과를 고려하지 않고 덤벼들어 그 결과 구속될 수도 있다. 모든 부모들은 늦은 밤에 전화벨이 울리면 혹시 그에게 무슨 일이라도 일어난 것이 아닌가 싶어 심장이 덜컹 내려앉는다. 그러나 그의 부모들에게는 너무나 빈번하게 벌어지는 일이므로 그다지 놀랍지도 않다. 그의 부모가 사회적으로 부유한 편이라면 이러한 상황이 큰 문제를 초래할 수도 있고 어쩌면 그와 의절하려 할지도 모를 일이다. 그럴수록 그는 더욱 멸시당하고 버려진 듯한 기분을 느껴 더 많은 관심을 끌기 위해 문제행동들을 일삼을 것이다.

그의 무책임한 행동에는 도덕과 윤리가 결여된 일종의 패턴이 있다. 그는 자신의 문제에 이르면 매우 자기 본위적인 모습을 보인다. "다른 사람들은 소용 없어. 가장 중요한 것은 나야"가 그의 모토이다. 그는 자신이 특별하며 법보다 우위에 서고 자신이 그럴 만한 자격이 있으므로 주변에 독특하고 특별한 사람들이 모여든다고 믿는다. 그는 오만할 수 있으며 다른 사람들에 대하여 감정이입을 잘 하지 못한다.

그는 왜 권력자들의 말에 따라야만 하는지 이해하지 못한다. 그는 권력자들에게는 그를 마음대로 좌지우지할 권리가 없다고 생각한다. 그는 자신의 아버지를 그저 돈이나 벌어다주는 이름뿐인 사람정도로 여기고 있다. 그는 독자적으로 행동하길 원한다. 그는 "다른 사람들의 삶이 지루하다고 해서 나도 그렇게 지루하게 살 이유는 없잖아. 나는 즐기고 싶고 나만의 규칙을 만들어 가고 싶어"라고 생각한다.

●● 직무 태만자
뛰어난 사기꾼이 되어 부정적인 방법으로 이득을 취한다 | 권력자들을 싫어하며 자신의 아버지를 돈주머니 정도로 여긴다 | 다른 사람들의 감정 따위는 개의치 않는다 | 자신의 가족들에게는 수치이다 | 자기중심적이다 | 무책임하며 윤리의식이 결여되어 있다 | 법보다 우위에 선다고 생각한다 | 감정이입이 쉽게 되지 않는다 | 오만하며 대립을 일삼는다 | 쉽게 중독되는 성향을 갖고 있다 | 다른 사람들의 보석금으로 최악의 위기를 벗어나려 한다 | 일이 힘들어지면 도피하려 한다

여자의 남자 vs 유혹자

디오니소스

곱게 빛나는 보름달 아래서 디오니소스는 마을 여인과 춤을 춘다. 그 자리에 온 유일한 남자인 그는 자신만의 상냥한 성격을 잘 살려서 자리에 함께한 모든 여성들의 관심을 한 몸에 받는다. 그가 대접하는 와인을 마신 여인들은 술에 취하여 긴장의 끈을 풀어 버린다. 나이가 지긋하고 말수가 없는 여인들조차도 자신들의 늙고 추한 모습을 보다 적극적이며 즐거운 모습으로 발산하고 그와 함께하는 시간들을 즐긴다. 그는 여인들의 내면으로부터 가장 좋은 것들은 이끌어내 주고 그 또한 자신이 갖고 있는 최고의 모습을 보여 준다. 그들은 함께 환희의 절정과 기쁨에 찬 광란의 순간을 경험한다.

여자의 남자

여자의 남자는 진실로 여성을 사랑하는 남자이다. 여성들은 그의 마음을 사로잡는다. 그렇다고 그가 꼭 남성답지 못하고 연약한 사람인 것은 아니다. 그는 힘이 세고 남자다운 사람일 수도 있다. 그는 단순히 여성에 관한 모든 것을 사랑하고 여성들을 남성과 동등한 존재, 어쩌면 더 우월한 존재라고 보고 있다. 그는 여성을 예찬하고 다른

이야기를 창조하는 캐릭터의 탄생

남성들보다 여성들과 더욱 끈끈한 우정을 맺어 간다. 그는 그렇고 그런 남자들 중 하나가 아니다. 그는 학연에 얽힌 남자 동창생들의 인맥 만들기 같은 것에는 관심이 없다.

여성들은 그를 사랑한다. 그의 자유로운 영혼은 영감을 준다. 그는 여성들이 자신감 넘치고 강인하면서도 육감적 매력을 유지하도록 고무시켜 준다. 많은 여성들은 그와의 우정 덕분에 끊임없이 변화되지만 가끔은 그에게 받는 영향력이 부담스러운 나머지 관계가 악화되어 떠나는 여성들도 있다. 그는 여성들에게는 최고의 친구이다. 그는 여성들을 강인함과 보다 높은 자존감을 지닌 사람으로 변모시켜 준다. 그의 눈에 여성은 모두 아름답게 보이고 또 여성들에게 그런 말들을 자주 해준다. 이 모든 것의 깊숙한 곳에는 자신을 위해 아내와 엄마의 역할을 동시에 해줄 수 있는 이상적인 여성을 만나고 싶은 욕구가 숨겨져 있기 때문이다. 그러나 그에게는 모두 불가능한 일들이다. 결국 그는 어떤 여성을 위해서도 헌신할 수 없기에 여성들을 떠날 것이다. 바로 그가 떠나고 나면 대부분의 여성들은 그가 자신들의 내적 힘을 찾을 수 있게 해주는 기폭제와 같은 유일한 사람이었음을 깨닫는다. 동시에 이제 어느 정도 변화를 경험한 그녀들이기에 그를 통해 완전함을 느낄 필요가 없으므로 더 이상 그가 필요한 사람이 아니라는 사실도 알게 된다.

그는 여성들을 이해하고 있으며 여성들 역시 그를 소중히 여긴다. 그는 때때로 매우 초자연적인 기운을 풍기며, 다른 차원과 환각 상태에서 즐기는 것을 좋아한다.

여자의 남자는 무엇에 관심이 있나?

여자의 남자는 환희의 절정, 즐거움, 섹스 그리고 사랑에 관심이 많다. 그가 하는 모든 즐거움을 위한 행위는 그에게는 의식과도 같은 것이다. 그는 방 안에 혼자 있는 조용한 여성을 보면 긴장을 풀고 편안하게 해주고 싶어 그녀에게 마음이 끌린다.

그는 이상을 꿈꾸는 것은 좋아하지만 하나의 목표에 매달려 헌신하는 일은 할 수 없다. 그는 그 이상을 경험하기를 갈망한다. 이러한 그의 꿈은 남자들이 목적 달성을 위해 투쟁을 벌이는 세상이라는 곳에서 그 자신도 목표를 갖고 사는 사람이란 사실을 깨닫게 한다. 그는 가끔 보통 사람들과 다르다는 이유로 다른 남자들로부터 괴롭힘을 당하기도 한다.

그는 자신의 주변에 있는 여자 친구들을 깊이 배려하며 다른 남자들이 여자를 괴롭히는 것을 보면 참지 못한다.

그는 반체제 문화의 일부가 되어 록스타와 같은 삶을 살려 한다. 그는 정신세계가 다른 차원에서 일하는 것을 좋아하므로 정말 훌륭한 주술사가 될 수도 있다.

여자의 남자가 두려워하는 것

여자의 남자는 그 자신이 그다지 남자답지 못하다는 이유로 괴롭힘을 당할까 두려워한다. 종일 사무실에서 업무를 보는 일이든 바깥에

이야기를 창조하는 캐릭터의 탄생

서 하는 일이든 그 어떤 일도 그에게는 고문처럼 힘이 들 것이다. 그는 어떤 종류의 규칙이나 체제도 지키지 못하는 유형이다. 아마도 난해한 철학적인 관념을 가르치는 일이 그에게 맞는 몇 안 되는 직업 중 하나일 것이다.

우정을 나누던 여자 친구들을 잃는 것은 그에게는 매우 큰 충격이 될 수 있다. 그의 삶에는 여성이 반드시 필요하다.

그에게 경험은 매우 큰 의미이다. 그는 어디든 돌아다닐 자유를 여전히 갖고 있기만 하다면 남은 평생을 휠체어에 의지하고 살아도 개의치 않을 것이다.

그는 자신의 꿈이 절대 이루어질 수 없는 환상으로 드러날까 봐 두려워한다.

그는 권력이나 돈에는 크게 관심이 없는 사람이지만 다른 남자들이 자신이 중요하게 생각하는 것들에 대해 비난하는 것은 도저히 참지 못한다.

여자의 남자에게 동기를 부여하는 것

그에게 가장 큰 동기를 부여해 주는 것은 사랑과 소속감이다. 그의 삶에서 가장 중요한 것은 여성들로부터 사랑을 받고 그들에게 필요한 사람이 되는 것이다. 그는 여성들과 함께 있으면 그들과 결속된 느낌을 받는다. 그래서 그는 그 여성들과 육체적인 관계를 맺고 있는지 여부와 상관없이 많은 여성들에게 동시에 무조건적인 사랑을 줄 수도 있다.

환희의 절정을 꿈꾸는 그의 열정 또한 그의 욕구를 자극한다.

도박이나 로또에서 일확천금을 따는 일은 그가 꿈꾸고 있는 가장 멋진 상상이다. 일확천금은 그에게 완전한 자유를 만끽하게 해줄 것이며, 내일 밤을 또 어디서 묵어야 하는가 하는 고민도 덜어 줄 것이다. 그리고 돈이 있다면 다른 남자들로부터 무시를 당할 일도 없고 오히려 부러움을 살 것이다.

다른 사람들의 눈에 비친 여자의 남자

다른 사람들을 그를 몽상가나 혹은 사회의 주변인 같은 히피족으로 본다.

그는 때로 변덕스럽기도 하여 껄껄대고 웃다가 또 다음 순간 울기도 한다. 그러나 대부분의 여성들은 그런 그의 모습을 뛰어난 감수성 때문이라고 생각한다.

그는 옷에는 그리 까다롭지 않다. 할인매장에서 구입한 옷도 입고 명품 옷을 입기도 한다. 그는 외모적으로는 그다지 호감이 가지 않을 수도 있지만, 그의 본성과 감수성은 여성들에게 매우 매력적으로 부각된다.

매우 감각적이며 관능적인 매력을 갖고 있기도 한 그는 여성의 내면에 숨겨진 고통과 욕구를 정확하게 파악하기도 한다. 그는 함께 있으면 시간 가는 줄 모를 만큼 이야기를 잘하는 사람이다.

이야기를 창조하는 캐릭터의 탄생

여자의 남자를 위한 성공전략

여자의 남자에게 가장 중요한 것은 무엇인가? 그리고 그는 무엇을 두려워할 것인가? 그가 자신의 두려움을 극복하기 위하여 어떤 것들을 배워 나가야 하는가? 동성의 친구들을 더 많이 만들거나 혹은 자신의 멘토 역할을 할 수 있는 남자를 찾아야 할 필요가 있을까? 자신의 엄마를 돕기 위하여 돈이 필요한가? 신나게 먹고 마시는 파티에서 이제 그만 벗어나야 할 만큼 도박이나 음주로 인한 문제를 겪고 있는 것은 아닌가? 꼭 위험에 빠진 여성을 보호해야 하는가? 자신에게 아내와 엄마의 역할을 동시에 해줄 수 있는 완벽한 이상형의 여성을 찾아나서야 할까?

때때로 여자의 남자는 남자들과 친분을 맺어 가는 방법을 배울 필요가 있다. 그에게는 역할모델이 될 수 있는 남자가 주변에 있어서 그가 성장할 수 있도록 돕고 그로 하여금 남자들만이 갖는 어떤 가치를 볼 수 있게 해야 한다. 그렇게 되어야만 그는 한 여성에게도 전적으로 헌신하며 살아갈 수 있다. 또 이 유형의 남성은 어린 시절 어머니를 여의였을 경우가 많고 그래서 엄마의 빈자리를 채워 줄 여성을 찾아 헤매지만 그것은 현실적으로 불가능한 일이기도 하다.

그는 삶의 책임에서 달아나는 버릇을 멈추어야 한다. 매일이 그에게는 축제다. 그러나 이런 삶의 방식도 그가 파산하면 물거품처럼 사라지고 만다.

어린 시절 그에게 일어난 어떤 일들이 그의 성격을 지배하는 이와 같은 특징을 형성한 것인가? 너무 어린 나이에 어머니가 돌아가신 것일까? 그의 주변에는 그에게 잘 해주고 돌봐주었던 마음 착한 간호사나 선생님들이 계셨나? 그의 아버지는 그에게 인색하게 대했고 언제나 일을 핑계로 집을 비우셨나? 그는 수줍음 많은 소년이었고 소녀들은 그를 좋아했나? 그는 운동감각이 떨어져 다른 소년들과 어울려 운동을 즐길 수 없었고, 그런 운동 잘하는 소년들을 동경했었나?

이러한 사람이 성장을 하기 위해서는 다음의 한 가지 조건들과 잘 맞아야 한다.

실무가 유형의 남성은 여자의 남자에게 남자들 모임의 일원이 되는 방법을 가르치며 남성으로서의 역할 모델이 될 수 있다.

독재자 유형의 남성은 여자의 남자를 스스로의 삶에 책임지도록 강요하거나 혹은 그로 하여금 자립하도록 하여 싸워 나가도록 할 것이다.

양육자 유형의 여성은 그를 돌보고 그가 책임감에 대한 준비가 될 때까지 인내하며 기다려 줄 것이다. 그녀는 그에게 있어 언제라도 기댈 수 있는 커다란 바위 같은 존재이다.

팜므파탈 유형의 여성은 그를 사랑할 수도 있고 또 그가 다른 여자들에게 하는 것과 같은 방식으로 그를 홀쩍 떠나 버릴 수도 있다. 그는 어쩌면 그녀의 독립적인 성격과 육감적인 매력에 끌려 그녀와 사랑에 빠질 수도 있다. 그러고는 헌신짝처럼 버림을 받는다는 것이 어떤 것인지를 알게 될 것이다.

자유와 꿈을 위해 돈과 권력을 멀리한다 | 외모와 상관없이 모든 여성을 사랑한다 | 기
사도 정신이 발달해 여성들에게 예의 바르고 상냥하다 | 어머니를 일찍 여의었을 수도
있지만 어린 시절 어머니와 매우 친밀한 관계를 유지했다 | 인생에서 새로운 경험을
즐긴다 | 에로틱하며 육감적인 매력의 소유자이다 | 자신의 자유로운 삶의 방식으로
인해 다른 남자들로부터 무시를 당한다 | 영적인 힘이 있으며 심령 현상에 깊이 빠져
있다 | 재기 넘치며 유려한 말솜씨를 갖고 있다 | 매우 협력적이며 언제나 도움을 필요
로 하는 누군가에게 조언을 줄 준비가 되어 있다

●● 여자의 남자의 성격적 결함
여성들 주변에 있어야 한다 | 남자들과의 관계 유지에 어려움을 겪는다 | 여자들이나
직업적 목표에 매달려 헌신하는 일을 잘 못한다 | 자신에게 엄마와 아내의 역할을 동
시에 해줄 수 있는 현실적으로는 불가능한 이상적인 여인상을 찾고 있다 | 무책임하며
변덕스럽다 | 야망도 없고 목표의식도 부족할 수 있다

여자의 남자의 그림자: 유혹자

여자의 남자가 여성으로부터 상처를 받거나 배신을 당하면, 그는 어
쩌면 유혹자로 바뀔 수도 있다. 유혹자로서 그는 나쁜 관계뿐 아니라
좋은 관계를 맺고 있던 여성들까지도 유혹하여 그들의 삶을 온통 혼
란으로 몰아넣고, 목표를 달성한 뒤에는 훌쩍 떠나버린다. 결국 남겨
진 그녀들은 예전의 정상적인 생활을 되찾기 위하여 홀로 고통 속에
서 몸부림친다.

그가 하는 과도한 감정의 표출과 관심을 끌기 위한 행동에는 패
턴이 있다. 냉정함으로 속을 알 수 없는 그의 얼굴 뒤에 문제에 잘 대

처하지 못하는 부족한 참을성과 수시로 변하는 감정의 기복을 갖고 있다. 그래서 그는 폭발하기 전까지는 아무도 알아채지 못하는 시한폭탄과 같은 인물이다. 그는 비판에 대하여 매우 민감하게 반응하는 편이며 자신의 외모에 지나치게 신경을 쓴다.

그는 자신의 호의를 받아 주지 않는 여성에게 집착을 보이며 스토커로 돌변할 수도 있다. 그의 꿈은 그녀에 대한 환상으로 바뀌고 자신이 받은 상처를 그녀를 대상으로 하나하나 실행에 옮긴다.

그는 자신이 여성들을 향한 열렬한 사랑을 잘 표현한다고 생각하며 여성들에게 잘 해주기 때문에 여성들이 그 자신에게 빚을 지고 있다고 생각한다. 그는 여성들을 위해서 무엇이든 해주고 그들을 위해 모든 위험을 무릅쓰기 때문에, 만약 여성들이 그런 그를 떠나려 한다면 결코 참아 넘기지 못한다. 그는 그 어떤 남자도 자신만큼 여성들에게 잘해 주는 사람은 없다고 생각한다.

●● 유혹자

거절을 당하면 스토커로 돌변할 수도 있다 | 여성들과 밀고 당기는 심리전을 즐기고 강하게 밀어붙였다가 냉정하게 그들을 떠난다 | 먼저 관계를 끝내기를 좋아한다 | 여자가 자신을 가장 사랑하고 있다고 느끼는 순간에 관계를 끝내곤 한다 | 한 번에 여러 명의 여자들과 함께 있을 것이다 | 자신이 도와주는 여성들로부터는 관심을 받을 자격이 있다고 생각한다 | 만약 여성이 거절할 때는 그녀가 일부러 그에게 상처를 내기 위해서 그런다고 생각하고는 관계의 주도권을 쥔 사람이 누구인지를 그녀가 분명하게 알게 할 것이다 | 일이 벌어질 때까지는 그가 시한폭탄 같은 사람임을 알지 못한다 | 극도로 민감해서 거절당하는 상황을 받아들이지 못한다 | 누군가에게 경고를 주려고 화를 내거나 하지 않는 그의 얼굴은 냉정함을 잃지 않는다 | 사랑에 대한 집착으로 자주 실수를 한다

이야기를 창조하는 캐릭터의 탄생

남성 메시아 vs 처벌자

오시리스

빛에 둘러싸인 오리시스는 가는 곳마다 변화와 지혜를 펼치며 대지를 가로질러 걸어간다. 그는 자신과 결탁된 모든 것을 밝게 비춘다. 그는 신성한 아이이며 신성한 배우자이다. 형제의 손에 목숨을 잃은 오시리스는 자신의 부활을 위해 누이동생 이시스에게 의존했다. 그는 인간을 깊이 사랑하기 때문에 자신을 희생해 매년 겨울이면 대지에 자신의 몸을 바치고 봄이면 다시 태어난다. 그는 생명이요 죽음이다.

남성 메시아

메시아는 양성성의 전형이다. 여성 메시아가 사랑과 깨우침으로 이르는 길인 반면 남성 메시아는 그 사랑과 깨우침으로 가는 길을 설파하고 보여 준다는 사실을 제외하고 두 전형은 모두 동일한 특성을 보인다.

남성 메시아 전형은 다른 어떤 유형의 전형도 담을 수 있는 인물로 이러한 그의 성향은 일생에 걸쳐 자신의 목표를 이루는 데 도움이 될 수 있다. 예를 들어 영화 〈브레이브 하트Braveheart〉에서 윌리엄 월러스(맬 깁슨 분)처럼 전쟁에 나가 자유를 수호하는 보호자인 동시에 메시아가 될 수 있다.

또한 남성 메시아는 자신이 신과 결탁되어 있다는 사실을 알지 못한 채 그저 어떤 중요한 것들을 성취하기 위하여 내달릴 수도 있다. 이런 면에서 그는 영적인 목표에 공을 들이고 있지는 않다. 마치 그의 삶 전체가 하나의 목표를 위해 존재하고 그 하나의 목표는 바로 수많은 사람들의 삶에 영향을 줄 수 있는 것이다. 영화 〈인사이더 The Insider〉에서 제프리 와이겐드(러셀 크로우 분)를 떠올려 보라. 그는 대형 담배회사와 맞서 싸우기 위하여 자신의 아내와 아이들, 그리고 자신의 일마저도 모두 포기하는 인물이다. 처음에는 그도 많이 망설였을 것이다. 그러나 그는 곧 그 길이 자신의 삶의 이유임을 깨닫게 된다. 그는 자리에서 곧바로 일어나 삶을 변화시키고 자신의 삶의 의미를 찾아 나선다.

남성 메시아는 어려움에 처했을 때 문제를 하나의 전체로 바라볼 줄 아는 능력을 지니고 있다. 그는 결코 함부로 결론을 내리는 법이 없으며 일상의 쑥덕공론이나 사건에 개입하는 일도 없다. 그는 모든 종교와 신앙체제를 존중한다. 그는 아낌없이 남을 돕는 편인데 이는 그 자신이 베푼 것은 세 배로 다시 자신에게 돌아온다는 것을 알고 있기 때문이다.

남성 메시아는 남성이기에 대중들로부터 영적으로 권위적인 인물로서 쉽게 인정을 받는 편이다. 그에게는 자신의 의견을 피력하고 견해를 활성화시킬 기회와 능력이 있다. 그러나 만약 그의 메시지가

이야기를 창조하는 캐릭터의 탄생

여성적인 특성을 드러내는 사랑이나 연민에 관한 것이라면 그는 남자로서는 어쩌면 무시를 당할 수도 있다.

남성 메시아는 무엇에 관심이 있나?

남자로 태어난 남성 메시아는 세상에 존재하는 불평등에 대한 지식을 직접 경험을 통해서 얻은 것은 아니다. 그러나 그가 차별받는 상황에 처해 있다면 이러한 사실을 보다 빨리 깨달을 수 있을 것이고, 모든 사람들 사이에 조화와 일치를 만들어 내는 데 관심을 가질 것이다. 말콤 엑스가 그런 사람이다.

그는 다른 사람들뿐 아니라 자기 자신에게도 관심이 많다. 그에게 세상 모든 살아 있는 것은 신의 현시顯示인 것이다.

그는 다른 사람들이 그들 자신의 신성을 인식하는 것에 관심이 많고, 그래서 다른 사람들에게 자신처럼 될 수 있는 방법을 가르쳐 주고자 한다.

그는 영적 치유를 신체적 치유보다 우위에 놓고 있다. 그는 타고난 치유 능력을 갖고 있음에도 불구하고 누군가 스스로의 고통을 통해 깨달아야 할 무언가가 있다면 그들의 고통을 없애 주지 않는다.

그는 자신이 신과 결탁되어 있다는 사실을 알지 못할 수도 있지만 타고난 강한 추진력으로 목표를 향해 나아가고 그 목표를 위해 자신을 기꺼이 희생시킬 수 있는 사람이다.

남성 메시아가 두려워하는 것

남성 메시아는 사람들이 그릇된 길을 걷고 있는 자들에 의해서 타락의 길로 빠지거나 혹은 말초신경을 자극하는 욕구로 인해 길을 잃을까 두려워한다.

그는 자신의 메시지가 진지하게 전달되지 못할까 봐 그리고 그 메시지의 가치가 평가절하될까 봐 두려워한다.

그는 시간이 부족해 사명을 완성하지 못할까 봐 또는 다른 사람들이 고통을 당하는 것을 보게 될까 봐 두려워한다.

남성 메시아에게 동기를 부여하는 것

그 자신보다 위대한 그 무엇과 결탁되어 있다는 심미적인 욕구는 그가 추구하는 것뿐 아니라 그 자신에게 동기를 부여하여 무조건적인 사랑을 주고받게 한다.

그는 신과의 결탁을 유지하기 위하여 악마들과 맞서 싸워야만 한다. 그는 유혹을 맞서 이겨내고 자신의 믿음을 굳게 지켜 나가야만 한다.

목표의식이 매우 강한 그는 끝내 목표를 달성한다.

다른 사람들의 눈에 비친 남성 메시아

다른 사람들은 그를 좋은 사람으로 또는 나쁜 사람으로 보기도 하는데 그 중간쯤에 해당하는 평가는 없다. 그는 이교異教를 창시한다는 비난을 받을 수도 있다.

많은 사람들이 그를 두고 이상주의자나 권력 과시욕에 불타는 사람 혹은 신성하고도 현명하면서 잘 베푸는 사람이라고 평가하기도 한다.

다른 사람들은 그의 신과의 결탁을 부러워하고 그중에서도 특히 그를 시샘하는 사람들은 자신들이 그런 자격을 부여받았다고 느끼는 성직자들이다. 예수와 그의 신과의 결탁을 떠올려 보라. 그것은 결국 그들 민족의 손으로 그를 십자가에 세운 결과를 낳았다.

남성 메시아를 위한 성공전략

이러한 유형의 사람은 캐릭터의 폭에 변화를 줄 필요는 없지만 대신 자신의 두려움을 통해 더욱 강해진다.

남성 메시아에게 가장 중요한 인생의 목표는 무엇인가? 그리고 그는 무엇을 두려워하는가? 그가 자신의 두려움을 극복하기 위하여 어떤 것들을 배워 나가야 하는가? 성난 군중들을 뚫고 그 가운데 우뚝 서는 방법을 배워야 하는가? 조롱을 받고도 참아내는 방법을 배워야 할까? 그는 신을 찾기 위하여 자아의식을 희생시켜야 하는가?

남성 메시아는 매우 자주 사건의 결과에서 벗어나 자신을 이끄는 신령스런 존재를 믿는 법을 배워야 한다. 그는 자신의 주장을 관철하고 그 결과에 상관없이 자신을 전적으로 믿어야 한다.

그는 자신을 비난하는 사람들뿐 아니라 스스로의 의구심과도 마주해야 한다. 그는 역경과 비난 속에서도 당당하게 일어서야 한다. 그는 장기적으로 볼 때 자기 자신을 강하게 신뢰해야만 한다.

그의 목표와 관점은 그의 삶의 어느 시점에서 그 힘을 얻은 것이며 또 그 이유는 무엇이었나? 그의 부모는 종교적인 성향이 강한 분들이었나? 그는 어려서 적극적으로 종교 활동을 했었나? 그는 학교에서 괴롭힘을 당하는 다른 학생들을 위해 목소리를 높여 정당함을 이야기했었나?

분명 남성 메시아는 자신의 성장보다는 다른 인물들의 성장을 도울 것이다.

그는 신비주의 여성과 우정을 가꾸어 갈 수도 있다.

광대 유형의 남성과 즐거운 웃음을 만든다.

실무가 유형의 남성은 그에게 도전적인 상대가 될 수 있다.

마법사 유형의 남성은 훌륭한 적수가 될 수 있다.

●● 남성 메시아의 유용한 자질
권위에 대하여 의문을 제기한다 | 규범을 준수한다 | 자기 자신에 대한 건강한 자아상을 갖고 있다 | 어떤 대가를 치르더라도 자신의 믿음을 당당히 주장할 수 있다 | 고난의 시기를 잘 견뎌낼 수 있는 강한 신앙적 체계가 있다 | 모든 이의 선을 위하여 기꺼이 자기 자신을 내려 놓을 수 있다 | 물질에 대한 소유욕은 내려놓았다 | 결코 죽지 않

남성 메시아의 그림자: 처벌자

남성 메시아는 자신의 이득 및 욕구와 관련된 상황에서는 그렇게 야비한 행동을 하지는 않는 편이다. 그는 모두를 위한 최고의 선을 보호하는 차원에서는 악역이다. 처벌자로서 그는 자신에게 한 수 가르치려다 실패한 그 남자를 향해 저주를 퍼부을 것이다. 그는 그 남자의 자존심을 무너뜨리고자 한다. 그는 그 남자의 정신을 말살하여 자신과 같은 사람으로 거듭나게 할 것이다.

그는 다른 사람들에게 자신을 정당화하려 할 수도 있지만 그러나 다른 사람들은 그의 힘과 그가 져야 할 부담의 무게를 결코 완전히 이해하지는 못할 것이다. 그의 규범들과 처우를 따를 수 없는 사람들은 그의 곁을 떠날 것이다. 대부분의 사람들에게 하루 여섯 시간의 묵상은 어려운 일이며 또 바보스럽게 보일 수도 있지만 처벌을 내리는 사람에게 나아가기 위하여 이것은 필요한 단계이다. 그는 자신의 말이 곧 법이라고 생각한다.

●● **처벌자**

그를 따르는 사람들에게 가혹한 비평을 가한다 | 그에게 한 수 가르치려 덤비는 자에게 저주를 내릴 것이다 | 다른 사람들의 자아와 정신을 무너뜨리고 싶어 한다 | 자신의 말이 곧 법이라고 생각한다 | 사람들로 하여금 그들 자신의 역량을 넘어서도록 강요한다

이야기를 창조하는 캐릭터의 탄생

예술가 vs 학대자

포세이돈

깊은 바닷속에 살고 있는 포세이돈은 모든 희로애락으로 가득 찬 감정의 바다에 운명의 여정을 맞추고 한순간에 파도를 일으키기도 하고 잠재우기도 한다. 그는 예측불허이며 위험하고 동시에 흥미를 자아내기도 한다. 그의 두 눈은 그 누구도 감히 범접할 수 없는 신비를 간직하고 있다. 만약 당신이 그를 안다면 그는 이내 자신을 바꿀 것이다. 당신이 그를 감정적으로 도와줬다고 생각한다면 어디선가 그보다 더 큰 도움을 준 또 다른 누군가가 나타날 것이다. 그는 바다에서 나는 재물로 당신의 삶을 풍요롭게 해줄 수도 있고, 또 자신의 대양을 누비며 모험을 하는 당신의 목숨을 앗아갈 수도 있다.

예술가

예술가 유형의 남성은 감정적으로 자기 자신과 깊은 교감을 나누는 사람이지만 그렇다고 감정적인 부분에서 모든 것을 통달한 완벽한 사람은 아니다. 그는 자신의 감정을 창조적인 활동으로 돌릴 수 있는 사람이거나 혹은 주변 사람들에게 마구 퍼부어 대며 폭발하기 전까지는 분출구도 없이 마음의 표면 아래서 감정이 부글부글 끓어오르도록 내버려 두는 사람이다. 그는 남자가 자신의 감정을 표현하는 것을 안 좋게 보는 세상에 자신을 억지로 꿰어맞춰야 하는 현실을 힘들어 한다. 이러한 세상의 편견은 그를 더욱 불안정하며 분노하게 한다. 분노의 감정만큼은 그가 유일하게 드러내도 되는 것처럼 보이지만 그의 감정은 사랑에서부터 분노에 이르기까지 전반에 걸쳐서 다양하게 표출된다.

여자들은 처음에는 그의 강렬함에 깊이 매료되지만 얼마 지나지 않아 그의 감정이 매우 변덕스럽고 불안정하다는 사실을 알게 된다. 만약 그가 그녀와 다툼을 벌인 후 화해를 하면서 이런 강렬한 감정을 표한다면 그녀는 열정으로 가득 찬 그에게 다시 한번 압도당하게 될 것이다.

그는 자신에게 내재된 강한 감정의 힘을 인식하지 못한다. 그는 매우 자발적이며 활기가 넘친다. 그는 단순한 장난감을 갖고도 몇 시간이고 혼자 놀 수 있는 사람이며 또한 하고 있던 활동을 주저 없이 포기하고 곧바로 다른 일을 할 수 있는 사람이다. 그가 만약 자신의 분노를 잘 통제할 수만 있다면 그는 아마도 삶의 복잡한 문제들에 잘 대처해 나갈 수 있는 건강하고도 활력 넘치는 사람이 될 수 있을 것이다. 만약 그러나 그가 감정에 지배를 받게 되면 주변과의 조화에 불협화음이 생기면서 언제 폭발할지 알 수 없는 시한폭탄이 될 것이다.

그는 표면적으로는 차분하게 보일 수도 있지만 그의 내면 깊은 곳에는 강하고도 끈끈한 창조의 기운이 흐르고 있다. 그는 자신의 감정과 아이디어를 펼치는 데 매우 적극적이다. 그는 열정적이며 그의 창의력은 언제나 개인적이다. 그러나 무언가를 창조해 낸다면 그것

이야기를 창조하는 캐릭터의 탄생

은 그에게 언제나 깊은 의미를 담고 있을 것이다.

그는 매우 직관력이 뛰어나며 자연 속에서 지내는 것을 좋아한
다. 그는 아마도 어려서 태양의 움직임을 보며 시간을 가늠하는 법을
알았을 수도 있다.

예술가는 무엇에 관심이 있나?

예술가 전형은 자신의 감정을 표현하는 데 관심이 많다. 그는 자신이
우주의 중심이라는 생각을 갖고 있다. 그는 자기 주변에 어떤 사람들
이 있건 또 그들이 어떤 어려움을 겪고 있건 개의치 않으며 그에게
가장 우선순위가 되는 것은 자신의 감정이다.

그는 다른 사람들이 자신과 자신의 창의적인 노력을 어떤 시각으
로 바라보는지에 관심이 높다. 거절을 당한다는 것은 그에게는 죽음
처럼 치명적인 것이다. 그는 만약 한 사람이라도 자신을 좋아하지 않
는다면 자신이 창작한 작품을 파괴시켜 버릴 수도 있다.

그는 주변에서 잘나간다는 사람들과 동등한 대우를 받길 원하지
만, 사업적인 측면에서는 그다지 수완이 뛰어나지 않기 때문에 자신
의 일을 이어가기 위하여 그들에 의존한다. 그래서 그는 집에 와서
자신의 솔직한 감정을 분출시키기 전까지는 상사나 대리인을 기쁘
게 하기 위하여 애쓴다.

그는 다른 사람들에게 통제력이 있고 강한 사람처럼 보이는 데
관심이 있다. 그는 자주 격분을 하는데 이는 화를 냄으로써 자신의

힘과 용맹함을 드러낼 수 있다고 생각하기 때문이다. 그는 자신을 방어해야 할 상황이 오면 분노를 보호막처럼 이용한다. 그는 불같이 화를 내지 않고서 다른 사람들에게 반응하는 법을 알지 못한다.

그는 지치는 법도 없이 보이지 않는 곳에서도 창조적인 계획을 세우고 작품에 매진하는 타고난 창작자다.

예술가가 두려워하는 것

예술가 유형의 남성은 사회규범상 자신의 감정을 잘 드러내지 않는 그런 남자들에게 자신이 열등하게 보일지도 모른다는 두려움을 갖고 있다. 그는 자신의 성에서 왕이 되길 원하지만 그러나 그 왕은 권위는 부족한 왕일 것이다.

그는 자신을 두려워한다. 스스로 폭군 같은 사람이 되길 원하는 것은 아니지만 자신의 격분을 통제하질 못한다. 그는 그러다가 자신이 사랑하는 사람들을 다치게 할지도 모른다는 두려움을 갖고 있다. 그는 또한 누군가 자신이 사랑하는 사람들을 해칠지도 모른다는 생각을 갖고 있으며 그런 상황이 되면 그는 자신 안에 숨겨진 복수심에 불타는 극악무도함이 드러날 것임을 두려워한다.

그는 자신의 부족한 사업적 수완으로 인해 큰일을 펼칠 기회를 놓칠까 두려워한다. 그는 언제나 자신이 이루어낸 공로를 누군가 빼앗아 가지 않을까 노심초사한다.

그는 또한 창조력이 막히는 슬럼프 상태가 올까 두려워한다. 그는 자신의 창조력을 억누르는 가족이 있거나 혹은 일과 관련된 문제를 겪을 수도 있다. 그러면 그는 자신에게 영감을 주는 예술의 여신 뮤즈가 자신에게서 영원히 떠나가 버렸다고 생각할 수도 있다.

예술가에게 동기를 부여하는 것

그에게 동기를 부여하는 가장 중요한 것은 생존이라는 명제다. 한 사람, 한 사람과의 마주침이 그에게는 자신의 생존을 위협하는 것들로 비친다. 그것은 마치 그의 작품에 대한 단 하나의 잘못된 논평이나 의견도 지금까지의 그의 경력을 모두 망쳐 놓을 수 있는 것과 같기 때문이다.

그에게는 모든 것이 극단적으로 보인다. 그는 끊임없이 자신의 참 삶을 위해 싸우고 있다고 느낀다. 만약 그의 아내가 다른 남자와 이야기라도 할라치면 그는 아내가 자신을 떠나려 한다고 생각한다. 그는 어떤 상황에서건 자신이 옳다는 것을 증명해 보이기 위하여 집착하지만 외려 결과는 그 반대가 되기 일쑤이다.

그가 지금껏 얼마나 어리석게 살아왔는지를 깨닫는 것과 상관없이, 그는 여전히 다른 사람을 신뢰하지 못하고, 그의 불타는 복수심은 거의 강박관념에 가깝다. 그는 중요하고 특별한 사람이 되어야 한다는 생각에 사로잡혀 있다.

다른 사람들의 눈에 비친 예술가

어떤 이들은 그를 두고 신경과민이며 행동의 한계도 없는 사람이라 하기도 하고, 반면 다른 사람들은 그를 열정적이며 자발적이고 활기가 넘치며 같이 있으면 예측불허의 즐거움이 있다고 한다.

그는 자신의 기분을 표현할 수 있는 편안한 복장을 즐기며 머리는 주로 느슨하게 늘어뜨리는 스타일이다. 그는 파티에서는 대화를 하며 손동작도 상당히 크게 하는 등 매우 적극적으로 자기표현을 하는 사람이다.

그는 그저 빤히 쳐다보는 한 번의 눈빛으로 다른 남자를 함부로 굴지 못하게 제압할 수 있다. 그는 눈빛만으로도 많은 것을 말한다.

예술가를 위한 성공전략

예술가 유형의 남성에게 가장 큰 목표는 무엇인가? 그리고 그는 무엇에 두려움을 느끼는가? 그가 자신의 두려움을 극복하기 위하여 어떤 것들을 배워 나가야 하는가? 비즈니스 세계에 관하여 조금 더 배워야 할까? 아내가 자신을 떠날지도 모른다는 두려움을 떨쳐내야만 할까? 창조력이 막히는 슬럼프 상태를 극복하는 법을 배워야 할까? 다른 사람들과 어떻게 상호작용을 하는지를 배워야 할까? 다른 사람들을 통제하려는 자신의 욕구를 버려야만 할까?

예술가 유형의 남성은 어떤 상황에 대하여 자신의 첫 느낌으로부터 자신을 멀리 떼어내는 법을 배울 필요가 있다. 그는 자신이 의도하거나 상상한 대로가 아닌 있는 그대로의 현 상황에 비례하여 반응하는 법을 배워야 한다. 그는 감정을 자신의 예술 작업에 도움을 주는 자산으로서 접근하는 법과 그의 감정이 자신의 좋은 면을 가려버리기 전에 자신이 어떻게 느끼는지를 인지하는 법을 알아야 한다.

어린 시절 그에게 일어난 어떤 일들이 그의 성격을 지배하는 이와 같은 전형을 형성한 것인가? 그의 아버지는 습관적으로 분노를 표출하는 사람이었나? 그의 선생님은 그의 작품에 신랄한 비평을 가했나? 그는 수학이나 논리적 사고 같은 것은 결코 이해할 수 없었던 것인가? 그는 자연에서 놀기를 좋아했고 태양의 움직임을 보며 시간을 알아냈던 것인가?

이러한 유형의 남성이 성장을 하기 위해서는 다음의 한 가지 조건들과 잘 맞아야 한다.

실무가 유형의 남성은 예술가에게 자신의 일을 어떻게 처리하고 자신의 경력과 운명을 관리하는지를 가르쳐줄 것이다. 어떻게 조직적인 사람이 되고 자신의 감정을 통제하는지를 알려 줄 것이다.

여자의 남자는 예술가 전형에게 어떻게 하면 성적 매력을 갖추고 관능적일 수 있는지를 가르쳐줄 수 있다. 어떻게 여자를 사랑하는지, 그리고 자기 안에 깃든 여성적인 측면을 찾아내는 방법을 알려 줄 것이다. 그리고 여자의 남자는 예술가 유형의 남성이 삶에서 일어나는 일들에 대하여 자신이 보였던 지나친 과민반응이 부끄러운 일이었음을 느끼게 해줄 것이다.

매혹적인 뮤즈 유형의 여성은 그에게 자신의 신체와 어떻게 소통

올 하는지, 그리고 고통 대신 기쁨과 행복을 느끼는 방법을 가르쳐줄 수 있다. 그녀가 남성들 안에 서서히 스며들게 하는 사랑으로 그는 그녀를 위하여 자신을 기꺼이 변화시키려 할 것이다.

문제아 10대 유형의 여성은 그가 격분을 해서 날뛰면 그를 떠나 그의 삶을 뒤죽박죽 엉망으로 만들어 놓을 수 있다. 그녀는 그가 자신을 감정적으로 학대하도록 내버려 두지 않을 것이다. 그녀는 그 스스로가 자신의 행동을 돌아보도록 할 것이다.

●● 예술가 유형 남성의 유용한 자질
창작과 변화를 좋아한다 | 자발적이며 직관력이 있다 | 창의력이 뛰어난 위대한 예술가가 될 수도 있다 | 열정과 집념이 있다 | 자신이 주변 사람들에게 행동하는 방식과 상관없이 그는 자신의 가족과 친구들을 사랑한다 | 자신과 자신의 가족이 피해를 당한다면 그에 대한 복수심에 불탈 것이다 | 책만 읽는 똑똑한 사람과 반대로 세상 물정에 밝다

●● 예술가 유형 남성의 성격적 결함
다른 사람들의 기분은 고려하지 않고 자신의 감정만 내세운다 | 자신의 감정을 통제하는 데 어려움이 있다 | 다른 사람들의 영역을 침범한다 | 모든 일을 너무 극단적으로 받아들인다 | 강박관념에 사로잡혀 있으며 복수가 필요한 시점에는 매우 냉혹하다 | 실제보다 상황을 악화시켜 생각하는 경향이 있다 | 자기중심적이다

예술가의 그림자: 학대자

예술가 유형의 남성이 자신의 감정을 통제하지 못할 때 그는 매우

이야기를 창조하는 캐릭터의 탄생

변덕스러우면서도 악의에 차 복수심에 불탄다. 복수에 불타는 그의 의지는 매우 강해서 충분히 복수를 했다고 느끼기 전까지는 그는 절대 그 복수심을 내려놓지 않을 것이다. 이는 마치 그의 생존 자체가 눈에는 눈, 이에는 이라는 살벌한 복수심에 의존하는 것 같다.

그는 격분한 상태에서는 다른 사람들의 감정 따위는 아랑곳하지 않고 마구 욕설을 퍼부어 대기도 한다. 그는 모든 경계를 무너뜨리며 자신이 사랑하는 사람들한테까지도 상처를 낸다. 만약 그의 성적 충동이 강하다면 그는 여성들이 거절해도 이를 자기 식대로 해석하고는 성폭행을 저지를지도 모른다. 그는 처음부터 그녀에게 상처를 가하리라 작정했던 것은 아니지만 자기 감정에 휘말리고 마는 것이다. 그는 그녀의 기분이 어떨지 전혀 알지 못한다. 그는 또 화해를 할 때는 상대의 마음을 매우 잘 풀어 주는 재주도 있다. 그는 부인을 폭행한 후 꽃을 선물하며 다시는 안 그러겠다고 싹싹 빌며 들어오는 아주 전형적인 남성 타입이다.

그는 도덕과 윤리성이 결여된 무책임한 행동으로 반사회적인 성향을 드러낸다. 그는 난폭하며 불법적인 행동을 일삼고 사회적 규범을 따르기를 거부한다. 그는 일말의 양심의 가책도 느끼지 않는 것처럼 보이고 자신의 행동에 따른 결과를 전혀 예측하지 못한다. 그는 신체적으로 매우 공격적이고 산만하며, 화를 잘 내고 자신뿐 아니라 다른 사람들의 안전도 아랑곳하지 않는다.

그는 자신의 기본적인 권리가 침해를 받았다고 생각하므로 자신의 행동에 정당성을 부여한다. 그는 다른 사람들이 어떻게 생각하든 개의치 않고 만약 문제가 생기면 다른 사람들이 자신을 어떻게 하기 전에 스스로 자멸하는 방법을 택할 것이다.

●● 학대자

아내를 폭행한 뒤 꽃을 선물하며 사과한다 | 사람들의 마음을 혼란스럽게 하여 심리적으로 조종하기를 즐긴다 | 화를 잘 내며 예측할 수 없는 사람이다 | 시한폭탄처럼 불안정한 사람이다 | 자신뿐 아니라 다른 사람들의 안전도 소홀히 한다 | 자신의 감정을 통제하지 못하고 버럭 화를 내고 만다 | 복수심에 집착하며 원한의 감정을 오랫동안 품고 있다 | 행동의 경계가 없다 | 언제나 자기 멋대로이기 때문에 다른 사람이 거절하는 것을 자기 식대로 해석해 버린다 | 무모하며 분노에 가득 차 있다

이야기를 창조하는 캐릭터의 탄생

제왕 vs 독재자

제우스

가장 높은 곳에 있는 제우스는 자신의 땅과 성전을 내려다보고 있다. 그는 모든 것이 제대로 굴러가는지를 확인하며 주위를 둘러본다. 어디에서 돌아보아도 제우스의 눈길을 느낄 수 있다. 그가 내뿜는 힘의 파장은 그가 자리를 뜨고 난 뒤에도 한참 동안 그 주변에 감돈다. 그는 하늘을 자신의 형상과 닮았다고 느끼면서 자신을 존경해 줄 것을 요구한다. 제우스는 매우 강력하고도 교활한, 때로 자신의 진면목을 여성들에게 보여 주는 남자였으므로 제아무리 아름다운 여성도 그를 거부하지 못한다. 그는 한순간 당신에게 최고의 친구가 되었다가 또 다음 순간 바로 당신에게 가장 악한 적이 될 수도 있는 사람이다. 아내인 헤라만이 그를 제어할 수 있다. 왜냐하면 그녀에게는 그의 가정생활을 생지옥으로 만들어 버릴 수 있는 힘이 있기 때문이다.

제왕

전체를 볼 수 있는 시각과 자신의 행동이 모든 사람들에게 어떤 영향을 미치는지를 알고 있는 남성 메시아와 달리 제왕 유형의 남성은 세부사항은 무시한 채 큰 그림만을 보기 때문에 그의 결정이 다른 사람들에게 미치는 보다 작은 부분들은 간과한다.

그는 냉정한 사람으로 마음속의 공허감을 카페인과 일, 술, 그리고 섹스로 달래려 한다. 제왕은 극단적인 삶을 살아가는 마피아의 두목이나 폭력단의 보스 같은 사람이다. 그에게는 중간자적 입장이라는 것은 아예 없다.

그는 군대를 이끌어 승리로 만들 수 있는 강한 사람으로, 자신의 특성과 매력을 이용해 사람들을 고무시키는 능력이 있다. 그는 사람들과 결탁을 잘하는 전략적인 사람으로서 사람들에게 꼭 필요한 것들을 제공해 줘서 그들을 자기 사람으로 만드는 능력을 갖고 있다. 그의 말이 곧 법이지만 그래도 자신 앞에서 다른 사람들이 체면을 살릴 수 있도록 선택의 여지를 남겨 두기도 한다.

그는 자신의 아내가 어떻게 생각하든 개의치 않고 다른 여자들을 위험에서 구하는 데 주저함이 없다. 그는 감정적으로 메말라 있고 죄의식이 없는 사람이기 때문에 아내를 속이고 바람을 피우고도 아무일 없었다는 듯 아내가 있는 집으로 다시 향하는 사람이다. 만약 그가 현행범으로 체포라도 된다면, 그는 자신이 저지른 행동이나 또는 가족들에게 입힌 상처보다는 엉뚱하게 일이 틀어진 것에 더욱 분개할 것이다. 그는 자신의 집 밖에서의 생활을 가정 내에서의 그것과는 완전히 별개인 것처럼 느낀다. 그는 가족을 부양하고 그들을 보호하며 또 자신만의 삶을 누릴 자격이 있다고 느낀다. 그는 훌륭한 정치가가 될 것이다.

이야기를 창조하는 캐릭터의 탄생

제왕은 무엇에 관심이 있나?

제왕은 자신이 통치할 왕국을 갖는 것에 관심이 많다. 그는 자신의 것이라 칭할 수 있는 가족, 회사 그리고 조직을 갖기를 원한다.

그는 한 몸에 찬사를 받고 자신이 가진 권력으로 존경을 받는 동경의 대상이 되길 원하며 필요할 때는 다른 사람들의 마음에 두려움을 심어 주는 일에도 관심이 있다. 그는 강력한 영향력을 가진 사람으로 평가받고 싶어 한다.

그는 자신의 지휘 아래 있는 사람들에게 깊은 관심을 쏟으며 그들에게는 매우 성실하며 관대한 편이다. 그러나 감정 표현에 서툰 그는 그들에 대한 애정과 관심을 돈이나 선물로 대신한다.

그는 또한 최고의 자리에 오르는 일에 관심이 많아 그러한 타이틀을 얻기 위해서 필요한 어떠한 노력이나 대가를 감내하여 반드시 경쟁에서 살아남을 것이다.

제왕이 두려워하는 것

그는 자신을 압도할 만큼 더 강하고, 더 젊고, 더 빠르며 그리고 더 영리한 사람에 대한 두려움을 갖고 있다. 그는 일이나 가정에서 최고의 자리를 획득하기 위해 열심히 노력해 왔고 언제나 자신의 왕국을 지키기 위해 여념이 없다. 이러한 측면에서 그는 폭력단의 보스와 매우 흡사해서 자신이 신봉하고 지켜 왔던 자신만의 아성이 무너질까 두려워한다.

그에게 있어서 자신의 감정을 표현하는 것은 매우 낯선 일이기 때문에 그는 남 앞에서 감정을 드러내기를 두려워한다. 그래서 그는 어쩌면 자신을 위해 감정을 표현해 줄 수 있는 그런 아내를 꿈꿀 수도 있다. 그의 아내가 눈물을 터뜨리고 울면 울수록 그는 그녀를 더욱 주의 깊게 지켜볼 것이며, 동시에 자신의 눈물은 꾹꾹 삼켜 버릴 것이다. 그에게 감정을 드러내는 것은 나약함의 상징이므로 왕조의 건립을 꿈꾸는 자신처럼 야심 찬 사나이에게는 가당찮은 일이라고 생각한다.

제왕에게 동기를 부여하는 것

제왕에게 가장 큰 동기를 부여하는 원동력은 자부심과 자존심이다. 그는 인정받고 싶은 강한 욕구를 갖고 있다. 그는 자신의 이름만으로도 다른 사람들로부터 존경심을 불러일으키는 그런 사람이 되길 원하며 정형화된 자신의 이미지를 지켜 나가기 위해서는 어떤 일이라도 불사할 것이다. 누구든 감히 그에게 도전하거나 그를 비겁자라 부르기라도 한다면 그자를 압박하여 그들이 도전한 실체가 무엇인지 단단히 본때를 보여 줄 것이다.

그는 자신의 가족이나 여자 친구들로부터도 존경 받는 사람이 되기를 원한다. 그는 딸을 사랑하는 아버지로서, 반항을 하는 딸로 인해 위축될 수도 있다. 하지만 그는 딸의 반항 같은 것은 아예 처음부터 원천봉쇄를 하고 말 사람이다. 그는 자신의 권력을 유지하는 데 필요한 어떤 일이라도 할 것이다.

다른 사람들의 눈에 비친 제왕

다른 사람들은 그를 역할 모델로서 존경하거나 극단적으로 자기중심적 성향을 가진 사람이라는 두 가지 시각으로 바라본다. 지배욕은 그의 삶 전체를 관통하고 있으며 그는 자신만큼 투지가 넘치지 않는 사람들과는 잘 어울리지 못한다. 그래서 그에게는 자신에게 강력한 협력자가 될 수 없는 친구들과는 동네에서 편안히 만나 다정하게 시간을 보낼 만한 여유도 주지 않는다.

그는 바위만큼이나 침착하고 냉정한 사람처럼 보이기도 한다. 세상에 그를 두렵게 하거나 나약하게 만들 수 있는 것은 없다. 외려 사람들이 겪는 어려움은 그에게는 힘을 찾아 주는 계기가 될 것이다. 폭력에 노출되어 있는 여성들은 그에게 와서 도움을 요청할 수도 있는데 그러면 그의 아내는 그 상황을 마치 그 여자들에게 남편을 빌려주기라도 한 것처럼 느낄 것이다.

그는 옷을 매우 맵시 있게 잘 차려입는 사람이다. 자신의 옷차림을 통해 자신보다 힘 있는 남자를 능가할 수 있다면 그는 더욱 옷에 신경을 쓸 것이다. 만약 그 상대 남자가 비싼 정장을 입는다면 그는 아마도 훨씬 더 비싼 옷을 사 입고 나타날 것이다. 그의 행동에는 언제나 자신감이 흐르며 때로 오만함이 느껴지기도 한다.

제왕을 위한 성공전략

제왕 유형의 남자에게 가장 중요한 목표는 무엇인가? 그리고 그는 무엇을 두려워하는가? 그가 자신의 두려움을 극복하기 위하여 어떤 것들을 배워 나가야 하는가? 그는 자신의 감정을 표현하는 법과 잃었던 마음을 되살리는 법을 배워야 할까? 제왕 유형의 남성은 폭력단의 보스와 매우 흡사하다고 볼 수 있는데, 그는 불안한 감정을 꽁꽁 숨겨두는 사람이라서 자신의 고통을 발견하고 표현하기 전까지 그다지 영향력 있는 보스는 될 수가 없다. 그는 통제와 지배권을 내려놓고 다른 누군가에게 지휘권을 넘겨줘야 하는 것인가? 자신이 이미 나이가 많이 들었다는 현실을 직시하고 보다 나이 어린 제왕들과의 경쟁을 받아들여야만 하는가?

제왕 유형의 남성은 때로 변화에 취약한 입장을 취할 필요가 있다. 뭔가 정신적으로 큰 충격을 받을 만한 일이 자신에게 또는 가까운 사람에게 일어나야만 한다. 그래야만 그가 쌓아 둔 높은 마음의 벽이 허물어질 수가 있다. 때론 실제로 그는 심장마비를 일으킬 수도 있다.

어린 시절 그에게 일어난 어떤 일들이 그의 성격을 지배하는 이와 같은 특징을 형성한 것인가? 그의 아버지는 나약하거나 혹은 아주 강한 사람이었나? 너무 강하게 억누르는 어머니의 양육방식이 그 스스로를 덜 남자답다고 느끼게 만든 것은 아니었나? 동네 골목대장한테 흠씬 두들겨 맞고 참다못해 그 골목대장을 죽도록 패주고는 무대를 평정하여 학교에서 주먹깨나 쓰는 아이로 통했던 것은 아니었

이야기를 창조하는 캐릭터의 탄생

을까?

제왕 유형의 남성이 성장을 하기 위해서는 다음의 한 가지 조건들과 잘 맞아야 한다.

예술가 유형의 남성은 그를 도와 감정을 표현하도록 해주고 그에게 사랑과 창조적인 마음의 문을 여는 법을 알려줄 것이다.

중상모략가 유형의 여성으로 인해 제왕이 강한 협력자와 친구를 잃게 되면 그의 모든 세상은 무너지고 만다. 그러면 제왕 유형의 남성은 자신의 전 생애를 재평가할 기회를 갖게 될 것이다.

여전사 유형의 여성은 그에게 여자들도 훌륭한 협력자와 친구가 될 수 있음을 가르쳐줄 것이다. 또한 그가 갖고 있는 여성적인 측면이 꼭 그가 생각하는 것처럼 나약함을 의미하는 것은 아니라는 사실을 일깨워줄 것이다.

팜므파탈 유형의 여성은 자신의 손 안에 모든 여성들을 통제할 힘이 있다고 믿는 제왕을 능가해 완전히 그를 압도할 것이다. 팜므파탈은 매우 교활해질 수 있는 여성이므로 그보다 더욱 강력해질 수 있다.

●● 제왕의 유용한 자질

자신이 통치할 수 있는 가족이나 조직 또는 회사를 가져야 한다 | 다양한 활동을 즐기느라 가족과는 떨어져서 흥청대며 시간을 보낸다 | 협력자와 조직을 구성하는 탁월한 능력이 있다 | 가족이나 친구들에게 선물 공세를 한다 | 뛰어난 전략가이다 | 충실하며 관대하다 | 결단력이 있고 자신감이 넘친다 | 의지할 수 있는 강한 사람이다

제왕의 그림자: 독재자

악역으로서 제왕은 독재자가 된다. 다른 사람들을 지배하고 통제하려는 그의 욕구는 강박관념이 된다. 그는 보다 많은 통제권과 점점 더 많은 복종을 요구한다. 그는 한 단계 더 나아가서 자신이 강력한 지배력을 갖고 있다는 메시지를 전달하기 위하여 무고한 사람들을 벌하기도 한다. 그는 신처럼 숭배 받기를 원하고 자기 마음대로 다른 사람들의 운명과 삶을 장악하길 원한다.

만약 누군가 그에게 대항을 한다면 그는 격분하여 어느 누구를 막론하고 모두에게 엄청난 파괴를 불러올 것이다. 그는 이 모든 파괴적 행동을 불러온 것은 애초에 그에게 대항한 사람의 과실 때문이라며 자신의 행동을 정당화할 것이다. "누구든 내게 겁 없이 덤비기보다는 분별력을 먼저 키워야 할 것이다"가 그가 주장하는 바다.

그는 자신의 권력을 휘두를 목적으로 법을 제정하기도 한다. 그는 사람들이 자신이 정한 법을 지키며 그에 따라 살아가는 모습을 보는 것을 즐긴다. 그는 자신의 행동에 따른 결과를 잘 알지 못하며 또 그다지 관심도 없다. "모든 사람들이 제대로 처신한다면 내가 굳이 이렇게 까다롭게 요구할 필요가 없어"라는 말은 실제로 그 어느 것도 그를 만족시킬 수 없을 때 그가 사람들에게 하는 말이다.

수동적 공격 성향을 갖고 있는 그는 만약 가족 중 누군가가 자신이 찬성하지 않는 일을 행동에 옮긴다면 겉으로는 괜찮다고 말하면서도 정작 행동은 그 반대로 나갈 것이다. 그는 자신의 왕국에서 벌어지는 일을 모두 자신의 힘으로 통제하기 때문에 그런 그의 행동에 이의를 제기하는 사람들을 용납하지 않을 것이다. 누구든 그의 영토를 그냥은 벗어날 수 없다. 반드시 웃는 낯으로 미소를 띠며 나서야 한다. 그에게 있어서 배신을 당한다는 것은 최악의 모욕이므로 그는 배신자를 반드시 찾아서 정의라는 이름으로 응징할 것이다.

●● 독재자

다른 사람들을 지배하고 통제하고 싶은 욕구에 집착한다 | 수동적 공격 성향을 갖고 있는 그는 후일 처벌의 빌미를 삼기 위하여 일부러 누군가의 실수를 부추긴다 | 폭군 같은 사람이 될 수도 있다 | 정의라는 이름으로 무소불위의 권력을 휘두르는 무자비한 사람이다 | 단지 사람들을 통제하고 자기 멋대로 장악하기 위하여 무의미한 법을 만든다 | 타인에 대하여 매우 비판적이다 | 가족 행사에 자주 불참한다 | 자신의 이름만 들어도 겁을 먹도록 다른 사람들의 마음에 두려움을 심어 준다 | 다른 사람들에게 굴욕감을 주고 자비를 베푸는 척하며 그들 스스로 타락하게 만든다

4부

13가지 조연 캐릭터

18

친구,
긍정적 협력자

현인

현인은 지혜로운 사람이다. 그는 주인공이 겪고 있는 것들을 여러 번 경험해 본 전지全知한 사람이다. 그에게는 주인공을 도와 문제와 함정을 막을 수 있는 힘이 있지만 자주 주인공 스스로 문제를 해결할 방법을 모색하게 함으로써 더 큰 지혜를 보여 주기도 한다. "경험이 가장 위대한 스승이다"라는 말이 그에게는 삶의 모토 같은 것이다. 현인은 스승이고 주인공은 그의 학생인 것이다.

　현인은 때로 주인공을 도와주는 일에 집중하지 않고 수행자처럼 동굴 같은 곳에서 혼자 있는 것을 선호한다. 그에게는 세상사나 그와 관련된 모든 문제가 최우선은 아니다. 현인은 주인공을 도와줄 수 있다는 확신을 갖고 있어야 하며, 주인공은 현인이 제공해 주는 것들 안에서 그 가치를 볼 수 있어야 한다. 일단 현인이 주인공을 도와주겠다는 결정을 내리면, 그는 한 치의 의구심도 없이 모든 것이 자신의 말대로 행해져야 함을 분명히 밝힌다. 그의 말은 곧 법과 같다.

주인공은 어려움에 부딪히면 자주 화를 내는데 훗날 그 문제를 그래도 쉽게 피할 수 있었던 것은 현인의 도움이 있었기 때문임을 깨닫게 된다. 이야기 속에서 주인공은 아주 오랜 시간이 지난 후에, 어쩌면 더욱 위태로운 상황에 직면하고 나서야 그러한 현인의 교훈을 깨달 수 있다. 그때서야 그는 자신도 스스로 할 수 있다는 사실을 깨닫고 혼자 그 상황을 극복할 수 있게 된다. 만약 그가 그런 경험을 하지 못했다면 다시 무너지고 말았을 것이다.

그들의 관계가 발전하면서 현인은 주인공을 친구로서 혹은 자식과 같은 마음으로 좋아하게 된다. 그는 주인공 안에서 자신의 모습을 보기도 하고, 제자와도 같은 주인공을 통해 자신이 빚어 놓은 삶의 새로움 속에서 즐거움을 느끼기도 한다. 주인공의 성공을 마치 자신의 성공인 양 기쁘게 받아들인다. 그러다가 제자인 주인공이 스승 같은 자신의 존재를 잊고 자신보다 더욱 현명하고 지혜롭게 처신하게 된다면 그들의 관계에 금이 가기 시작할 것이다. 현인은 주인공이 자신의 도움 없이도 발전하고 있다는 사실에 적잖이 당황하여 마치 퇴물 취급이라도 받는 듯 보잘것없어진 자신의 존재에 화가 날 것이다.

현인은 다음과 같은 상황에서 주인공과 갈등할 수 있다.

　　　　　　　　　　　　이야기를 창조하는 캐릭터의 탄생

- 자신의 도움 없이도 주인공이 이루어내는 성취에 질투심을 느낀다.
- 주인공의 목표나 개인적인 한계를 무시한 채 혹독하게 훈계한다.
- 주인공이 상황을 극복하고 스스로 배워나가는 데 필요한 정보를 갖고 있으면서도 알려주지 않는다.
- 주인공에게 한 수 가르칠 작정으로 일부러 잘못된 정보를 건네준다.
- 주인공에게 작은 도움이라도 주는 것을 거절한다.

현인의 예

현인은 자신이 목격했던 잔인한 사건 현장의 기억들을 잊기 위하여 떠나온, 그래서 주인공이 연루된 모든 종류의 사건을 훤히 꿰뚫고 있는 명탐정 같은 사람일 수 있다. 그렇기에 그는 도움을 요청하며 자신에게 다가오는 신참을 보면 애써 묻어둔 지난날의 기억들이 떠올라 그 풋내기를 친절하게 받아 주질 않는다.

현인은 새로운 운동선수를 마지못해 훈련시키는 코치일 수 있다.

현인은 종종 주인공이 습득하길 원하는 기술, 가령 무도나 장기 또는 그밖에 다른 어떤 기술을 훌륭히 해낼 수 있는 스승이다.

멘토

멘토는 현인보다는 주인공과 훨씬 많이 닮아 있고, 또 주인공의 눈높이에 더 가까운 사람이라 할 수 있다. 멘토는 거리낌 없이 충고를 해주고 주인공의 문제에 개입하고자 한다. 멘토는 자기 자신도 곧 도움을 필요로 하는 입장에 처할 수 있기 때문에 그저 한 발 앞서 주인공을 도와주는 사람이라고 생각하면 된다. 하지만 멘토에게도 부정적인 면과 긍정적인 면이 있다.

부정적인 멘토의 가장 나쁜 면은 자신의 힘을 이용해 주인공을 도와주며, 그 과정에서 얻어지는 지위나 특권을 좋아한다는 것이다. 그는 모든 일에 사사건건 간섭하고 싶어 하며 주인공에 대한 자신의 영향력을 고수하려 한다. 그들 사이에는 서열이 존재하므로 만약 주인공이 멘토의 역량을 넘어설 만큼 훌쩍 성장하면 멘토는 주인공에 대한 지배력을 쉽게 내려놓지 못한 채 연연하는 모습을 보인다. 두 사람의 나이 차이가 클수록 멘토는 쉽게 단념하지만 주인공과 나이 차이가 크지 않으면 그 둘의 관계는 경쟁구도로 발전할 수도 있다. 주인공은 멘토의 눈에서 자신의 모습을 발견하고는 어쩌면 자신의 미래가 될지도 모를 그의 모습을 싫어할 수도 있다. 주인공은 멘토가 저지르는 실수 하나하나를 비판적인 시각으로 바라보며 가능하면 그와 거리를 두려 한다.

영화 〈월스트리트〉에서 월가의 거물인 게코는 주인공에게 조언을 해주며 부정 주식거래 관행을 저지르도록 부추긴다. 또 〈워킹걸〉에서 케서린 파커는 주인공에게 자신을 믿으라고 말하고는 주인공의 아이디어를 마치 자신의 것인 양 꾸며 상사에게 넘겨준다.

좋은 멘토는 주인공의 요청에 따라 그를 솔직하게 이끌어줄 것이며 주인공이 필요로 한다면 언제라도 달려갈 것이다. 그는 주인공 속에서 자신의 모습을 보게 되고 주인공을 통해 지난 시절의 자신의 모습과 만나는 것을 즐긴다. 그는 주인공에게 조언과 더불어 전문적인 지식도 전달해 주고 싶어 한다. 그에게 있어서 주인공의 성공은

이야기를 창조하는 캐릭터의 탄생

곧 그 자신이 성공하는 것과 같다. 그는 주인공에 대한 경쟁의식 같은 것은 갖고 있지 않으며, 때로 주인공이 학습을 해가는 과정에서는 묵묵히 인내심을 갖고 그를 지켜봐 주기도 한다. 멘토에게는 한 번도 이루어 보지 못한 목표가 여럿 있는데, 그 목표는 주인공이 추구하는 것과 많이 닮아 있다.

많은 액션영화에서 이런 관계가 자주 나타난다. 영화에서 주인공은 멘토의 도움을 받아 싸움에서 이기거나 원수를 찾아내 멘토가 이루지 못했던 일을 성공적으로 이루어낸다. 예를 들어 영화 〈매트릭스〉에서 모피어스(로렌스 피쉬번 분)는 자신은 결코 네오 같은 능력을 가질 수는 없지만 네오와 함께라면 이길 수 있다는 것을 알고 있다.

멘토는 다음과 같은 상황에서 주인공과 갈등을 빚을 수 있다.

- 멘토는 자신이 모든 것을 가장 잘 아는 사람이라고 자부함으로써(가끔 가장 잘 알기도 하지만), 주인공의 목적을 자신이 직접 이루려 하다가 그 과정에 있는 모든 것들을 망쳐 놓기도 한다.
- 멘토는 주인공이 자신을 능가할 만큼 성장했다는 사실에 분개하며 주인공을 감정적인 혼란상태에 빠뜨리고는 주인공이 자신의 도움을 절실히 필요로 하는 시점에 떠나 버릴 수도 있다. 이런 방법을 통해 멘토는 주인공에게 자신이 얼마나 필요한 존재인지를 부각시킨다.
- 어쩌면 멘토에게 안쓰러운 마음이 든 주인공은 타협점을 찾아 멘토가 임무수행에 참여할 수 있도록 허용할 수도 있다.
- 주인공은 자신의 목표를 이루기 위해 노력하면서 멘토와의 작별에 귀한 시간을 허비하며 멘토를 남겨두고 떠나야 한다는 사실에 마음의

동요를 느낄 수도 있다. 그러고는 몇 년이 지나 만나게 된 멘토의 눈에서 주인공은 자신의 모습을 보게 된다.

단짝 친구

단짝 친구는 주인공의 가장 친한 친구이다. 그는 언제나 같은 자리에서 주인공을 도와주려는 준비가 되어 있지만 그렇다고 항상 주인공을 도와줄 수 있는 것은 아니다. 단짝 친구는 자기 자신이 혼란 상태에 빠져 있을 때조차도 선의를 지니고 주인공에게 도움이 되려 한다. 그는 주인공을 진정으로 사랑하고 그래서 주인공을 위해 언제라도 곁에 있으려 한다. 만약 주인공이 자신을 떠나려 한다는 사실을 알게 된다면 그는 모든 방법을 동원해 우정을 회복하기 위하여 노력할 것이며, 관심을 끌기 위해서는 꾀병이라도 부릴 것이다. 처음부터 주인공과의 이러한 관계를 인식하고 있는지는 모르지만 그는 주인공과의 우정을 위해 살아간다.

때로 주인공이 과감한 변화를 일으키면, 가장 친한 친구는 두려움을 느낀다. 그것은 그가 주인공과 함께 변화되지 않으면 주인공이 자신을 떠날 수밖에 없음을 알고 있기 때문이다. 그래서 어떤 친한 친구들은 주인공의 변화를 반기지 않는다.

단짝 친구는 어떤 경우 주인공과 갈등을 빚기도 한다.

- 결과를 예상도 못하고 잘못된 조언을 한다.
- 주인공이 변화되고 성장하여 자신보다 큰 사람이 되기를 원치 않는다.
- 주인공이 이룬 성취를 질투하고 자신에게는 그런 굉장한 능력이 없음을 한탄한다.
- 자신만의 안위를 지키기 위하여 주인공을 조종하여 목표로부터 멀어지고 옳은 결정을 내리지 못하게 한다.
- 다른 캐릭터들과 마찰을 일으키며 주인공과 다른 캐릭터들과의 관계를 질투한다.

주인공과 단짝 친구가 어떻게 만나서 또 얼마나 오랜 시간 서로 알고 지내는지를 생각해 보라. 단짝 친구는 주인공과 잘 어울리지 않는 것처럼 보일 수도 있으나 그들 사이에는 공통점이 있기 마련이다. 영화 〈메리에겐 특별한 것이 있다There's Something about Mary〉에서 지적 장애를 가지고 있는 형제라면 누구라도 메리와 친구가 될 수 있는데 그것은 메리가 장애를 가진 자신의 오빠를 매우 사랑하기 때문이다.

주인공과 단짝 친구는 어떻게 서로 알게 되었을까?

단짝 친구는 주인공과 같은 계통의 일을 하거나 공통의 관심사를 가지고 있을 수도 있다.

그들은 어쩌면 초등학교 시절부터 만나서 지금까지 친구가 되었을 수도 있다.

한 동네에 살면서 그저 서로의 집이 가깝다는 이유로 친구가 되었을 수도 있다.

그들은 직장에서 또는 대학에서 만난 사이일 수도 있다.

연인

연인은 애정의 대상이다. 비록 어떤 사람들은 두려운 마음에 사랑으로부터 달아나기도 하지만, 모든 사람들은 궁극적으로 사랑받기를 그리고 어딘가에 안주하기를 갈망한다.

연인은 마음의 본향이며 보호막이기도 하다. 연인은 주인공이 자주 달려가 자신의 감정, 특히 의구심이나 두려움을 토로하는 대상이다. 연인은 구름 속에 가려진 한 줄기 빛이며, 주인공을 신뢰하는 유일한 인물일 수도 있다. 연인은 〈오즈의 마법사〉에서처럼 토토 같은 애완동물로 나타나거나 부모에게는 자식으로 표현되기도 한다.

연인은 어떤 경우 주인공과 갈등을 빚기도 한다.

• 무언가에 대한 오해로 더 큰 문제를 초래한다.

• 도와주려 한 것이 오히려 상황을 더욱 악화시킨다.

• 나쁜 무리들에게 붙잡힌 연인을 구하기 위하여 주인공은 자신의 목표

를 중단하게 된다.

- 주인공이 도저히 받아들일 수 없는 누군가와 사랑에 빠지게 된다면 그로 인해 그의 삶에는 수많은 역경과 의미들이 담길 것이다.

주인공과 연인은 서로 어떤 관계에 있을까?

- 연인은 주인공과는 정반대의 성향을 갖고 있으면서도 주인공의 삶에 균형을 유지해 주는 사람일 수도 있다.
- 주인공이 어릴 적 부모로부터 사랑을 받지 못했다면 연인은 사랑에 굶주린 주인공의 공허감을 채워 줄 수도 있다.
- 연인은 거만하고 지배적인 사람이거나 혹은 세심하면서 느긋한 사람일 수도 있다.
- 주인공 주변의 세계가 무너져 내리기 전까지는 연인이 주인공의 삶에서 차지하는 역할이라는 것은 작은 부분일 수도 있다.

당신이 어떤 방식으로 연인을 이야기 속으로 등장시켰는지 생각해 보라. 우리가 처음으로 연인을 대면하는 시점에서 연인과 주인공의 관계가 설정되어 있어야 한다. 연인은 대하는 방법이 구체적으로 드러날 필요가 있는 캐릭터이다. 주인공이 바쁘다는 이유로 친구에게 냉담한 태도를 취한다고 해서 우리는 그 주인공을 나쁜 사람이라고 생각하지는 않을 것이다. 그러나 어떠한 이유로든 사랑하는 사람을 냉대하는 주인공은 우리 눈에 나쁜 사람으로 비칠 것이다. 연인은 삶에서 특별한 위치를 차지하고 있는 사람이다. 만약 연인이 특별한 사람이 아니라면 우리는 그 이유를 알아야 한다. 그것은 주인공의 성격적 특성을 드러내 보이는 것이기 때문이다. 만약 주인공이 연인을 그저 친한 친구를 대하듯 한다면 주인공은 어쩌면 헌신이 어떤 것인지 잘 모르는 사람일 수도 있다.

캐릭터 속에 살아 있는 연인의 예로는 다음을 들 수 있다.

연인의 예

〈스타워즈〉의 레아 공주(케리 피셔 분)는 자아가 강한 여성으로, 루크 스카이 워커의 사랑의 대상이다.

〈오즈의 마법사〉에 등장하는 토토에게는 무조건적인 사랑을 베풀어 주는 도로시가 있고 도로시는 토토를 구하기 위하여 모든 위험을 감수한다.

이야기를 창조하는 캐릭터의 탄생

19

경쟁자,
부정의 자극제

경쟁자들은 주인공에게 문제를 일으키는 친구 같은 적수다. 그들은 주인공을 싫어하지만 그렇다고 항상 적대자로 나타나지는 않는다. 왜냐면 그들은 주인공이 이루려는 목표 자체를 반대하는 것이 아니라 단지 그 목표에 이르는 과정에서 주인공과 갈등을 빚고 문제를 일으키기 때문이다. 그들은 주인공에게 위해를 가하기보다는 혼란을 주는 것 자체를 즐기는데, 그렇게 함으로써 그들 자신에게 할 일이 생기기 때문이다. 그들은 자신들이 골탕을 먹일 대상이 존재하지 않게 되면 외려 당혹스러워 할 수도 있다.

경쟁자는 대부분 자신 안에 주인공에 대한 증오심이 있다는 사실을 깨닫지 못한다. 경쟁자는 어쩌면 자신은 주인공이 목표를 이루는 데 도움을 주고 있다고 생각할 수도 있지만, 실제 그는 주인공이 노력하는 모든 일을 고의로 방해한다. 어릿광대 유형의 남성이 이러한 특성을 잘 설명해 준다. 어릿광대는 무심결에 물건들을 깨뜨리기도 하고, 주인공이 보물을 찾기 전에 보물지도를 훼손시켜 버린다. 그러면 주인공은 보물을 찾기 위해 다른 방법을 써야만 한다.

다른 한편, 경쟁자와 달리 적대자가 느끼는 증오심은 완전히 의식적인 것으로, 적대자는 네메시스 유형에서 잘 드러나는데 호시탐탐 주인공에게 복수할 기회만을 노리고 있다. 경쟁자는 때로, 물론 어느 정도 한계가 있기는 하지만, 상대를 향한 도움의 손길을 내밀기도 한다. 그들은 자신들의 힘을 이용해 주인공을 훼방하기를 즐기기는 하지만 그래도 주인공이 실제로 위험에 처할 때는 뒷걸음질을 친다. 이는 그들이 누군가를 다치게 할 의도를 갖고 있는 것은 아니기 때문이다. 그들에게 주인공을 상대로 벌이는 일은 그저 우호적인 게임일 뿐이다.

모든 경쟁자들은 공통적으로 주인공을 싫어하는 몇 가지 이유를 갖고 있다.

- 그 자신이 언제나 주인공과 경쟁 관계에 놓여 있다고 느낀다.
- 그는 주인공이 갖고 있는 것에 질투심을 느껴서 주인공이 더 많은 것들을 손에 넣는 모습을 보고 싶어 하지 않을 수도 있다.
- 그는 주인공이 마치 자기 자신을 과소평가라도 하고 있다는 느낌이 들어 주인공에게 굴욕을 줄 기회를 노리고 있을 수도 있다.

　　　　　　　　　　　이야기를 창조하는 캐릭터의 탄생

- 그의 생각은 주인공이 하고 있는 일이 옳지 않다고 말하고 있으므로 그는 주인공의 행동을 저지하는 것이 정당한 일이라고 느끼고 있을 수도 있다. 더 나아가 자신의 싸움은 대의명분을 위한 것이라고 믿을지도 모른다.
- 그는 자신이 주인공보다 영리하며 가장 많이 알고 있다고 생각하므로 주인공을 일깨우고 가르치는 것이 자신이 해야 할 일이라고 느낄 수도 있다.
- 그는 마치 학교에서 약한 학생을 괴롭히며 놀리듯 주인공을 쥐락펴락하는 일을 즐길 수도 있다.

익살꾼

익살꾼은 넘치는 기지를 이용하여 문제를 일으키는 사람이다. 그는 농담을 일삼고 주인공에게 장난을 치는 것을 좋아한다. 그에게 삶은 웃음과 재미로 가득 찬 세상이다. 그는 재미있는 농담으로 사람들의 주의를 끄는데, 그것이 그 자신을 관심의 중심에 있다고 느끼게 만들어 주기 때문이다.

그는 매우 불쾌하고, 소란스럽고, 한시도 가만히 있지 못하는 사람일 수도 있다. 그는 주인공이 뭔가 돌파구를 찾으려는 때에 나타나 농담을 하고 장난을 쳐 주인공의 머리를 혼란스럽게 만든다. 또는 다른 등장인물이 뭔가 중요한 고백을 하려 할 때 느닷없이 끼어들어 대화의 흐름을 끊어 놓기도 한다. 그는 자신이 이러한 일들을 저지르고 있다는 사실조차도 깨닫지 못할지도 모른다. 자신은 다른 사람들의 긴장을 풀어 주고 중압감을 덜어 주는 역할을 한다고 믿고 있다.

익살꾼은 단지 웃음과 가벼움—이는 자신이 원하는 것이지만—에만 관심이 있기 때문에 어느 만큼은 자기 자신밖에 모르는 사람일 수도 있다. 만약 누군가 화가 나서 그 감정을 표현하려 한다면 그는 자신의 기분을 더 편하게 하려고 대화에 불쑥 끼어들어 코미디 같은 상황을 연출시킬 사람이다. 그가 나타나는 곳엔 언제나 농담이 흘러 나오고 누군가는 그의 농담에 웃어 줘야 한다. 만약 그렇지 않으면 그는 화를 내며 거친 언사를 내뱉을 것이다. 그는 어떻게 해서라도 사람들의 비밀을 캐내고 만약 자신이 굴욕감을 느낄 때면 그 비밀을 무기삼아 이용할 것이다.

익살꾼은 다음과 같은 식으로 주인공과 갈등을 일으킬 수 있다.

- 지나치리만큼 많은 관심을 필요로 하는 익살꾼의 행동이 주인공을 미치도록 화나게 만들 수도 있다.
- 익살꾼을 피하기 위해 주인공이 자신의 길을 벗어나는 바람에 목표를 이룰 기회를 놓치곤 한다.
- 다른 사람들에게 주인공에 대한 잘못된 정보를 퍼뜨려 그들과 주인공 사이에 불화를 일으킨다.

캐릭터 속에 살아 있는 익살꾼으로는 다음을 들 수 있다.

이야기를 창조하는 캐릭터의 탄생

〈치어스Cheers〉에서 샘 말론은 친밀한 관계를 피하기 위하여 여자들에 관한 농담을 많이 한다.

〈프렌즈〉에 나오는 챈들러는 다른 사람들이 자신들의 문제를 나누고 싶어 할 때는 자신의 감정적 느낌을 마주하기 싫어서, 그리고 다른 사람들이 너무 심각해지지 않도록 자주 농담을 한다.

어릿광대

어릿광대는 대부분 실제로 비열하다는 사실을 제외하면 익살꾼 전형과 매우 흡사하다. 어릿광대는 물리적인 실수를 저질러 주인공의 계획을 망쳐 놓는다. 그는 통제불능의 모험가이다. 가령 비행기에서 뛰어내리는 일쯤은 별로 문제될 일도 아니라고 생각하는 식이다. 그러나 그 일을 시도하는 즉시 그에게는 신체적으로 엄청난 참변이 일어난다.

어릿광대는 주인공을 도와주려 하지만 결국 모든 것을 망쳐 놓기 일쑤다. 이런 어릿광대를 진심 어리고 순수하다고 생각하는 주인공은 계속되는 실수에도 그를 제지하지 못한다. 주인공은 어릿광대에게 제발 멀리 가버리라는 말을 차마 하지 못한다. 그것은 늘 실수투성이에 운도 별로 좋지 않은 것 같은 어릿광대에게 측은한 마음이 들어서다. 그러나 때로 어떤 상황에서는 그들 사이에 긴장감이 흘러 감정이 표출될 때가 있는데 그것은 주인공이 심한 스트레스나 압박에 시달리는 때이다.

어릿광대는 다음과 같은 식으로 주인공을 갈등 상태에 빠뜨린다.

- 주인공 주변을 따라다니면서 가는 곳마다 물리적인 실수로 무언가를 망가뜨려 혼란스럽게 한다.
- 어릿광대는 스스로를 곤란한 상황에 빠뜨리고 주인공은 이런 어릿광대를 도와주기 위하여 자신의 일을 중단하고 만다.
- 결국 떠나 달라는 주인공의 말을 무시하는 어릿광대는 몰래 문제를 일으키고 자신을 제외시키는 주인공에게 화를 내기도 한다.

복수의 여신

복수의 여신은 악역은 아니지만 친구 같은 말썽꾼이다. 복수의 여신은 주인공이 추구하는 목표에는 별 관심이 없다. 의식적으로 주변을 맴돌면서 주인공의 일을 망칠 기회를 노리고 있다. 복수의 여신과 주인공은 상호간의 친구들이나 일, 또는 그들을 하나로 묶어 주는 그무엇을 위해 품위 있는 관계를 유지한다. 그러나 단 둘만이 따로 있으면 상황은 금세 추악해지고 만다. 복수의 여신은 주인공에 대하여 조금은 질투의 감정을 느낄 수도 있다. 그는 가끔은 주인공이 자신과 같은 처지에 놓이길 바라는 마음을 갖기도 한다. 그는 주인공 같은 완벽한 사람은 자신처럼 가혹한 삶을 단 하루도 버티기 힘들 것이라는 생각을 한다.

이야기를 창조하는 캐릭터의 탄생

복수의 여신은 주인공을 몹시 싫어하지만, 증오의 대상이 되는 주인공 없이는 단 하루도 버티기 힘든 사람처럼 보인다. 복수의 여신의 정체성은 주인공을 향한 증오심에 몰두해 있다. 이들의 애증관계는 주인공과 복수의 여신조차도 어떻게 시작되었는지 모른 채 오랫동안 지속되는 경우가 종종 있다. 그들이 알고 있는 것은 서로 미워해야 한다는 사실이며, 그래서 그들은 서로를 미워할 뿐이다. 그들은 때로 공동의 목표를 위해 함께 일을 할 때가 있는데, 그들의 목표가 성취되는 순간 그들은 다시 헤어져 각자의 역할로 돌아갈 것이다.

복수의 여신은 주인공에게 갈등을 일으킬 수 있다.

- 복수의 여신은 어둠 속에서 주인공이 실수를 저지르는 순간만을 끊임없이 기다리고 있는데 이러한 행동이 주인공의 압박감을 가중시킬 수 있다.
- 복수의 여신은 매번 주인공이 목표에 다가가려는 그 순간 어디선가 불현듯 나타나 새로운 걸림돌을 만들어 놓는다. 예를 들어 주인공이 살인자의 전화를 기다리는 긴박한 순간에 나타나 그 중요한 전화를 받아서 상황을 더욱 악화시키고 만다.

탐정

탐정은 언제나 불필요한 상황에서 불쑥불쑥 끼어들어 여러 가지를 물어보거나 주인공을 궁지로 몰고 가는 사람이다. 탐정은 위태로운 인물이다. 그는 어떤 결정을 내리기 전에 모든 세세한 상황까지 알아야 직성이 풀리는 사람이다. 자신의 선택이 옳지 않을지도 모른다는 불안감에 빠진 그는 운에 일을 맡기는 것을 두려워한다. 그는 어쩌면 법에 저촉되는 일을 벌일지도 모른다는 두려움에 모든 일을 규칙대로만 하고자 한다.

그는 주인공을 통제하여 자신이 원하는 방향으로 조종하려 든다. 주인공이 목표를 성취하는 것에 깊은 질투심을 느끼고 있는데, 그것은 어쩌면 그 자신의 목표도 주인공의 그것과 비슷하기 때문일 수 있다. 그 자신이 이루기를 소망하는 것들을 척척 이루어 가는 주인공의 모습을 옆에서 지켜본다는 것은 탐정에게는 매우 고통스런 일일 수도 있다. 그래서 그는 주인공에게 예를 들어 "글쎄 혹시 이런 것도 생각해 본 거니?"와 같은 질문으로 의구심을 불러일으켜 주인공에게 자신이 필요한 존재임을 은연중에 내비친다.

처음에는 주인공도 그런 질문들이 도움이 된다고 반기지만 어느 시점에 이르면 자꾸 신경이 쓰여 불편함을 느낀다. 그러다가 그것이 모두 자신을 제거하려는 일임을 알아차리게 된다.

탐정은 때로 온 세상이 위험에 처해 있으므로 주인공은 그의 행동과 결정을 염려하는 모든 이들에게 신세를 지고 살아가는 것이라는 생각을 한다. 탐정은 걱정이 너무나 많아 사람들이 어떤 입장을 취하고 행동하는 것을 막기도 한다.

탐정 유형의 사람은 다음과 같은 식으로 주인공에게 갈등을 일으킨다.

이야기를 창조하는 캐릭터의 탄생

- 모든 단계마다 주인공에게 끊임없이 의문을 제기하여 일의 진행을 더디게 한다.
- 주인공을 다른 방향으로 이끌어 엉뚱한 곳에 모든 에너지와 열정을 쏟게 만든다. 이런 상태에서 주인공이 결정을 내리면 탐정은 다시 끼어들어 주인공의 마음을 오락가락하게 만들어 악순환을 지속시킨다.

비관주의자

비관주의자는 주인공의 행동에 지속적으로 제동을 걸어 주인공에게 도전하는 인물이다. '뭐든 안 될 거야'라는 부정적인 태도를 취하는 사람인 그는 탐정처럼 질문을 하는 일도 없다. 그는 일이 의도한 대로 잘 풀리지 않을 것이라는 일관된 생각을 갖고 있으므로 시도조차 하지 않는다. 그는 게으름을 피우는 일에는 선수이며 자신의 의구심이 주인공의 사고를 장악해 가는 과정을 지켜보며 즐거움을 느끼는 사람이다. 주인공이 확신이 서지 않아 고민을 할 때 비관론자는 모든 일에 대한 부정적인 느낌은 당연한 것이라고 생각한다. "해낼 수 없어. 우리는 못해. 그건 불가능한 일이야"라고 주문처럼 읊조린다.

그는 세상을 긍정적인 시각으로 바라보는 법을 알지 못하는 사람으로 그의 사전에 '희망'이라는 단어는 존재하지 않는다. 그는 앞으로 일의 결과를 걱정하지 않는 주인공을 두고 어리석은 사람이라고 생각한다. "바깥에 나가서 걸어 다니다간 차에 치어 목숨을 잃을 수도 있어. 잘 알잖아. 그러면 어떤 일이 일어나는지!" 그는 이런 말들을 하고 다닌다. 그는 위험한 일이 일어날까 조바심을 내는 사람이므로 그 스스로 죽고 싶다는 간절한 바람을 갖고 있지 않는 한, 위험을 감수하는 일 따위는 절대 벌이지 않는다. 그러면서도 그는 마음속으로는 나쁜 결과가 일어날 것이라는 부정적인 생각을 끊임없이 한다.

비관론자는 이런 방식으로 주인공에게 갈등을 초래한다.

- 비관론자는 주인공의 아이디어가 바닥 날 때까지 주인공이 내는 의견마다 제동을 걸고 묵살시킨다.
- 비관론자는 주인공이 지금껏 해왔던, 그리고 앞으로 취하려 하는 모든 행동에 확신을 가질 수 없게 만든다.
- 비관론자는 주인공이 본격적으로 싸움을 시작하기도 전에 패배감을 안겨 전의를 상실케 한다.
- 주인공의 판단을 흐려 옳지 못한 결정을 내리게 한다.
- 비관론자는 주인공을 설득하여 아무런 조치도 취하지 않게 만들다가 뭔가 방법을 동원해 손을 쓰지 않으면 안 되는 시점까지 끌고 가서 상황을 위기로 치닫게 한다.

심령술사

최악의 경우에 해당하는 심령술사는 자신이 모든 것을 알고 있고 또한 스스로 그렇다고 믿는다. 그는 모든 면에 있어서 거만한 태도를 보인다. 어떤 상황에서나 침착한 태도로 마치 모르는 게 없는 사람처

이야기를 창조하는 캐릭터의 탄생

럼 보이려 하지만 때로 그런 모습이 우스꽝스럽게 보이기도 한다. 그는 앞으로 어떤 좋은 혹은 나쁜 일들이 일어날지 예언을 하려 하고 적대자들의 다음 행보에 관하여 주인공에게 알려준다.

종종 그는 탐정이나 심령술사 혹은 인간의 행동에 관한 모든 것을 알고 있는 정신분석가 같은 역할을 맡기도 한다. 만약 그의 예측이 오판으로 드러난다면, 그는 언제나 외적인 이유를 들어 핑계를 대려 할 것이다. 그는 자신이 우월한 사람이라고 생각하고 있으므로 자신이 주인공 자리에 있어야 마땅하다고 느낀다.

대부분 그는 권력을 좇고 다른 캐릭터에 비해 존경 받는 위치에 있고 싶어 하는 인물이다. 영리함과 타고난 영적 능력 덕분에 여느 사람들과 다른 차별화된 분위기와 독특함으로 인기를 끌기도 한다.

심령술사는 긍정적인 면을 보이기도 한다. 그는 신탁을 전하는 사제와 같은 역할을 하는 사람으로서 주인공의 여정을 함께하며 조언을 아끼지 않고 정보를 준다. 그는 자기 자신의 안위보다는 주인공에게 최선의 선택이 되는 일을 한다. 그는 자신이 한 행동에 대하여 인정받기를 원하기보다는 뒤에서 조용히 익명으로 남기를 선택할 수도 있다.

영화 〈매트릭스〉의 오라클(글로리아 포스터 분)은 모든 등장인물들에게 언제든 조언을 아끼지 않으면서도 특별한 대가를 바라지는 않는다. 그녀는 대의명분과 더 큰 선을 위하여 헌신할 따름이다. 그녀는 네오에게 잘못된 조언을 하는데 왜냐면 그것이 바로 네오에게 필요한 것이기 때문이다.

심령술사는 주인공에게 갈등을 초래하기도 한다.

- 그는 자신의 공헌도를 높이기 위하여 귀한 정보를 알리지 않고 보류시키고 있다.
- 주인공의 임무를 꿰차고는 주인공이 세운 상세한 계획들을 모두 엉망으로 만들어 버린다.
- 자신이 주인공보다 더 많은 것을 알고 있다는 주장을 펼쳐 다른 인물들이 주인공에게 의구심을 품도록 만든다.
- 예언을 통해 주인공을 비롯한 다른 인물들을 두려움에 떨게 한다. 그녀는 그들이 도모하는 어떤 일이 실패로 돌아가는 장면을 미리 보았다거나 또 그렇게 된다는 사실을 알고 있다고 말을 해 주인공이 더욱 전의를 상실하게 만든다.

상징,
숨겨진 욕망

어떤 인물들은 주인공에게 무언가 중요한 일을 상징화시킨다. 그들은 주인공의 과거나
잘못에 대한 상징일 수도 있고 혹은 주인공이 꿈꾸는 사람일 수도 있다.
때로 주인공의 친구나 적이 상징적인 인물로 표현되기도 하는데 예를 들어 주인공의 결
점을 잘 보여 주는 단짝 친구 같은 역할이다.

그림자

그림자는 주인공의 성격적 결함이나 어두운 내면을 잘 보여 주어서
주인공이 자신의 어려움과 직면하여 그것을 극복할 수 있도록 돕는
다. 주인공은 그림자를 만나면 어쩔 수 없이 자신의 과오와 주변에
도사리고 있는 두려움들과 직면해야 되므로 그를 피하려 할 것이다.
그림자는 그 자신과 주인공의 결점에 의해서 매우 분명하게 성격적
특징이 드러나는 인물이다.

　만약 주인공이 자신이 갖고 있는 두려움과 마주할 용기를 내지

못하고 있다면 그에게 그림자는 아마도 이 지구상에서 가장 만나고 싶지 않은 두려운 인물일 수도 있다. 그림자는 인정받고 또 치유되기 위하여 투쟁을 하는 조금은 과장된 인물인 경향이 있다. 만약 주인공이 미쳐 버릴지도 모른다는 두려움을 갖고 있다면 그림자는 정신이상자로 그려질 수도 있고, 주인공이 늘 화가 나 있는 사람이라면 그림자는 격분을 해서 날뛰는 사람으로 드러나기도 한다.

그림자는 다른 사람들이 쉽게 꺼내지 못하는 말들도 서슴없이 내뱉어 버리기도 한다. 공포영화에서 엄습해 오는 죽음의 공포로 두려움에 떨고 있는 사람들에게 "우리 모두 죽게 될거야"라는 말을 하는 사람이 바로 그림자이다. 그림자는 극적인 전개로 이어지는 이야기 속에서 주인공이 절대 닮고 싶어 하지 않는 자신의 어머니나 아버지의 역할로 등장하기도 한다.

그림자는 주인공에게 다음과 같은 방식으로 갈등을 초래한다.

- 그림자에 비치는 자신의 모습과 마주하며 힘겨워 하는 주인공에게 감정적 혼란을 가져온다.
- 그림자는 자신이 주인공에 버금가거나 혹은 주인공보다 더욱 강한 사람임을 주지시키며, 주인공으로부터 자신의 존재와 능력을 인정받을 때까지 여러 가지 장애물을 설치해 둔다. 만약 주인공이 화를 낸다면, 그림자는 더욱 크게 화를 내어 주인공이 목표를 위해 설정해 놓은 계획들을 방해할 것이다.

이야기를 창조하는 캐릭터의 탄생

방황하는 영혼

방황하는 영혼은 주인공 본래의 모습과 변화를 선택했던 이유를 상기시키는 주인공의 과거를 상징화한 인물이다. 주인공은 자신의 목표를 이루지 못하면 방황하는 영혼처럼 될 것이다. 주인공의 예전 이미지인 방황하는 영혼은 목표 자체를 생각해 본 적이 없기 때문에 한 번도 목표에 도달해 보지 못한 사람이다. 그는 자신의 인생을 개척하기보다는 삶이 이끄는 대로 휘둘리고 주변에서 일어나는 사건에 그저 반응하며 살아가는 인물로 자주 그려진다. 그는 삶을 변화시킬 방법을 알지 못하며 변화로 향하는 첫 발자국을 내딛는 것을 두려워하는 사람이다. 그는 주인공을 만나고 나서야 자신의 삶의 태도를 볼 수 있게 되고 자신의 삶이 언제나 제자리걸음이었음을 깨닫게 된다. 이러한 자각은 그를 매우 우울하게 만들 수 있다. 주인공은 이러한 상황을 빨리 알아차리고 방황하는 영혼에게 자신이 이루어낸 성취들을 과시하지 않도록 조심한다.

주인공의 오랜 친구인 방황하는 영혼은 별로 변한 것이 없는 인물이어서 주인공이 그녀와 나눌 수 있는 이야기는 모두 지나간 어린 시절에 관한 것들이다.

- 방황하는 영혼은 가족을 부양하기 위하여 자신의 꿈과 야망을 접었다. 그러나 그 선택에 만족하지 못하고 살아가는 가장의 모습으로 그려질 수도 있다.
- 방황하는 영혼은 자녀와 가정을 위하여 자신의 일을 포기한 여성으로

등장하는 반면 주인공은 일을 위해 자녀와 가정을 포기한 여성으로 그려질 수도 있다. 주인공은 어쩌면 한 번쯤은 방황하는 영혼에게 질투심을 느낄 수도 있지만 이내 방황하는 영혼의 삶은 자신과 맞지 않으며, 그렇게 살아가는 자신의 모습은 상상조차 하기 힘든 일이라는 사실을 깨닫는다.

주인공은 방황하는 영혼을 보며 "신의 은총이 없었다면 나도 그렇게 되었을 것이다"라는 생각을 한다. 만약 주인공이 수동적인 삶을 선택하고 목표를 추구하지 않았더라면 그는 지금쯤 방황하는 영혼과 같은 삶을 살고 있었을 것이다. 주변의 조연은 주인공을 독려하여 방황하는 영혼처럼 될지도 모른다는 두려움에서 벗어나 자신의 목표를 이루도록 한다.

방황하는 영혼은 주인공에게 다음과 같은 식으로 갈등을 초래할 수 있다.

- 방황하는 영혼은 자신이 얼마나 근사한 인생을 살고 있는지 떠벌이고 다니며 주인공이 삶의 여정에서 잘못된 선택을 한 것이라는 확신을 주지시킨다.
- 과거 주인공의 모습이 어떠했는지, 그래서 지금도 실패하면 언제든 예전의 모습으로 돌아갈 수도 있음을 끊임없이 상기시킨다.
- 주인공이 스스로 이루어낸 자신의 성취들에 대해 죄의식을 갖게 만들 수도 있다.
- 극의 전개상 최악의 시점에 나타나 주인공의 관심을 끌고 도움을 받기

이야기를 창조하는 캐릭터의 탄생

위하여 극단적인 일을 벌인다.

닮은꼴

닮은꼴은 주인공이 닮고 싶어 하는 역할모델이다. 주인공은 닮은꼴에 대한 존경심을 갖고 있거나 질투를 느껴 그를 비판하기도 한다. 닮은꼴은 주인공이 목표에 도달했을 때 되고자 하는 사람이다. 그는 다방면에 다재다능하고 안정되어 있으면서도 현실감으로 가득 찬 인물이다.

주인공이 관심을 두고 있는 분야가 무엇이든—과학, 글쓰기, 예술 등—닮은꼴은 그 분야의 전문가이고 그래서 쉽게 다가갈 수도, 또 만날 수도 없다. 주인공의 관심사는 극의 줄거리상 필수적인 부분을 차지하고 있기에 닮은꼴의 전문가적 지식은 주인공이 목표를 이루어 내는 데 도움을 줄 것이다.

주인공은 소설을 쓰려는 노력을 기울이며 스티븐 킹 같은 유명한 작가가 되는 꿈을 꿀 수도 있다. 어쩌면 주인공의 침실은 온통 스티븐 킹의 소설들로 가득 채워져 있을지도 모른다. 또는 주인공은 새로운 해킹 방법을 찾고 싶어 안달이 난 사람일 수도 있다. 도저히 뚫을 수 없는 안전 시스템을 발명한 그 해커와 그의 멋진 프로그램을 만나기 위하여 주인공은 무슨 일이라도 하는 그런 사람으로 묘사될 수도 있다.

가장 좋은 시나리오는 닮은꼴이 주인공의 스승이나 지도자가 되는 것이다. 그들은 길을 내어 주인공이 따라올 수 있도록 해주거나 주인공 스스로 발전하고 번영할 수 있는 공간을 마련해 주기도 한다. 닮은꼴은 주인공에게 다음과 같은 식으로 갈등을 초래한다.

- 자신의 분야에서 새로운 경쟁자의 출현을 반기지 않는 닮은꼴은 자신을 닮고 싶어 하는 주인공의 생각을 방해한다.
- 만약 주인공이 닮은꼴을 좋아한다면 그처럼 되어 가는 일은 쉽지 않을 수도 있다. 주인공이 우러러볼 만한 사람이 아무도 남지 않기 때문이다. 그러면 주인공은 스스로 삶에 대한 책임을 지며 그가 숭배하는 사람의 기대에 부응하여 부끄럽지 않도록 살아가야만 할 것이다.

이야기를 창조하는 캐릭터의 탄생

5부

캐릭터로 살아가기

여자의 삶,
남자의 삶

지금까지 우리는 세상 이야기들의 등장인물과 그들의 캐릭터 유형
에 대해 살펴보았다. 이제 다음 순서는 여성성과 남성성의 여정을 단
계별로 따라가 보는 것이다. 인물이 있고, 캐릭터가 있다면, 이제는
그 인물이 살아갈 이야기의 윤곽을 그려 나갈 차례다.

　　모든 사람은 그 자신의 여정을 따라가는 단계마다 각자 다른 접
근법으로 세상을 겪게 될 것이다. 물론 보다 많은 남성들이 굳세고
강한 남성적인 여정을 선택하는 경향이 나타나고, 또 여성들도 마찬
가지로 보다 여성적인 특성이 드러나는 여정을 선택한다. 그러나 그
들의 여정은 성적 특성에 얽매이지는 않을 것이다.

대부분의 사람들이 단계별로 나타나는 변화를 수용해 가는 반면 몇몇 사람들은 변화에 맞서 싸우기도 할 것이다. 어떤 사람들이 삶의 고통으로 힘겨워할 때 또 어떤 사람들은 고통에 아파하기보단 세상을 향해 비웃음을 날리는 쪽을 선택하기도 한다. 인생의 각 여정마다 사람들이 어떤 반응을 보이는가를 선택하는 것은 각자의 몫이다.

지금부터 하는 이야기는 영화와 마찬가지로 '막'으로 구성해 전개된다. 120페이지 분량의 영화 시나리오는 3막의 구성을 띠는데, 각 페이지는 영화에서 1분 정도의 길이에 해당한다. 1막은 초반부로 처음 30페이지가량으로 구성되고, 2막은 중반부로 60페이지가량으로 구성된다. 3막은 후반부로 30페이지로 구성된다. 지금부터 인생 여정의 각 단계를 보다 명확하게 전달하기 위하여 이와 같은 막의 구조를 사용하겠다.

여성의 삶은 스스로 내면 깊숙이 들어가 이야기 전반에 걸쳐 변화를 해야만 하는 과정이다. 1막에서 이 주인공은 서서히 자각을 하기 시작하고 부활을 향한 몸짓을 한다. 〈오즈의 마법사〉, 〈타이타닉〉, 〈아메리칸 뷰티〉, 〈이브가 깨어날 때〉, 〈에이리언〉 등의 영화가 있다. 이러한 여정은 역사상 가장 오래된 신화중 하나인 이난나Inanna여신의 강림을 바탕으로 하고 있다.

남성의 삶은 스스로의 내적 변화에 저항하다 3막에 이르러서야 깨닫는 선택을 통해 승리를 거두거나 혹은 자각을 거부해 실패로 끝이 나기도 한다. 전통적인 경찰영화나 액션영화뿐 아니라 〈스타워즈〉, 〈롱 키스 굿나잇〉, 〈리셀 웨폰〉, 〈모비딕〉 그리고 〈덤 앤 더머〉가

이야기를 창조하는 캐릭터의 탄생

이러한 범주에 속하는 영화다.

　이러한 여정의 구분은 기원전 7세기의 고대 메소포타미아의 신화인《길가메시 서사시》를 그 근거로 하고 있다.

　여정들은 작가에게 있어서는 안내서 같은 의미를 지닌다. 여정은 작가로 하여금 구조에 관한 고민에서 벗어나 기본적인 윤곽을 그릴 수 있게 도와준다. 일단 당신이 단계별로 기본적인 윤곽을 잡게 되면 당신 스스로 어느 방향으로 전개시켜야 할지 알게 된다. 글의 구조와 그 방향을 고민하는 대신 흥미로운 등장인물을 창조해 내거나 새로운 반전을 추가시키는 데 더 많은 시간을 쏟을 수 있다. 여정의 단계들은 당신의 창조력에 날개를 달아 자유롭게 날 수 있게 해줄 연장과 같은 것이다. 각 단계 사이를 한 페이지로 채워 가든 100페이지를 쓰든 그것은 전적으로 여러분의 몫이다.

　다음에 이어지는 장들은 여성성과 남성성의 여정에 관한 논의이다. 각 단계는 잘 알려진 영화에서부터 고전 문학에 이르기까지 다양한 예와 함께 상세하게 기술했다. 또한 여성성의 여정을 걷는 남성과 남성성의 여정을 걷는 여성의 이야기도 있다. 여정에 관하여 보다 깊이 있는 논의를 하기에 앞서 각 여정을 알리는 성性에 대한 차이점을 먼저 살펴 볼 것이다.

남자와 여자의 차이

여정들은 서로 차이가 나지만, 각각 긍정적이거나 부정적인 특성들을 개발시켜 나갈 기회를 갖고 있는 등장인물들이 등장한다. 캐롤 크리스트는 그 차이를 다음과 같이 설명하고 있다. "대부분의 심리학자들(작가 포함)은 남성 모델들의 긍정적인 측면의 발전에 주안점을 두는 경향이 있다. 실제로는 긍정적, 부정적 발전의 두 가지 방법 모두 서로 다른 색깔의 강인함과 나약함을 창조해 낸다. 만약 남성들의 발전 방식이 그들에게 강한 자아와 확고한 자아의식을 갖게 해준다면 어쩌면 그 방식으로 인해 남성들은 일체감과 공감을 경험하는 데 있어서 다소 소극적인 자세를 취할 수도 있다. 또한 다른 사람들 혹은 자신들과 닮아 있는 다른 존재들을 이해하기 위한 노력을 게을리 할 수도 있고, 신비한 체험에 대해서도 편견을 가질 수 있다. 만약 여성의 부정적인 측면의 발전이 여성들에게 남성들보다 더욱 나약한 자아를 심어 주는 것이라면, 긍정적인 측면의 발전은 여성들이 일체감과 공감 그리고 신비한 체험들을 보다 쉽게 경험하게 만들어 주는 것이다."

성별에 따른 주요한 차이를 이해함으로써 남성 작가들은 보다 사실적인 여성 캐릭터를 창출해 내고 여성 작가들 또한 보다 현실적인 남성 캐릭터를 표현해 낼 수 있게 된다. 예를 들어 많은 여성 작가들은 남성들이 업무를 수행하기 위하여, 그리고 가족을 부양하기 위하여 감내해야 하는 그 압박감이 어떤 것인지 잘 이해하지 못한다. 반면에 많은 남성 작가들 또한 여성들이 일상생활에서 직면하게 되는 여러 위험에 대하여 두려움을 갖고 있다는 사실을 잘 인식하지 못한다. 만약 늦은 밤 아무런 걱정도 없이 어두운 복도를 혼자서 저벅저벅 걸어가는 여성 캐릭터를 등장시킨다면 여성 독자들은 그 인물을

이야기를 창조하는 캐릭터의 탄생

세상에 두려울 것이 없는 슈퍼 히어로라고 생각하거나 혹은 그 작가를 두고 여성에 대해서는 아무것도 모르는 사람이라고 말할 것이다.

다음에 이어지는 세 가지의 주제—힘, 지지, 세상에 대한 지각—는 그들 전형의 특성과 상관없이 남성과 여성이 직면하게 되는 다른 쟁점들의 개요라 할 수 있다.

사람이 이러한 쟁점들을 내재화시켜 가는 방법은 자신에게 달려 있다. '아버지의 딸' 유형의 여성은 일을 하며 남성들의 무리 속에 자연스럽게 어울리고 싶어 하기 때문에 여성들이 직면하게 되는 부당함이나 불평등을 애써 외면하는 쪽을 선택할 수도 있다. 어쩌면 그녀도 자신이 본 것을 부인하기 위하여 자신을 지킬 방어 수단을 사용해야만 하는 몇몇 불평등한 사례를 경험할 수도 있다. 제왕 전형의 남성은 생존을 위해 권력을 포기해야만 하는 상황에 직면할 수도 있다. 항복이 곧 패배를 의미하는 것이 아닐 수도 있지만 그는 이러한 믿음을 거부해 버린다.

힘의 차이

여성, 남성 모두 자각을 위해 자아를 내려놓을 필요가 있다. 여성들은 자신들의 진정한 목표와 유대감을 실현하기 위하여 권력을 손에 쥐고, 남성들은 진정한 목표와 유대감을 실현하기 위하여 권력을 내려놓는다.

여성은 1막의 마지막 부분에서 자각을 하고 자신을 권력으로 이끄는 여정을 따라 여행을 떠난다. 반면에 남성은 권력을 고스란히 손에 쥔 채로 여정을 따라오다가 3막의 초반부에 이르러 권력으로 인해 자신이 삶에서 경험하지 못하고 놓쳐 버린 부분이 많다는 사실을 깨닫고 나서야 자각을 한다. 만약 그가 자각을 하지 않는다면 그는 〈모비딕〉의 아합 선장처럼 파멸의 길에 들어서게 된다.

자각은 캐릭터가 자신을 내려놓는 과정의 한 형태로, 새로운 인물로 다시 태어나는 것을 의미한다. 남성에게 자각은 권력과 지배력을 포기하는 것이며, 여성에게 자각은 권력과 지배력을 획득하는 것이다.

작가에게 자각은 깊은 책임감의 전달과 내적인 변화 혹은 캐릭터를 위해 선택한 여정의 재고를 의미한다. 소녀를 구하기 위하여 싸움을 벌이는 거칠고 폭력적인 주인공을 내세우는 액션극도 때론 동정적인 관점에서 주인공을 그리며 끝을 맺는다. 주인공은 자신의 행적을 돌이켜보며 다른 길을 선택했었더라면, 하는 회한으로 자의식에 눈을 뜨기 시작한다. 이렇게 자각의 단계를 첨가시킴으로써 글은 단순한 "형식적인 줄거리 묘사"보다 신화적인 여정의 이야기로 끌어올려질 수 있다.

많은 여성들은 자기 자신을 위한 삶을 살고 있는 것이 아니라 목표와 야망으로 가득 차 있는 다른 누군가의 삶을 살고 있다는 사실을 깨닫는다. 그들 여성들은 주변의 세계가 무너져 내려서 주위의 모든 것들을 재검토해야만 하는 시점에 이르기 전까지는 자신들의 내면 깊숙한 곳에 어떤 욕구가 자리 잡고 있는지 인지하지 못한다. 예를 들어 〈오즈의 마법사〉에서 도로시는 캔사스에서 벗어나 오즈라는

이야기를 창조하는 캐릭터의 탄생

낯선 땅에 들어섰을 때 새로운 세계에 적응하고 방향을 잡고 나아가는 법을 배워야만 하는 것이다.

대다수의 남성들은 세상에서 자신들이 소유하고 있는 권력만이 사회적인 인정을 받는 그들의 목표에 다다르게 도와준다는 사실을 깨닫는다. 한 남성이 자신의 목표가 집에서 자녀를 양육하는 것이라고 말한다면, 그것은 자신이 가진 권력의 일부를 포기한다는 것을 의미한다. 왜냐면, 일반적인 '남자답다'라는 기준에 의하면 그 남성은 "현실"적인 남성은 아니기 때문이다. 그들은 자신들이 다른 사람들과의 관계 속에서 살아간다는 사실을 깨닫고 사람들을 구하기 위하여 자신들의 권력과 목표를 포기한다.

지지의 차이

여성과 남성의 여정에서 나타나는 또 다른 차이는 지지에서 나타난다. 남자는 자신의 여정을 향해 길을 나설 때 일반적으로 주변의 무리들과 사회로부터 진심어린 지지와 옹호를 받는다. 반면 여성은 자신의 공동체를 벗어나 길을 나서는 노력을 기울일 때 주변에서 따뜻한 지지를 받지 못한다. 〈지 아이 제인〉에서 싸움을 하고 싶어 총을 집어드는 그 여성을 떠올려 보라. 대부분의 여성들이 자신들의 몫이라 생각하고 있는 역할에서 벗어나 새로운 세계로 발을 내딛으려 할 때, 그녀는 강한 사회적 압력과 마주하게 된다. 이러한 압력은 때로 그녀의 낮은 자존감을 공격해 온다. 그녀가 느끼는 압박감은 자신이 그토록 원하는 일을 결코 해내지 못할 것이라는 생각을 심어 주는 누군가를 통해 그려지기도 한다.

그러나 남성이 자신의 여정을 출발하려 할 때 그런 역경에 부딪치는 일은 많지 않다. 남성들의 여정은 인생에서 뭔가 더 나은 것을 목표로 떠나는 것으로, 그리고 꿈을 이루기 위해 나아가는 것으로 생각된다. 남성은 자신의 가정을 단단히 지켜 주는 여성이 있어야만 여정의 길에 들어설 수 있다고 생각할 수도 있다. 때로 그는 여성을 구함으로써 자기 자신을 증명해 보이는 길을 찾을 수도 있다.

서로 다른 세계에서 출발하기

여성들에게 위험한 세상

많은 여성들은 주변에서 안전하게 할 수 있는 일과 그렇지 못한 일들에 대한 계획을 세운다. 반면 또 다른 여성들은 두려움을 애써 무시하다 소녀처럼 결국 문제 상황에 놓이게 되기도 한다. 어떤 여성에게 맞선을 보러가는 것은 개인적 홍보를 통해 남자를 만나는, 어쩌면 한 번도 생각해 본 적 없는 일일 수도 있다.

여성이 두려움에 사로잡히게 되면 두려움이 그녀의 삶에 많은 제약을 가하게 될 것이다. 독자는 "그녀는 대체 무엇을 하고 있었던 거야?"라고 생각하며 무의식적으로 그 여성 캐릭터의 행동까지 판단할지도 모른다. 사람들은 희생자를 비난함으로써 자신들은 범죄와 멀어진다고 생각하며 위안을 받는 것 같다. 영화 〈피고인The Accused〉에 나오는 사라 토비아스(조디 포스터 분)를 떠올려 보라.

이것은 우리에게 왜 여성들이 〈델마와 루이스〉에 그렇게 열광하는지를 설명해 준다. 영화에서 주부와 웨이트리스인 지극히 평범한 두 여자는 자신들의 권리를 되찾고 모든 여성들이 날마다 직면하는 두려움을 극복한다.

여성들에게 많은 것을 요구하는 세상

여성들은 또한 아이를 갖고 좋은 가정주부가 되라는 요구에 직면하게 된다. 여성들은 모든 것―일, 아이, 그리고 결혼―을 가질 수 있다고 말해 주는 신화를 접하기 시작한다. 에너지의 고갈과 스트레스를 경험하며 여성들은 그 모두를 가질 수 없다는 사실을 배우게 된다.

어떤 여성들은 아이를 갖지 않는 선택을 하지만 그로 인해 한편으로 자신들이 배척당한다는 느낌을 받게 되고, 또 다른 한편으론 여성스럽지 못하다는 생각을 하게 된다. 그것은 여성성과 모성은 언제나 동의어처럼 인식되었기 때문이다. 많은 사람들은 아이를 갖지 않는 그녀의 선택을 두고 불임 때문이라거나 혹은 지극히 이기적이라고 말들을 해댈 것이다.

아이를 갖기로 결정한 여성들은 좋은 엄마가 되기 위하여 몇 년간은 자신들의 일을 포기해야 한다는 사실을 깨닫게 된다. 이러한 상황은 여성들로 하여금 그 모든 일을 제대로 해낼 수 없다는 사실에 자신을 실패자라고 느끼게 만든다.

남자들에게 많은 것을 기대하는 세상

남자들에 대한 기대치가 높은 이 세상에서 남성들은 '3P'라는 세 가지 의무에 시달린다. 과업달성Perform, 부양Provide, 그리고 보호Protect가 그것이다.

대중 매체와 사회는 남성들에게 과업을 수행해야 하며, 진정한 남자가 되길 원한다면 그것을 아주 잘해야 한다고 말한다. 남성은 우선 좋은 직장을 얻고 많은 돈은 벌어야 한다. 그러고 나면 그는 아름다운 여성에 걸맞는 남자가 될 것이다. 사람들은 남자들에게 "이 자동차를 구입해, 저 직업을 구해, 이 옷들을 입어봐. 그러면 너는 원하는 모든 것을 가지게 될 거야"라는 말들을 한다. 당신은 밤낮으로 일을 해야 하고 언제나 다른 남자들과 경쟁을 벌이고 애를 쓰지만, 돈이 곧 권력이며 권력은 모든 것을 의미한다.

아내로부터 "당신이 일에만 몰두하지 말고 나를 좀더 사랑해 줄 시간이 있으면 좋겠어요"라는 말을 듣는다는 것은 남편에게는 상당히 충격적인 일일 수 있다. 혹시 당신이 이런 딜레마에 빠져 있는 것은 아닌가? 남성은 자신이 자녀들과 많은 시간을 보내지도 못했고, 또 많은 돈을 벌지도 못한다는 이유로 자신의 원래 꿈마저도 포기하고 살아 왔다는 사실을 깨닫는다.

남자들은 여성과 어린이들을 보호해야 하며 강해져야 하고 감정을 표출해서는 안 된다고 배워 왔다. 남자에게는 자신이 그 자리에 있었거나 있지 않았거나, 또 그들을 돕거나 구할 수 있는 상황이었는지 아닌지는 중요치 않다. 남자라면 사랑하는 사람들에게 일어나는 모든 일을 책임지는 부담을 감내해야 한다. 남자들의 삶은 소모품처

이야기를 창조하는 캐릭터의 탄생

럼 보인다. 〈타이타닉〉에서 구명보트에 오를 수 없었던 그 남자들을 떠올려 보라. 남자는 자신의 두려움이 드러나고 자신이 나약한 사람으로 비칠지도 모른다는 불안감에 휩싸여 있는 것인지도 모른다.

22

여자의 인생,
완전한 인격으로의 부활

여성의 인생은 용기를 내어 죽음을 마주하고, 자신의 삶을 책임지는 완전한 한 인간으로서의 부활을 향한 변화를 감내하는 과정이다.

그녀의 여정은 권위에 의문을 제기하고 용기를 내어 자신을 옹호하며, 마침내 홀로 여정을 떠날 수 있는 의지를 구체화시키고 상징적인 자신의 죽음을 대면함으로써 시작된다. 9단계의 과정은 고전적인 이야기 구조를 반영하는 3막의 구성을 통해 표현된다. 먼저 9단계로 이루어진 여성의 여정을 하나씩 살펴보자.

이야기를 창조하는 캐릭터의 탄생

완벽한 세계에 대한 환상

창가에 앉은 사라의 시선은 유리창 너머로 보이는 하늘에 닿아 있다. 그녀는 푸르른 하늘을 가로질러 유유히 흘러가는 구름 조각들을 응시하며 혼잣말을 한다. "세상의 모든 것들은 있는 그대로일 때가 아름다워."

사라는 성장하기 위하여 감당해야 할 모험의 고통과 불확실성으로부터 자신을 보호하기 위하여 수 년간 주변에 완벽한 유리 거품을 만들어 왔다. 그녀는 "잠자는 숲속의 미녀"처럼, 잠에 빠져 주변의 현실 세계를 인지하지 못하고 스스로 깨달아야 할 '힘'에 대하여 무지하다. 사라는 규칙대로 살아간다면 그에 대한 보상을 받을 것이라는 믿음을 신봉한다. 시간이 흘러감에 따라 그녀의 유리벽들은 그녀 주변을 에워싸고 점점 더 가까워져 그녀의 머리 바로 위 천장까지 내려와 그녀가 일어서면 머리를 부딪치고 말만큼 가까이 와 있다.

그녀는 조금씩 낮아지는 유리 천장 때문에 자신이 바닥으로 꺼져 내려간다는 사실을 알면서도 일어서야겠다는 결심을 하지는 않는다. 그녀는 창조력을 발휘해 그런 상황을 헤쳐나갈 궁리를 하면서도 자신이 살고 있는 세상이 한 사람으로서의 자기 자신의 성장과 발전에 저해가 된다는 사실을 외면하려 한다.

그녀는 자신의 미래에 대하여 잘못된 안전의식을 갖고 있기에 원래의 생활 방식을 지켜 간다면 모든 사람이 자신을 좋아할 것이라고 생각한다. 이것이 그녀가 알고 있는 안전한 세계이다. 이러한 상황의 반복은 그녀에게 안전한 세계에 대한 착각을 불러일으킨다.

그녀는 순진무구하게 현실을 부인하며 다른 이들이 자신을 돌봐주기를 바라는 희망을 품고 살아가거나, 또는 자신의 운명을 받아들이며 순교자처럼 살아갈 수도 있다. 그녀에게는 자신을 위한 대안을 모색해 보고자 하는 의욕 같은 것이 없다.

그녀는 이 세상에서 자신을 구하기 위하여 모든 위험을 무릅쓰고 모험을 감행하는 일은 상상조차 할 수 없는 사람이다. 그녀는 저 너머에는 우리가 찾아나설 더 나은 세계가 존재한다는 사실을 알지 못한다. "그냥 다들 그렇게 힘들게 살아가는 거 아닌가요?"라고 반문한다. 그녀는 이 세상이 그냥 그렇게 잘 굴러가길 바란다. 그래서 변화와 성장에 대한 고통도 회피할 수 있다.

그녀가 관심을 갖고 있는 것은 어쩌면 그녀를 지금의 자리에 묶어두는 것들일 수 있다. 가족을 부양하는 일, 승진을 기다리는 일, 자신이 아닌 다른 사람을 구하기 위하여 노력하는 일 또는 다른 사람들의 생각에 관심을 기울이는 것 등이다. 이러한 것들은 단지 그녀를 수동적으로 살아가게 만드는 변명일 뿐이다. 이런 변명거리들이 그녀로 하여금 자기 주변에 있는 기회들에 대하여 알아볼 필요조차 없게 만드는 것이다.

이 "완벽한 세계"는 그녀로 하여금 깨어나게 할 동기를 유발하기 위하여 부정적인 장소로 보여져야만 한다. 그녀는 이야기 전반을 통해 더 나은 무언가를 찾기 위한 고난을 감수해야만 한다. 왜냐면 현재 자신이 속한 세계에서는 자신의 역할을 제대로 수행할 수 없다는 사실이 너무나 명백하기 때문이다.

그녀가 생각하는 "완벽한 세계"에서 그럭저럭 살아나가기 위해서 그녀는 다섯 가지 대응전략을 사용할 수도 있다. 세상에 대처해 나가는 이 전략들 중 하나를 통해 그녀는 스스로를 자신이 처한 현실에 대하여 깨닫지 못한 채 살아가도록 방치한다. 그녀는 자신의 특성 중 장점을 이용하여 세상 속에서 어울리고 자신의 자리를 잡아가는 법을 배운다.

순진무구형 전략

이 여성은 자각을 하고 있을 수도 혹은 그 반대일 수도 있지만, "나를 제외한 다른 여성들은 어쩌면 다치거나 공격을 받거나 무시당할지도 몰라. 물론 내게는 어떤 나쁜 일도 생기지 않을 거야. 살아간다는 것은 선한 일이니까 나도 내 노력에 대한 보상을 받게 될 거야. 난 그냥 가만히 그때를 기다리기만 하면 돼"라는 생각을 갖고 있다.

예를 들면 〈오즈의 마법사〉에서 도로시는 모든 것이 한결 같은 속도로 움직이고 돌아가는 흑백논리가 존재하는 세상에서 살아가고 있다. 그녀의 세상은 신나는 일도 없는 그저 반복되는 일상 속에서 안락함만이 존재하는 곳이다. 그녀는 할 일을 찾으며 시간을 보낸다. 그녀에게 삶은 지루하기 짝이 없고, 그래서 그녀가 일이라도 도울라치면 사람들은 귀찮다는 듯 그녀에게 가버리라는 말을 한다. 그녀는 그곳에 어울리지 않는 사람처럼 보인다. 그녀는 자신 안에 있는 많은 발전 가능성을 깨닫지 못한다. 성장을 하려면 그녀는 이 농장에서 벗어나야만 한다.

신데렐라형 전략

이 여성은 생존을 위해 남성들의 보호와 지시에 의존하는 세계에서 살아가고 있다. "내 남자는 언제나 같은 자리에서 나를 지원해 줄 것이며, 내가 만약 그의 곁을 떠나도 나는 또 나를 도와줄 다른 남자들을 만날 거야. 그러니까 나는 앞으로 닥칠지 모를 나쁜 일에 대한 걱정 따위는 하지 않는다고. 남자들은 나를 돌보는 일을 즐기고 나에게 잘해줘." 그녀는 남자들 옆에 남아 있기 위해서는 아름다워야 한다는 믿음을 갖고 있을 수도 있다. 예를 들면 〈바람과 함께 사라지다〉에서 우리가 처음 만나는 스칼렛 오하라는 자신을 지루하게 만들고 있는 두 명의 남자와 베란다에 앉아 있다. 자기중심적인 그녀는 계속해서 대화의 주제를 지루한 전쟁 얘기에서 자신에게로 돌리도록 조종한다. 그녀는 자신의 농장 밖에 존재하는 현실 세계에 대해서는 직시하려 하지 않는다. 그녀 가족의 돈은 그녀에게 안락함과 안정을 가져다준다. 그녀는 전혀 피곤하지도 않은데도 여성들에게 낮잠을 자도록 강요하는 사회규범이 존재하는 세계에서 자신이 보호 받고 살아왔다는 사실을 인정하려 하지 않는다. 그녀는 단지 자신이 만나는 남자들의 관심을 끄는 일에만 열중한다.

우월주의 전략

이 여성은 남성들의 모임 속에서 삶을 살아가거나 자신이 그렇게 살고 있다고 믿고 있다. 그녀는 자신이 남자들만큼 뛰어나다고 생각하며 또 주변의 동료들로부터 이런 말을 자주 듣기도 한다. "다른 여자들은 이런 일 못하지만, 나는 할 수 있어. 왜냐면 나는 예외니까. 내가 남자들처럼 행동하고 잘 어울리니까 남자들은 나의 진가를 인정해. 나는 절대 다른 여자들처럼 징징대고 울거나 불평을 늘어놓는 법이 없거든." 그녀는 사무실 안에 분명히 존재하고 있는 성적 차별을

이야기를 창조하는 캐릭터의 탄생

보고도 애써 외면해 버린다. 왜냐면 그녀는 자신을 "여자"로 여기지 않기 때문이다.

예를 들면 영화 〈워킹걸〉에서 캐서린 파커는 자신이 여성이란 사실에 관한 모든 것을 완전히 초월했다. 그녀는 항상 남자들과 같이 있는 모습으로 보여지고 사무실에서는 자주 여성들만의 은밀한 이야기를 농담거리로 삼기도 한다. 그녀는 자신이 하고 있는 일을 해낼 수 있는 여성은 자신밖에 없다는 생각을 갖고 있으므로 다른 여성이—단지 비서일지라도—그 일들을 꿰찬다면 완전히 망연자실하게 된다. 테스 맥길(멜라니 그리프트 분)은 그녀 자신이 사무실의 다른 비서들보다 우월하다고 생각하며, 이러한 생각을 하지 않는다면 지금의 기회는 잡지 못했을 것이라는 믿음을 갖고 있다. 그녀는 남성들의 사회 속으로 파고들기 위하여 자신을 다른 여성들로부터 완전히 분리시킨다.

눈치 보기 전략

이 여성은 다른 사람들을 기쁘게 하기 위하여 살아간다. 다른 사람들이 행복하다면 그녀도 행복하다. 그녀의 정당성은 다른 사람들로부터 나온다. 그녀는 자신의 여성스러운 직관과 힘을 억압하며 무엇이든 규칙이 정한 대로 따르는 순종적이고 청순한 소녀와 같다. 그녀의 행동은 현재의 상황을 옹호하고 자신의 실제 욕망을 거부하여 그녀로 하여금 현실에 잘 적응하도록 한다. 이렇게 함으로써 그녀는 스스로가 삶에 대한 통제력을 갖고 있다고 느낀다. 그녀는 옳은 일만을 할 것이기에 다른 사람들로부터 욕을 먹는 일도 없을 것이다. 그녀는 대부분의 시간을 다른 사람들 눈치를 보면서 지낸다.

〈델마와 루이스〉에서 델마는 자신의 집안일을 마치 의무인 양 열심히 할 뿐 아니라 파국의 끝이 뻔히 보이는 결혼 생활에 안주하며 살아가고 있다. 그러나 그녀는 내면 깊은 곳에서 불행을 감지하고 있다. 그녀는 비록 잘 정돈된 중산층의 분위기가 나는 멋진 집에서 살고 있지만, 정작 그녀의 세계는 자기 파괴적인 양상을 띠고 있다. 우리는 모욕적인 욕설을 퍼부어 대는 남편 주변에서 언제나 조심조심 걸어 다니는 그녀를 지켜본다. 남편이 퍼부어 대는 독설에 무감각해진 사람처럼 보이는 그녀의 모습을 통해 우리는 이러한 상황이 아주 오래전부터 진행되어 왔음을 짐작하고도 남는다.

낙담형 전략

이 유형의 여성은 자신의 삶에 화를 내고 우울해하지만 그것을 바꾸려는 행동은 하지 않는다. 그녀는 모질거나 냉소적이고 대개 사무실에서는 가장 목소리가 큰 여성일 수도 있다. 혹은 자신에게 할당된 보조금을 다른 사람을 위해 건네는 순교자 같은 역할을 자청하기도 한다. 그녀의 내면 깊은 곳에서는 자신만의 꿈을 키워 가지만 그 꿈을 이루는 일은 요원해 보인다. 그녀는 자신이 살고 있는 세계가 완벽하지 못하다는 사실을 인지하고는 있지만 그것을 변화시키려는 욕구나 동기는 갖고 있지 않다.

〈타이타닉〉에서 로즈는 근심걱정은 없지만 세심한 통제를 받는 삶을 살아간다. 처음 우리 눈에 비치는 로즈는 자신을 사랑해 주는 약혼자와 주인의 명령을 기다리는 하인들을 거느린 부유한 여성이

이야기를 창조하는 캐릭터의 탄생

다. 모든 것이 완벽해 보이지만 그녀의 두 눈 깊은 곳에는 절망이 서려 있다. 우리는 그녀의 약혼자와 엄마가 그녀의 일거수일투족을 지켜보고 있다는 사실을 서서히 느끼게 된다. 그녀의 저녁식사 메뉴에 이르기까지 그녀를 위한 모든 것은 다른 사람들에 의해 결정된다. 그때서야 비로소 우리는 그녀가 자신의 가족을 부양하기 위하여 순교자 역할을 하고 있으며, 그녀는 결국 불행한 삶을 살 수밖에 없음을 깨닫는다.

1단계의 예

《길가메쉬 서사시》에 나오는 '이난나 여신의 신화'에서 이난나는 어느 날 자신이 왕위를 이을 충분한 역량과 그에 걸맞은 지혜를 갖추었기에 이제 왕위계승을 위한 준비를 해야겠다고 결심한다. 그녀는 직접 자신의 왕좌를 만들려고 나무 한 그루를 심고 싹이 트길 기다리며 10년이라는 세월을 보낸다. 그러나 부활을 상징하는 뱀 한 마리와 지식을 상징하는 앙주의 새, 그리고 반항적인 여성인 릴리트가 나무 안에 집을 짓고 살아서 나무가 자라지 않는다(이 세 가지 상징들은 〈오즈의 마법사〉에서 도로시가 찾아나서는 심장, 두뇌, 그리고 용기와 유사하다).
왕좌에 오를 자격을 갖추려면 이난나는 스스로 이 세 가지 면모를 모두 손에 쥐어야 한다. 하지만 그녀는 길가메쉬에게 그것들을 제거해 달라고 요청한다. 길가메쉬는 그 생명체들을 죽여 버리고 그녀를 위해 왕좌를 만들어 준다. 그의 보호는 그녀가 여정을 향해 떠나는 길을 막은 셈이고, 그녀는 계속해서 근심과 걱정 없는 안락한 삶을 유지한다.

〈이브가 깨어 날 때〉에서 에드나는 자신의 운명으로 인해 우울한 삶을 살며 끊임없이 시달리는 여성이다. 이야기는 여름 바닷가에서 상류층 친구들과 시간을 보내고 있는 그녀의 모습으로 시작한다. 그녀는 남편의 비열한 기질에도 불구하고 즐겁게 지내려 하는 여성이다. 그녀는 '여자의 남자' 전형인 로버트와 가까이 지내는데 그는 자신의 남편과는 전혀 딴판인 사람이다. 그녀는 여가시간도 많고 돈도 원하는 만큼 갖고 있고 남편도 자식들도 모두 있는 여자다. 외형적 조건만 봐서는, 그녀는 행복감과 만족감에 겨워 감사한 생활을 해야 마땅하겠지만 정작 그녀에게는 절망의 징후가 도사리고 있다.

〈아메리칸 뷰티〉의 초반부에서 우리는 완벽해 보이는 한 가족의 사진을 보게 된다. 사진 속의 그들은 근사하게 잘 차려진 식탁에 모여 앉아 있지만 우리는 곧 그들이 완벽과는 거리가 멀다는 것을 알게 된다. 레스터는 말한다. "내 딸에게 자기의 분노, 불안정, 그리고 혼란이 곧 지나갈 것이라고 말을 해줄 수 있으면 좋으련만. 그렇지만 난 그애에게 거짓을 말하고 싶진 않아."
레스터는 자신이 그토록 싫어하는 일을 주당 40시간도 넘게 하며 살아가고 있다. 그러던 어느 날 그는 문득 주변을 둘러보고는 자신의 삶이 온통 가식덩어리라는 사실을 깨닫는다. 다른 이들이 생각하는 성공의 기준에 맞춰 일구어낸 업무적 성과는 아무런 의미가 없다. 그는 단지 직업을 갖기 위하여 일자리를 구했을 뿐이고, 자신이 진정 승진을 원했는지에 대한 확신도 없이 그저 더 높은 자리로 올라갔다.

배신과 현실화

사라가 자신의 유리 거품 안에서 하늘을 바라보는 사이 어느덧 그녀 앞에 커다란 구름이 만들어지면서 햇빛을 가려 버린다.
갑자기 밀려온 어둠에 두려움을 느낀 사라는 창가에서 물러선다. 번개는 점점 더 그녀 가까이로 이동한다. 한 번의 우레 같은 충격으로 그녀의 유리 거품이 터져서 활짝 열린다. 그녀 주변으로 유리 파편들이 산산이 흩어진다.

이야기를 창조하는 캐릭터의 탄생

유리 거품은 깨져 활짝 벌어지고 모든 생명력이 바닥으로 흘러내린다. 주인공은 중요한 모든 것을 빼앗기고 갈림길로 내몰리는데, 그곳에서 그녀는 적극적으로 두려움과 대면하며 세상 밖으로 나아갈지 또는 자리에 머물며 점점 수동적인 희생자가 되어 갈지를 두고 선택해야 한다. 그녀는 자신이 속한 집단에 의해서, 자기 자신에 의해서, 그리고 주변의 악당에게 배신을 당한 것이다. 이 단계는 사건을 선동하는 단계로 알려져 있다.

추리 소설처럼 음모에 빠진 인물 중심의 이야기에서, 주인공의 내적 갈등을 표현하기 위한 비유로써 비밀의 요소가 사용된다. 그녀가 사건을 해결하려 할 때 그 비밀이 바로 그녀를 모든 단계로 이끌어 준다. 필시 배신은 그녀에게 현실보다 더 큰 의미를 준다. 배신을 당한 그녀는 그것이 단지 변화를 위한 일이거나 혹은 범죄를 해결하는 일일지라도 자신이 인생에서 뭔가 더 많은 것을 원한다는 사실을 자각한다. 이 여정은 그녀로 하여금 자신의 악령과 대면하게 만들 것이다.

배신은 그녀의 정곡을 찌르는 것이기에 외면할 수 없다. 그것은 그녀의 눈앞에 닥쳐 있는 일이므로 그녀가 해결해야만 한다. 그녀는 자신의 삶이 애초에 기대했던 것과는 다르다는 사실과 빛나는 갑옷을 두르고 그녀를 구하러 올 기사도 존재하지 않는다는 것을 깨닫는다. 이 단계에서는 그녀가 얻을 수 있는 목표의 가치를 설정하여 주인공에게 세상을 변화시킬 동기를 부여해 준다. 지금껏 그녀가 애쓰고 노력해 왔지만, 이 체계 안에 있는 한 그녀는 자신의 노력에 대한 정당한 보상을 받지 못한다. 그녀는 언제나 모든 규칙을 준수하며 정당하게 행동했으나 어쨌든 파멸당하고, 그녀의 세계는 모두 엉망이 된다.

주인공은 자신에게 묻는다. "대체 이게 무슨 소용이지? 왜 내가 여기에 있지? 이 모든 것이 무엇을 위한 일이지?" 삶의 현실을 깨달아 가는 이 과정에서 어쩌면 그녀는 신경 쇠약에 걸릴 수도 있고, 또는 중독의 유혹에 빠질지도 모른다. 이 단계에서는 주인공에게 이야기 전체를 마지막 단계까지 끌고갈 수 있는 동기를 부여해 준다. 그러려면, 그녀에게 주어지는 동기는 강력해야 한다. 그녀는 이전에 그녀의 삶에서 일어났던 일들을 모두 원상태로 돌리거나 그저 쉽게 망각해 버려서는 안 된다.

이 지점에서 주인공이 선택한 대응전략이 모두 허물어진다. 그 전략은 더이상 그녀에게 도움이 되지 않고 그녀의 삶 전체와 그녀가 믿고 있는 모든 것이 변해 버린다. 그녀에게 주어졌던 하나의 역할 (예를 들어 엄마)은 어쩌면 끝나 버려서 그것을 바꾸기 위해 다시 과거로 돌아가 시계를 거꾸로 돌릴 수도 없는 노릇이다.

순진무구형 전략

이 여성은 상처를 받았거나 학대를 받은 사람이다. 그녀를 돌보아 주던 친한 친구나 가족 중 누군가가 죽음을 맞이한다. 심각한 위기는 그녀의 삶을 완전히 바꾸어 놓아 그녀는 직업이나 집 또는 돈을 잃는다.

〈오즈의 마법사〉에서 도로시는 고약한 이웃들이 고양이 토토를 잠재우려 할 때 삼촌이 토토를 보호해 주지 않자 심한 배신감을 느

이야기를 창조하는 캐릭터의 탄생

낀다. 그녀는 언제나 혼자라는 생각을 한다. 사실 그녀의 부모님은 그곳에 계시지 않는다. 그들은 그녀를 홀로 남기고 세상을 떠났으므로 그녀를 배신한 셈이다.

신데렐라형 전략

이 여성은 남성의 보호나 지원을 받지 못한 채 버려진다. 그 남성은 어쩌면 죽었을 수도 있다. 〈바람과 함께 사라지다〉에서 스칼렛은 치열한 전쟁통에 그녀를 남겨두어 아픈 이들을 돌보게 만든 남자들로부터 배신을 당한 것이다. 그녀는 또한 자신을 두고 다른 여자와 결혼하는 연인 애슐리에게 배신을 당한다.

우월주의 전략

이 여성은 승진에서 누락되었을 때, 혹은 그녀가 다른 남자들만큼 유능하지 않다는 사실을 증명해 보이는 다른 남자 동료에게 배신을 당한다. 그녀는 남성들의 모임에 끼어들 수 없다. 그녀는 남성 모임의 멤버 자격을 상실한다. 그녀는 일과 결혼생활 모두를 곡예하듯 잘 해낼 수 없기에 결혼생활을 지속시키지 못한다. 만약 그녀가 성당을 다니는 신자라면, 그녀는 여자인 자신이 사제가 될 수 없음을 알게 되면서 신에 대한 믿음을 저버리고 스스로를 종교 전체에 대한 의구심으로 가득 채워 간다.

〈워킹 걸〉에서 집에 돌아온 테스 멕길은 자신의 남자 친구가 다른 여자와 한 침대에 누워 있는 장면을 목격하고 큰 배신감을 느낀다. 그녀는 또한 자신이 힘들여 만든 보고서에 캐서린이라는 이름을 떡하니 쓰고는 자신의 공을 가로채는 캐서린 파커에게 배신감을 느낀다.

눈치 보기 전략

이 여성은 자신이 무시당하고 있으며 다른 사람들이 자신을 이용한다는 사실을 깨닫는다. 어떤 사람들은 그녀를 두고 심지어 그저 가정주부, 비서, 조수일 뿐이라고 폄하할지도 모른다. 그녀는 자신을 완전히 가치 없는 사람이라고 느낀다. 그녀는 어쩌면 아이를 낳기 위하여 출산 휴가를 냈다는 이유만으로 불이익을 당할지도 모른다.

〈델마와 루이스〉에서 델마는 먼저 아내인 자신에게 비열하고 고약하게 구는 남편에게 배신감을 느끼고, 후에는 자신을 강간하려는 남자에게 다시 배신을 맛본다. 그녀는 단지 상냥하고 예의 바르게 행동하려 했을 뿐, 자신이 그런 위험에 처하리라곤 상상조차 해본 적이 없다.

낙담형 전략

이 여성은 주로 권력을 가진 다른 사람에 의해서 많은 압박을 당하는 유형이다. 그녀는 사방으로 가로막혀 더이상 물러날 곳도 없고, 날아오는 공격이나 모욕을 피할 방법도 없는데, 마구 벽으로 밀어붙여진다는 느낌을 받을 수도 있다.

〈타이타닉〉에서 로즈는 유산을 모두 탕진하고 가족들을 무일푼으로 남겨둔 채 세상을 등진 아버지에게 배신감을 느낀다. 그리고 그녀의 어머니는 로즈를 압박하여 사랑하지도 않는 폭력적인 사람과 약혼을 시켜 다시 한번 그녀를 배신한다. 그녀가 아주 오랜 시간 다른 사람이 시키는 대로 살아왔다는 사실을 분명히 볼 수 있다. 자신의 약혼자가 폭행을 가할 때 그녀는 자살을 결심한다. 세상이 온통 그녀를 배신해 왔던 것이다. 여성이라는 정체성 또한 그녀를 배신하고 있는 것이다. 왜냐면 그녀는 자신이 언제나 동경해 오던 말을 타고 돌아다니며 세상을 탐험하는 그 멋진 일들을 여자이기 때문에 감히 꿈도 꿀 수 없다고 생각하기 때문이다.

만약 주인공이 "대체 내 삶은 뭐지?"라는 내적 갈등을 겪고 있다면, 그녀는 변화를 향한 발걸음을 기꺼이 내딛을 것이다. 그녀를 두고 여정을 떠날 능력이 없다는 말을 해 그녀의 사기를 꺾어 버리는 악역들과도 그녀는 당당히 맞설 것이다. 이러한 이야기는 다음 단계에서 계속할 것이다.

이번 단계는 악역들을 설정하는 시점이다. 그녀를 배신한 악역에게는 자신이 저지르고 있는 행동에 타당성을 부여할 수 있는 분명한 이유가 있어야 한다는 사실을 꼭 기억하길 바란다.

〈양들의 침묵〉에서 한니발 렉터가 얼마나 인상적이었는지 떠올려 보라. 그는 여느 정신이상자처럼 보이는 것이 아니라 극도의 정신적 명료함과 전문성을 가진 매력적인 사람으로 보이도록 묘사된다.

악인들은 결코 스스로를 나쁜 사람이나 잘못을 저지르고 있다고 생각하지 않는다. 그들은 자신들의 행동에 대한 명료한 이유를 가지고 있으며, 자신들이 옳고 다른 모든 사람들이 틀렸다는 믿음을 갖고 있다.

〈타이타닉〉에서 로즈의 약혼자는 진실로 자신이 로즈를 사랑한다고 생각하고, 자기 같은 사람과 함께 있는 로즈는 진정 축복 받은 사람이라고 믿고 있다. 그는 자신의 믿음을 증명해 보이기 위하여 세상에서 가장 값비싼 목걸이를 그녀에게 선물하기까지 한다. 그는 자신이 로즈를 기쁘게 하기 위하여 엄청난 노력을 기울인다고 생각한다. 그는 로즈를 모든 것을 바쳐도 감사할 줄 모르는 여자라고 여긴다.

2단계의 예

《길가메쉬 서사시》에 나오는 '이난나 여신의 신화'에서 이난나가 당하는 배신 중 하나는 지혜의 신에서 나온 것이다. 어느 날 이난나는 그 신을 방문해서는 젊은 여성 특유의 대담함으로 자신이 그의 축복을 빌어 줄 것이라고 으스댔다. 그러나 신은 그녀를 젊은 여인이라 칭하며 하인들을 불러다 그녀를 자신과 똑같이 대접하라고 한다. 한나절 술을 마시고 연회를 베풀고 난 후 그는 호탕하게 웃으며 자신의 모든 신성한 재산을 그녀에게 준다. 그녀는 그가 준 선물을 받아들고는 기쁜 마음을 안고 그를 떠난다. 그는 술에서 깨어난 후 자신의 모든 재산이 그녀에게 넘어간 사실을 알고 격분한다. 그는 하인을 보내 이난나에서 그가 준 모든 재산을 환수해 오라 한다. 그 소식을 전해들은 이난나는 완전히 무너져 내린다. 그녀는 그를 폭군이자 사기꾼에다 터무니없는 거짓말쟁이라고 생각한다.

우울하고 황폐해진 그녀는 세상 모든 개들도 각자 제 집이 있는데 여왕인 자신에게 집이라 할 만한 조금의 공간도 없음을 깨닫는다. 하늘의 주인인 엔릴은 그녀를 세상을 떠도는 방랑자로 만든다. "그가 하늘의 여왕인 나를 실망으로 가득 채웠어. 개도 무릎을 굽히고 앉을 문턱이 있거늘 내게는 내디딜 문턱도 하나 없구나."

길가메쉬도 그녀의 권력을 빼앗기 위하여 모욕을 주고 그녀에게서 등을 돌린다. 그녀는 우르크의 양치기 왕 두무지에게 구애를 받지만 자신은 그를 사랑하지 않고 대신 농부와 결혼하고 싶다는 의사를 여러 번 밝힌다. 그러나 그녀의 엄마와 오빠는 그녀를 설득하여 다른 선택을 하지 못하도록 한다.

이야기를 창조하는 캐릭터의 탄생

〈타이타닉〉에서 로즈는 가족의 유산을 모두 탕진하고 가족을 무일푼으로 남겨둔 채 세상을 떠난 아버지에게서, 그리고 자신에게 억지로 약혼과 결혼을 시키려는 어머니에게서 배신을 느낀다.

〈이브가 깨어 날 때〉에서 에드나의 남편은 늦게까지 밖에서 당구를 친다. 그는 집을 벗어나면 아내에게는 관심이라고는 없다가도 집에 오면 화를 낸다. 그는 특별한 이유도 없이 그녀가 아이들에게 좋은 엄마가 아니라며 그녀를 비난한다. 그녀는 자신의 일거수일투족을 통제하려드는 남편 때문에, 엄마로서의 역할에만 만족하기를 바라는 사회적 편견 때문에, 그리고 엄마 역할들을 너무도 완벽하게 수행하며 외려 자신을 이상한 사람처럼 느끼게 만드는 주변의 다른 여성들 때문에 배신감을 느낀다.

〈아메리칸 뷰티〉에서 레스터는 직장에서 다른 사람을 즐겁게 해주는 사람이다. 그는 자신의 일을 싫어하지만 직업을 유지하기 위하여 미소를 지으며 순리를 따라 간다. 그는 어느 날 상사의 사무실에 불려 들어간다. 그곳에서 그는 상부에서 해고 여부를 결정짓기 위한 자료로 쓰기 위하여 자신이 왜 회사에 가치 있는 사람이라고 생각하는지 그 이유를 적어 내라는 소릴 듣는다. 그는 14년을 몸 바쳐 일한 자신에게 그런 대우를 하는 회사에 분개한다. 그는 자신이 불필요하고 쓸모없는 사람이라고 느낀다. 그날 밤 집에 들어간 그의 모습을 보며 우리는 가정에서의 그의 모습이 회사에서의 그것과 다르지 않음을 짐작할 수 있다. 그는 수동적인 역할을 자처하고 심지어 자동차의 운전대를 잡는 일도 하지 않는다.

자각—여정을 위한 준비

| 사라에게 갑자기 누군가가 나타나 다시 유리 거품을 만들도록 도와주겠다는 제안

을 하는데 그것은 엄청난 대가를 요구하는 일이다. 마음에 결정을 내리지 못하고 고민을 하던 사라는 갇힌 돌무덤 밖으로 빠져 나갈 수 있는 구불구불한 길을 하나 발견하게 된다. 그녀는 난생 처음 신선한 공기를 가슴 깊이 들이마시며 유리 거품을 다시 만들기 위하여 그나마 자신에게 얼마 남지 않은 것들을 다 써버리는 것은 어리석은 일이라는 사실을 깨닫는다.

그녀는 고개를 쑥 내밀고 대체 그 길이 어디로 이어진 것인지 보려 하지만 그 길은 이내 지평선 너머로 사라지고 만다. 그래도 그녀는 모든 것을 운에 맡기고 기운차게 길을 나선다. 몇몇 사람들은 날카롭게 깨진 유리 파편들이 그 길 여기저기에 널려 있다는 사실을 지적하며 그녀의 여정을 막으려 한다.

그 길이 어디로 연결된 것인지 알지도 못하면서 사라는 그녀의 여정에 도움이 되겠다 싶은 도구들을 모두 챙겨든다. 그녀는 주변 사람들에게 작별 인사를 고하며 그들을 자기편으로 만들어 간다. 미처 깨닫지 못할 수도 있지만 그녀는 자신을 옹호해 줄 친구들을 갖게 된 것이다.

주인공은 배신감을 느끼거나 혹은 인생의 냉혹한 현실을 자각했다. 자, 그럼 그녀는 이제 무엇을 할 것인가? 아무런 희망도 그리고 도움을 청할 사람도 없다는 사실은 그녀를 우울증과, 분노, 그리고 비통한 감정의 소용돌이 속으로 밀어넣을 수도 있다.

그녀는 수동적인 길을 선택할 수도 있다. 즉 다른 사람을 탓하거나 자책을 하고, 피해자가 되어 "왜 하필 나에게 이런 일이 생기는 걸까?"라며 묻는다. 또 분주한 일상에 몰두함으로써 상황을 회피하려 하거나 〈타이타닉〉의 로즈처럼 자살을 시도하기도 한다.

또 한편으로, 그녀는 어쩌면 배신이 무엇인지를 깨닫게 되는 적극적인 길을 선택할 수도 있다. 즉 배신을 통해 교훈을 배울 수 있다. 왜냐하면 배신은 자유와 변화로의 초대이자 자신이 원하는 것을 추

이야기를 창조하는 캐릭터의 탄생

구하는 도전의 계기이기 때문이다.

그녀는 처음에는 배신에 대하여 수동적인 반응을 보일 수도 있고 자신이 잃어버린 모든 시간에 몹시 화를 낼 수도 있지만, 곧 그것을 극복하기 위하여 무언가 해보려는 결심을 한다.

만약 그녀가 수동적인 반응을 보이며 방황을 한다면 또 다른 캐릭터가 그녀의 방향을 잡아 자신의 길을 가도록 해줄 수도 있다. 그러나 전환점을 만들고 주요한 목표를 설정하고 이야기를 이끌어 가고 주인공의 삶을 완전히 변화시키는 결정의 주체는 바로 그녀 자신이다. 그녀는 자신이 원하는 것에 대해서는 'Yes', 또 원하지 않는 것에는 분명히 'No'라고 답하겠다는 결심을 한다.

이 즈음이 바로 다른 캐릭터들이 난데없이 등장해서는 그녀는 목표를 성취할 수 없다, 도움이 필요하다, 정신이 나갔다는 둥 여러 말들을 하는 단계이다. 종종 이런 상황은 스스로를 파괴할 의도로 만들어 내는 그녀 자신의 내적인 비판이기도 하다. 그러나 그녀가 당하는 배신의 강도는 그녀로 하여금 이러한 부정적인 마음을 극복해 내도록 압박한다.

만약 그녀가 운이 좋다면 다른 캐릭터는 그녀를 옹호하고 자신의 길을 가도록 지지하며 그녀에게 물을 것이다. "왜 다른 사람들이 당신한테 그렇게 함부로 하도록 내버려두는 거죠?" 그러나 그녀가 곤경이나 실패를 면하도록 설정해서는 안 된다. 그렇게 되면 주인공은 자신의 여정을 향해 떠날 기회를 영영 놓치고 말지도 모른다.

그녀는 아마도 슈퍼우먼 신봉주의를 벗어 버리고 가정이나 직장에서 다른 사람들을 챙겨 주는 일을 거부할 수도 있다. 그 결과에 연연치 않고 사랑하는 사람에게 자신의 진실을 말할 수도 있다. 또 그녀는 상사에게 가서 늘 고대했던 임금 인상을 요구하거나 특별 프로젝트를 맡겨 달라고 요청할 수도 있다. 새로운 영역을 구축할 수도 있다. 자신의 일을 시작하거나 회사를 떠날 수도 있다. 누군가에게 불리한 증언을 하는 일에 동참할 수도 있다. 살인마를 추격하는 일을 할 수도 있다. 자아를 발견하기 위하여 전국을 누비고 여행을 할 수도 있다. 침묵을 요구당할 때 왜냐고 질문을 던질 수도 있다. 자신의 믿음을 위해 투쟁할 수도 있다. 자신이 본 것이 UFO나 유령 같은 황당한 것일지라도 당당히 보았다고 주장할 수도 있다. 그녀의 여성적 직관력은 억압당하지 않을 것이다.

그 결심이 무엇이든 그녀의 삶은 변화하고 그녀는 분명한 목표를 향해 나아간다. 이 단계는 일종의 반전이다. 그녀 삶의 향방은 이 단계의 사건에서 그녀가 내리는 결심으로 인해 영원한 변화를 맞이할 것이다.

대응전략의 무용지물

이 단계에서는 "완벽한 세상"에 적응해 나가기 위하여 그녀가 사용했던 대응전략이 모두 무용지물이 되고 만다. 그녀는 자신의 전형과 그에 해당하는 모든 속성들로 온전히 옮아가기 위하여 그 전략을 포기한다. 대응전략은 그녀로 하여금 배신을 당하고도 알아차리지 못하도록 하던 것이었다. 그녀는 자신의 장점에 전형의 특성이 갖는 유용한 자질들을 더해 자기 식의 전형을 향해 한 발 더 다가간다.

〈델마와 루이스〉에서 델마를 생각해 보라. 그녀는 자각을 하고 루이스와 함께 계속 가기로 결심한다. 그녀는 난생 처음으로 남편이 무슨 말을 할지 혹은 자신의 행동이 어떤 결과를 가져올지를 걱정하지 않는다. 그녀의 눈앞에는 자유가 펼쳐진 것이다.

여정의 준비

이 단계의 또 다른 부분은 여정을 향한 준비를 하는 것이다. 그 길이 어디로 이끄는 것인지도 알지 못하면서 주인공은 자신의 여정에 도움이 될 만한 연장들을 모아서 챙긴다. 그녀는 주변에 작별 인사를 하며 본인은 깨닫지 못하는 사이 주변 사람들을 자기편으로 만들어 간다. 그녀의 마음속에는 어려울 때 그녀를 도와줄 수 있는 사람들의 목록이 만들어진다.

자신의 바구니를 챙겨드는 '빨간 모자'처럼 주인공은 생존에 도움이 되겠다 싶은 도구들을 찾아나서는 것이다. 그러나 문제는 그녀가 아직도 자신을 도울 사람들을 자신의 외부에서 찾고 있다는 사실이다. 그녀의 준비에는 다음의 것들이 포함될 수 있다. 작별 인사를 고하는 것, 그녀가 해야 할 일에 대하여 다른 사람들의 의견을 구하는 일, 무기 모으기(총, 돈, 변장용 도구), 성추행이나 스토킹의 피해자로서 그녀에게 행해졌던 모든 추악한 행위들을 문서화하기, 〈워킹걸〉에 나오는 여자들처럼 아름답고 전문적으로 보이기 위해 필요한 의상이나 소품들을 챙기는 것 등이다.

만약 그녀가 활동가라면, 자신의 표현이 보다 강하게 전달되도록 해주는 신호 같은 것을 만들기 위한 도구들을 챙겨갈 수도 있다. 그녀가 기업과 승부를 벌이고 있다면 그녀는 모든 서류와 자료의 사본을 만들지도 모른다. 그리고 만약 그녀가 폭력적인 남편을 피해 달아나는 엄마라면 떠나기 전에 아이들과 옷가지와 돈을 챙길 것이다.

이러한 도구로 무장한 주인공은 한층 안전하다는 느낌을 받을 수도 있다. 그러나 커다란 늑대의 무시무시한 입으로부터 유일하게 '빨간 모자'를 구해줄 수 있는 그 바구니에는 아무것도 남아 있지 않다. 본질적으로 그녀를 구할 수 있는 것은 그녀 자신의 용기와 지혜이다. 그러나 그녀는 아직은 자기 자신을 신뢰하지 못한다.

멘토가 나타날 수도 있겠지만 대개의 경우 그 멘토는 그녀가 필요로 하는 모든 정보를 갖고 있지는 않다. 왜냐면 여정은 다른 사람들에 의존하기보다는 스스로의 힘을 찾아 나서기 위하여 더 한층 깊은 자신의 내면으로 들어가는 과정이기 때문이다.

회의에 빠진 그녀는 생각한다. "그 사람들의 말이 옳을지도 몰라. 난 정말 이 일을 해낼 수 없어." 그녀는 똑똑하지도 못하고 준비도 충분히 되어 있지 않다는 말들을 듣고는 자신에게는 필요하지도 않은 정보들을 얻으려 시간을 낭비한다. 남자 주인공은 곤경에 빠진 그녀를 구하러 온다. 남자들은 여성들을 돕고 구하는 일이 자신들의 여정의 한 부분이라는 말을 듣는다. 그러나 그렇게 여성들을 도와주는 일은 여성들의 여정을 방해할 뿐이다.

작가인 에이드리언 리치가 칭하듯 여성들의 이런 상황을 이해하는 남성도 있기는 하다. 이런 남성은 그녀가 겪어야 할 어려움들을 이해하는 척하고는 그녀에 대한 지원을 중단해 버린다. 그녀가 자각을 하기 전에 이 남성은 그녀의 목표를 공감하는 듯 보이지만 상황이 어려워지는 이때에는 그녀를 두고 떠나 버린다.

이야기를 창조하는 캐릭터의 탄생

규칙들은 변한다. 갑자기 많은 일이 그녀에게 밀려들게 되고 여정을 떠나려는 그녀의 발목을 잡는다. 학교는 그녀에 대한 정책을 바꾸어 그녀는 학위를 따기가 더욱 어려워진다. 교활한 거짓말쟁이는 이제 고지를 바로 눈앞에 두고 있는 그녀에게 황금 당근을 흔들어 보이며 말한다. "목표에 다가가려 애쓰며 계속 시간낭비나 해보시지." 관공서에서는 그녀를 쫓아다니는 스토커에게 그녀의 새 주소를 알려주기로 한다. 다른 사람들을 다치게 할지도 모른다는 두려움이 그녀를 장악한다. 다른 사람들을 돕는 일을 중단하면서 'No'라고 말하지 못하는 그녀의 성격이 그녀를 점점 궁지로 몰고 간다. 그녀는 다른 사람들의 사건에 휘말린다.

3단계의 예

《길가메쉬 서사시》에 나오는 '이난나 여신의 신화'에서 이난나의 경우, 다른 사람들이 자신의 통치력을 빼앗아 가려는 일을 본 그녀는 눈물을 흘리며 우는 일을 중단해만 한다고 깨닫는다. 그녀는 지하 세계에까지 여행을 가서 자신의 모습과 대면해야 한다. "여정을 준비하기 위하여 그녀는 일곱 개의 메(7개의 챠크라에 상응하는 문명화의 속성들)를 모아 그것들을 왕관이나 보석 그리고 몸을 보호하기 위해 입는 가운처럼 여성적 매력을 더하는 것들로 변형시킨다. 이난나는 지하세계에서 혹시라도 다시 돌아오지 못할 때를 대비해서 친구인 닌슈부르에게 아버지에게 알려달라고 부탁한다.

《오즈의 마법사》에서 도로시는 자신의 집으로 나있는 문을 열었을 때 자각을 하고 오즈의 눈부신 땅을 보게 된다. 그것은 마치 난생 처음 눈을 뜨는 것과 같다. 그녀도 역시 홀로 남겨져서 가족도 없이 혼자서 여정을 떠난다. 가족들이 그녀를 지나치게 보호한 것이다.

〈타이타닉〉에서 로즈에게 각성의 시기가 찾아온 것은 약혼자에게 폭행을 당한 후 엄마가 결혼을 종용할 때이다. 그녀는 옆쪽 테이블에서 하늘거리는 프릴이 가득한 드레스를 입고 앉아 있는 한 소녀를 지켜보는데, 그 소녀는 로즈의 거울인 것이다. 그 소녀는 똑바로 앉아서 냅킨을 바로 접으라는 잔소리를 듣는다. 그 어린 소녀는 자신의 유년기를 빼앗긴 것이고, 로즈는 자신의 여성성을 도둑 맞은 것이다.
그녀는 그때서야 자신이 그토록 염원했던 외향적이고 유쾌한 여성으로 성장할 수 없음을 깨닫는다. 로즈는 마음을 바꾸어 먹고 만나서는 안 될 하류 계층의 예술가 청년인 잭을 만나기로 결심한다. 로즈는 잭이 배의 앞머리에서 양팔을 벌리고 선 그녀를 잡고 있을 때 그를 신뢰한다는 말을 한다. 그녀는 알몸으로 잭의 초상화 모델이 된다. 그녀는 스스로 자신의 껍질을 깬 것이다.

〈이브가 깨어날 때〉에서 에드나는 옳지 않은 일일 수도 있다는 생각을 하면서도 로버트와 해변으로 수영을 하러 나간다. 그녀의 감각을 자극하는 파도가 온몸을 감싸안을 때 그녀는 비로소 자신이 세상 속에 있는 존재라는 사실을 깨닫는다. 변화를 준비하는 그녀는 여성 친구를 찾으려 노력하며 라티뇰 부인에게 모든 것을 털어놓는다. 그러나 뜻대로 되지 않았다. 오히려 역효과였다. 레이즈는 에드나에게 멘토로서 다가오지만 만약 그녀가 사회적 관습을 무시할 거라면 지금처럼 따돌림을 당할 각오를 해야 한다고 경고한다.

〈아메리칸 뷰티〉에서 레스터는 자신의 딸이 친구와 자신에 관한 이야기를 주고받는 것을 우연히 엿듣는다. 잠시 후 그는 급히 차고로 가서 아령을 찾아내고 주섬주섬 옷을 벗는다. 완전히 알몸이 된 그는 자신의 몸을 가만히 살펴본다. 그러고는 운동을 시작한다. 그는 바로 변화의 첫 걸음을 내딛은 것이다.

이야기를 창조하는 캐릭터의 탄생

하강—심판의 관문을 통과

> 사라는 유리 거품 바깥의 세상이 조금은 불편하지만, 호흡하는 공기는 훨씬 신선하
> 다는 사실을 의식한다. 그녀는 자신이 챙겨온 무기들을 움켜쥐고 지하세계로 통하
> 는 관문 앞에 서 있다. 그녀는 자신을 방해하는 두려움에 맞서 자신을 막아서는 거
> 짓말쟁이들과 폭군들 앞에서 당당히 'No'라고 말한다.
> 그 문으로 걸어 들어간 그녀는 계단으로 내려가 그곳에서 그녀를 기다리고 있는 또
> 다른 여섯 개의 문들을 발견한다. 이제 돌아 나오기에는 너무 늦었다.
> 성공의 길로 연결된 각각의 문 앞에는 문지기가 나와 그녀가 챙겨 왔던 무기를 빼
> 앗는다. 그녀는 맨손인 채로 어둠 속에 우두커니 홀로 남겨진다.

이제 주인공은 일생일대의 중대한 결심을 하고 그녀에게 다가오는
변화들을 정면으로 돌파해야만 한다. 그녀가 앞으로 나아가려 할 때
그녀는 여성은 나약하고 수동적이며 무능하다는 사회적 인식들과
맞서야 할 수도 있다.

주인공은 회의보다 더욱 위태로운 장애물인 두려움과 마주한다.
그녀는 어쩌면 지금까지의 여정을 다시 되돌리고 싶어 할지도 모른
다. 그녀는 자신이 갖고 있는 무기들—조작, 협박, 미인계, 힘들었던
과거와 상처들—을 이용해 보려 하지만 통하지 않는다.

그녀는 심판의 관문을 하나씩 통과하면서 지나는 과정에서 두려
움에 직면하고 자신이 갖고 있던 무기를 상실한다. 그녀는 자신을 구
해줄 것이라고 믿었던 모든 주변의 기기들을 빼앗긴다.

이 단계에서 그녀가 직면하는 것이 6단계에서 맞이할 죽음에 대
한 전조에 불과하다는 것을 명심하기 바란다. 이 단계에서 〈오즈의

마법사〉의 도로시는 자신을 필요로 하는 가족을 두고 집을 떠나는 것에 대한 죄의식을 느끼는데, 그녀의 가출이 정말로 이모의 죽음을 가져오는 6단계에서는 그 죄책감과 대면하게 된다. 6단계에서는 주어지는 보상의 크기는 더욱 커진다.

이난나는 7개의 관문을 지나면서 자신을 꾸며 주는 장신구와 여왕의 신분임을 나타내는 것들을 하나씩 잃어 버린다. 여기서 7개의 관문이 의미하는 것은 신체의 7개의 차크라(기氣가 모여 있는 부위)와 영적 여정에 의구심을 불러일으키는 7개의 악령이며 동시에 무지개의 일곱 빛깔을 나타내기도 한다.

모든 사람들은 자신들의 여정을 떠나는 과정에서 이러한 관문들에 직면할 수 있다. 어떤 관문을 설정해 주인공의 길을 막아설지, 또 그 관문들을 어떻게 이야기 속에서 구성해 가는가는 전적으로 작가의 손에 달린 문제이다.

궁극적으로 주인공은 하강의 과정에서 모든 통제권과 무기를 내려놓고 자신을 완전히 굴복시켜야만 한다. 만약 그녀가 수치심에 사로잡혀 있다면, 그녀는 수치를 당할 것이고 그렇게 함으로써 수치심과 대면하고 또 언젠가 그것을 치유하게 된다. 만약 그녀가 겪는 어려움이 생존의 문제라면 그녀는 생계수단을 잃게 되고 그래서 나중에는 자활을 하게 된다.

〈오즈의 마법사〉의 도로시에게는 집과 가족 모두 중요하다. 그것들이 그녀에게는 생존을 의미한다. 그녀는 오즈의 땅에서 스스로의 힘으로 사라져 버린 자신의 집과 가족을 찾아낸다. 이야기의 줄거리가 그녀가 집으로 돌아오는 길에 찾게 되는 것들에 관한 것인 반면,

이야기를 창조하는 캐릭터의 탄생

하강은 두려움, 아주머니를 두고 떠나온 죄책감, 오즈뿐 아니라 숲에서의 환상, 그리고 새 친구들을 사귀고 관계를 맺어 가는 상황에 관해 그리고 있다.

주인공은 남성성의 여정에 사용되는 저항의 길, 즉 일들의 흐름을 막아서는 길은 접어야 하는 대신 사건의 흐름과 함께 발맞춰 갈 수 있는 길로 옮겨가 침착하게 대처해 나가야 한다. 도로시가 허수아비와 사자에게 찾아주는 "두뇌"와 "용기"를 이제 그녀가 찾아 나서야 한다. 후일 승천을 할 때 그녀는 양철인간의 "심장"을 갖게 되는 법을 배워 연민의 마음으로 용기와 두뇌를 조화롭게 조절할 수 있게 된다.

그녀는 믿어서는 안 되는 사람이나 상황을 알려주는 자신의 직관을 믿는 법도 신뢰해야 한다. 그렇지 않으면 그녀는 그 어디로도 연결되지 않는 엉뚱한 문을 열고서 잘못된 길로 접어들 수 있다.

그녀는 난생처음으로 악당과 그 패거리들과 대면하고 가까스로 살아남는다. 그러나 그녀는 쓰러지고, 자신이 단 1분도 버티지 못할 것이라고 생각한다. 이것은 그녀가 예상했던 상황이 아니다.

그녀는 짧은 순간이었지만 그 이전의 훨씬 편안했던 때를 회상한다. 어쩌면 그녀는 안전했던 예전의 세계로 돌아가고 싶어 할지도 모른다. 바로 이런 이유로 예전의 세계는 그녀에게 가혹한 세상으로 그려져야만 한다. 그녀가 느끼는 배반의(또는 자각) 상처는 이러한 상황에서도 이를 악물고 버텨내게 할 만큼 지독한 것이어야 한다. 그녀는 익숙함이 주는 안락과 그녀에게 있던 것들을 활용하기를 갈망할 것이다. 그녀는 자신이 실제 원하는 것보다 작은 것들에 만족하고 싶어질 것이다.

예를 들어 그녀가 직업을 그만둔다면 다른 일자리를 잡지 못할 수도 있고, 그래서 고지서만 쌓여 간다. 그녀는 사는 집에서 쫓겨난다.(생존) 남편이 그녀를 두고 떠났다면, 그녀는 완전히 외로움에 휩싸이고 우울증에 빠진다. 그러나 그녀의 남편은 아무 일도 없었다는 듯 어느 날 그녀의 삶 속으로 다시 들어오려 할 수도 있다.(거절과 외로움) 그녀는 자신에게 언어적·육체적 폭력을 가했던 그 사람과의 대면을 강요당할 수도 있다.(힘) 그녀는 다른 누군가를 또는 무엇인가를 구하기 위하여 모욕을 당하고 상처를 받을 수도 있다.(수치심) 그녀는 갖고 있는 모든 것과 알고 있는 모든 것을 포기하고 달아나야 할지도 모른다. 어쩌면 새로운 도시나 나라로 숨는 모험을 감행해야 할 수도 있다.(지지) 그녀는 신비스럽거나 초자연적인 체험을 통해 그녀 자신이 다른 사람들과는 뭔가 다르다는 느낌을 받을 수도 있다.(환상과 직관) 그녀는 살인마가 어디에 있는지 알아내기는 했지만 현장에 도착했을 때 그녀의 눈에 들어온 것은 죽어 가는 또 다른 희생자다. 그녀는 형편없이 실패를 하고 말았지만 뭔가 단서를 찾아낸다.(죄책감)

그녀는 나쁜 늑대와 마주쳤을 때 사용할 만한 것이라고는 아무것도 없는 바구니를 들고 가는 '빨간 모자'와 같다. 오직 두뇌와 용기만이 그녀를 안전하게 할머니 집에 이르게 하는 힘을 준다. 이 단계는 공포영화에서 자주 여성 주인공들과 함께 나타난다. 여성은 살인마를 만나게 되고 그 살인마는 그녀를 집요하게 따라붙으며 지옥으로 이르는 그녀의 하강이 시작된다. 수많은 공포영화를 보라. 여성들은 가진 것이라고 몸에 걸친 얇은 옷밖에 없는 상태에서 난관을 이겨내야만 한다.

《길가메쉬 서사시》에 나오는 '이난나 여신의 신화'에서 이난나는 하강을 하며 7개의 관문을 지날 때마다 심판을 받고 발가벗겨지고 수치를 당한다. 그녀에게서 벗겨진 옷은 하나씩 그녀의 차크라 중심에 덮어진다. 그녀는 7개의 메 모두를 빼앗기고 몸에는 아무것도 걸치지 않은 채 지하의 여신 에레쉬키갈 앞에 남겨진다. 지나가 버린 그녀의 모든 환상과 거짓된 신분, 그리고 그녀를 보호해 주었던 것들은 이제 지하세계에서는 아무런 쓸모가 없게 되었다. 그녀는 자신이 죽는 대신 다른 사람의 장례를 지켜보며 죽음에 대한 힘과 깨달음을 얻고 싶다고 말한다. 그러나 지하세계로 들어온 이상 이난나는 오직 한 사람의 장례, 즉 자신의 죽음을 지켜보아야 한다.

〈오즈의 마법사〉에서는 도로시의 여정을 돕기 위하여 다홍색의 실내화가 한 켤레 주어진다. 그녀는 숲으로 모험을 나서고, 가는 도중에 몇몇 조력자를 만난다. 그들은 허수아비를 태우려는 서쪽마녀와 마주친다. 도로시는 그녀에게 말한다. "저는 더 이상 어떤 문제도 겪고 싶지 않아요. 여기에 오기까지 이미 멀고 험난한 길이었거든요!" 그러자 마녀가 말한다. "겨우 그 정도를 갖고 먼 길이었다고 말하니? 이제 겨우 시작일 뿐이야." 그리고 그들은 섬뜩한 야생동물들이 우글대는 어두운 숲으로 하강한다.

〈타이타닉〉에서 로즈와 잭은 약혼자의 사주를 받은 무리들의 추격을 받아 배의 깊숙한 곳으로 하강을 한다. 둘은 함께 배의 구석진 곳으로 숨어들고 로즈는 잭을 유혹한다. 잭은 억울하게 누명을 쓰고 붙잡힌다. 로즈는 구조선에 오르기를 거부하고, 생명에 대한 위험을 무릅쓰며 잭을 구하려 한다.

〈이브가 깨어날 때〉에서 레이즈는 피아노를 치고, 그 모습은 에드나의 감정 밑바닥에 도시리고 있던 고통을 불러일으킨다. 에드나는 다시 바다로 나가 수영을 하고 너무 멀리까지 나가게 되자 겁에 질려 어쩔 줄을 몰라 한다. 그녀는 남편에게 이 일을 말하는데, 남편은 그녀를 계속 지켜보고 있었다는 말을 한다.

그녀 안에서는 어떤 변화가 일기 시작했고, 그녀는 자신의 결혼 생활의 실상을 파악해 보기로 결심한다. 남편은 그녀에게 밤에는 나다니지 말라고 명령처럼 말을 하지만 그녀는 그의 말을 거역한다. 그러자 남편은 그녀를 탓하며 전보다 더 많은 시간을 밖에서 보내고, 그녀는 하는 수 없이 남편보다 먼저 들어갈 수밖에 없게 된다. 그녀는 일부러 결혼반지를 망가뜨리려 하고, 출장길에 동행을 하자는 남편의 제안도 거절해 버린다. 전화도 받지 않고 사람들과의 교류도 끊고 오로지 그림만 그리며 모든 시간을 보내기로 마음먹는다. 그녀의 남편은 왜 그녀가 갑자기 평등권을 들먹이는지 그 이유를 알기 위하여 의사를 찾아간다.

〈아메리칸 뷰티〉에서 레스터는 부인에게 말한다. "이건 제대로 된 결혼 생활이 아니었어. 그래도 내가 잠자코 있었기에 어쩌면 당신은 행복한 사람이었지. 그렇지만 이젠 내가 바뀌었다고." 이때 레스터의 하강은 시작된다. 그는 조깅을 하고 마약에 손을 대고 그의 부인은 어떻게든 그런 그를 막아 보려 애쓴다.

레스터는 직장에 사표를 내던지고 상사를 협박한다. 그는 집에 돌아와 저녁식탁 앞에서 소리를 질러대고 음식을 엎어 버리기도 한다. 그는 그동안 그토록 갖고 싶었던 스포츠카를 덥석 사버린다. 그는 자아를 찾기 위한 노력을 하고 있다.

폭풍의 눈

사라는 지하실 바닥에 무너지듯 주저앉는다. 어둠 속에서 어떤 소리라도 들으려 하지만 세상은 고요하기만 하다. 그녀는 깊은 안도의 한숨을 몰아쉬고 몸의 긴장을 푼다. 사라는 과거를 돌아보며 자신은 날카롭게 깨진 유리 거품 조각을 하나도 밟지 않았음을 깨닫는다. 그녀는 다친 곳도 없고 상처 하나 없이 멀쩡하다.

이야기를 창조하는 캐릭터의 탄생

> 그녀는 멀리서 빛을 발견한다. 그것은 그녀의 발자국이 닿을 때까지 그녀를 다른 세계로 이끌고 여정을 완성시켜 줄 그 빛이다.

그녀는 두려움 혹은 악역과 직면을 하고 난 후 지난날을 돌아본다. 그간 자신에게 일어났던 일들을 받아들이며 그래도 모든 일들을 잘 해냈다고 생각한다. 그녀는 그릇된 안정감에 젖어든다. 그녀는 어쨌거나 어느만큼은 해낸 것이다. 그녀는 자신이 이제 이 여정의 끝자락에 와 있다는 생각을 하며 잠시 동안 여정이 그렇게 어려운 것은 아니었다는 느낌을 갖는다.

그러나 일들이 그리 쉽게 되지는 않는다. 그녀에게는 여전히 해결해야 할 문제들이 있고 목표를 향해 열심히 나아가야 하지만, 문제들과 대면하는 것은 결코 호락호락한 일이 아니다. 이제 그녀는 자신의 상처를 보듬고 스스로를 격려하며 집에 돌아갈 열망으로 모두에게 자신이 겪은 일들을 말한다.

비록 거짓된 것이지만 그녀는 작은 성공을 맛본 뒤 성공이 얼마나 근사한 것인지를 느끼는데, 이것은 나중에 그녀의 성공을 향한 동기에 불을 지필 것이다. 그녀는 일시적인 안정감을 느낀다. 책을 읽는 독자 혹은 영화를 보는 관객은 이즈음에서 여정이 아직은 끝나지 않았다는 단서를 접하게 되고, 만약 아직도 이야기가 반이나 남았다면 더더욱 많은 이야기가 계속 이어질 것이다.

그녀는 자신의 이야기를 떠들어대지 말 것이며 그렇게 해야 안전해질 수 있단 말을 듣는다.

그녀는 자신의 연인과 시간을 보내며 다시 모든 게 괜찮아졌다고 느낀다. 오랜 기간 노력을 기울였던 무언가를 성취하고 어쩌면 그것을 원래 자신이 꿈꿨던 목표로 대체시켜 버리려 할 수도 있다.

남편이 다시 집으로 돌아올 수도 있고, 그래서 남편은 그녀를 외로움에서 벗어나게 해줄 손쉬운 도피처가 될 수도 있다.

그녀를 학대하던 사람이 체포된다.

결국 그녀가 승진할 것이라는 소식을 듣는다.

이제 모든 것이 끝났으므로 더이상 고민할 필요가 없다는 말을 듣는다.

그녀는 자신이 매우 가치 있는 사람이며 그동안의 일은 모두 그녀가 꿈을 꾸고 있었던 것이라는 말을 듣는다.

자주 그녀의 그릇된 안정감은 몽타주 화면이나 행복감과 희망을 보여 주는 장면의 연속으로 전달된다. 주인공은 약간 긴장을 풀고 어쩌면 잡지 말아야 할 기회를 덥석 잡을지도 모른다. 악역은 그런 그녀를 비웃으면서 음모를 짜고 지켜보며 때를 기다리고 있다.

조연들은 그녀를 집으로 데려가려고 한다. 그들은 자신들이 속해 있는 세계의 틀을 혹시 그녀가 깨버린다면, 어떤 일들이 닥칠지 알 수 없어 불안함을 느낀다. 만약 그녀가 성공을 거둔다면 그들의 세계도 역시 영향을 받을 것이기 때문이다. 그들은 말한다. "만약 그녀가 떠날 수 있다면, 우리 삶은 또 어떨까? 우리들이 원래 우리가 속해 있던 완벽한 세계 속에 그대로 남고 싶어 하는 건 당연하잖아."

그녀는 자신보다 더욱 곤궁에 처한 다른 누군가를 만날 수도 있다. 그녀는 자신이 이곳에 있는 이유가 바로 다른 사람들을 도와주기

이야기를 창조하는 캐릭터의 탄생

위해서라는 생각을 하며, 그 사람에게 도움을 줄지도 모른다. 그녀는 남을 돕는 과정을 꼭 거쳐야 할 필요는 없지만 얼마 지나지 않아 자신의 고통을 체험하는 것이 유일한 탈출구임을 깨닫는다.

《길가메쉬 서사시》에 나오는 '이난나 여신의 신화'에서 이난나는 어둠의 여신 에레쉬키갈을 만나 자신이 보러 온 장례식의 한 순서로 그녀와 함께 눈물을 나누며 운다. 이난나는 에레쉬키갈이 자신을 반겨 주자 일단은 성공했다고 생각한다. 왜냐면 그녀가 에레쉬키갈을 직접 만나고도 살아남은 유일한 사람이기 때문이다.

5단계의 예

《길가메쉬 서사시》에 나오는 '이난나 여신의 신화'에서 이난나는 어둠의 여신 에레쉬키갈을 만나 자신이 보러 온 장례식의 한 순서로 그녀와 함께 눈물을 나누며 운다. 이난나는 에레쉬키갈이 자신을 반겨 주자 일단은 성공했다고 생각한다. 왜냐면 그녀가 에레쉬키갈을 직접 만나고도 살아남은 유일한 사람이기 때문이다.

〈오즈의 마법사〉에서 빛 속으로 발을 내딛은 도로시는 독이 가득한 치명적인 양귀비 들판을 지나 이제 오즈의 문 앞에 서 있다. 그들이 해낸 것이다. 그들은 환호 속에 안으로 들어가 귀빈 대접을 받는다.

〈타이타닉〉에서 로즈는 잭이 자신을 따라 곧 그의 보트에 오를 수 있을 거란 생각을 하며 구명보트 위에 오른다. 마치 둘은 환란 속에서 역경을 뚫고 꼭 살아남을 것처럼 보인다. 그러나 그녀는 의구심을 갖게 된다.

〈이브가 깨어날 때〉에서 에드나의 남편은 출장을 떠나고, 아이들은 할머니 댁으로 갔다. 홀로 남아 시간을 즐기는 에드나는 고요함과 만족감을 느낀다. 그녀는 새로운 친구를 사귀고 새로운 일들을 한다. 그녀는 경마에서 돈을 따기도 하고 아로빈이라는 새로운 남자를 만난다. 그녀는 혼자서 더 작은 집으로 이사할 결심을 한다. 그녀는 더이상 남편의 소유물이 아니다. 자신의 삶을 스스로 꾸려 가고 싶을 뿐이다.

〈아메리칸 뷰티〉에서 레스터는 처음으로 자신의 삶에 행복감을 느끼는 것처럼 보인다. 그는 조깅을 하고 덕분에 몸도 좋아진다. 그는 그동안 꿈꾸었던 젊은 여성(딸의 친구)과 잠자리를 할 기회를 얻지만 끝내 그녀를 거절하는 고결한 결단을 내린다. 그는 마음을 잘 가다듬어 가는 것처럼 보인다.

죽음—모든 것의 상실

> 사라는 발자국 소리가 점점 가까이 다가오고 있음을 느낀다. 그녀가 가지고 있던 모든 무기는 사라졌다. 그녀를 조롱하듯 커다란 물체가 자신에게 다가서자 그녀는 구석으로 몰려 몸을 웅크린다. 공기 중에는 더러운 먼지가 날리고 악취가 풍긴다. 왜 그녀는 여기로 온 것인가? 이제는 희망도 남아 있지 않다. "나는 포기했어. 나는 이 일을 해낼 수 없어." 그녀는 옆으로 돌아누우며 눈을 감는다. 그녀에게는 싸울 힘이 조금도 남아 있지 않다.

갑자기 돌아온 악역은 180도 돌변한 모습을 보인다. 모든 것을 끝낸 주인공은 이제 새 사람이 되어 예전의 삶으로 돌아갈 수 있다고 생각하고 있었지만, 모든 일이 다시 되풀이되고 있는 것이다. 이 단계는 반전과 같아서 모든 것을 상실한 듯 보이는 어둠의 순간을 끝으로 막이 내린다.

악역은 여전히 사회의 관습적인 성향을 지니고 있어서 강요당하는 여성은 저자세를 취해야 하고, 그래서 그녀를 구해주는 다른 사람들을 기분 좋게 만들어 줘야 한다. 그녀는 자립을 하려 할 때 지지를 받지 못한다.

악역은 더이상 그녀를 비웃지 않는다. 그는 그녀가 이룬 성취로 인해 위기의식을 느껴 그녀를 망쳐 버릴 궁리를 한다. 그는 그녀의 내면에서 일고 있는 혼란이 자신의 일을 반쯤은 대신해 주고 있다는 사실을 눈치 챈다. 그는 그저 그녀에게 더 많은 압박을 가하고 무시하고 그녀의 약점을 부각시키기만 하면 된다. 그는 그녀에게 또 다른 배신감을 주거나 그녀가 스스로를 사람 취급도 못 받는 바보라고 느끼도록 만들면 된다.

그녀는 정신적으로 사로잡히고 굴욕을 당하고 이리저리 채이고 버려져서 죽는다. 모든 것이 끝이 났다. 그녀는 여정도 실패했고 패배를 받아들인다. 그녀는 상황의 급변에 혼란을 느끼고 방황하며 이 모든 것이 어디서부터 잘못된 것인지 이해하지 못한다. 그녀는 다른 편에서 그녀를 기다리고 있는 선물을 볼 겨를이 없다.

만약 남편이 그녀를 버리고 떠난다면, 이때가 바로 남편이 다른 여자들과 함께 있는 기막힌 장면을 목격하는 때이거나 동시에 자신의 직업이나 집, 돈 등 모든 것을 상실하는 때이기도 하다.

만약 그녀가 공격을 당한 적이 있다면, 이때 바로 자신을 공격했던 사람과 맞닥뜨리게 되고 그로부터 자유로워지는 시점까지 위험은 더욱 커진다.

만약 그녀가 업무에서 제외되었다면, 이때 기다렸다는 듯 그녀에게 돌아갈 승진의 기회가 다른 누군가에게 넘어가 버린다. 그들은 서류를 조작해서 그녀를 나쁜 사람으로 몰아 해고시킬 수도 있다.

그녀는 자신이 덫에 걸려들었을 뿐 아니라 모욕을 당하고 모든 사람들로부터 차단되고 있음을 알게 된다. 그녀는 다시 한번 배신을 당한 것이다. 그녀는 어쩌면 말 그대로 죽음의 체험과 대면할 수도 있다.

4단계 하강은 그녀의 내적 갈등과 혼란을 보여 주었다. 그러나 이 단계는 외부적으로 드러난 그녀와 악역과의 갈등을 만들어 가는 구성을 보여 준다. 빨간 모자는 숲에서 늑대와 대면을 했었다. 그러나 이제 그녀는 늑대가 할머니를 먹어치웠고, 그녀까지도 잡아먹으려 한다는 사실을 직면해야만 한다. 이 단계는 조연들을 등장시켜 상황을 주인공에게 더욱 불리하게 악화시켜 나가기에 아주 좋은 지점이다.

여성 주인공을 내세우는 많은 소설들은 이 지점에서 끝을 맺기도 하는데 특히 버지니아 울프나 이디스 워튼의 소설이 그러하다. 그들 시대의 주인공은 사회에 맞서고 관습을 무시하려 했으나 옹호를 받지 못했으므로 이 단계를 뛰어넘은 성공에 이를 수 없었던 것이다. 그녀들을 도와주고 지지를 보내는 사람이 아무도 없었다. 그녀는 배척을 당하다 죽음을 선택하거나 그렇지 않으면 순교자 같은 예전의 삶으로 돌아가야 한다.

재클린 미처드의 《사랑이 지나간 자리》에서 주인공은 잃어버린 아들을 찾는 데 집착하면서 하강을 한다. 죽음의 단계에서 그녀는 삶의 모든 것을 내려놓고 우울증에 못 이겨 잠을 자며 시간을 보낸다. 그녀는 "영혼의 어두운 밤" 속으로 빠져 버린다.

《길가메쉬 서사시》에 나오는 '이난나 여신의 신화'에서 이난나는 어둠의 여신 에레쉬키갈과 얼굴을 마주하고 선다. 지하세계의 관문에 있는 만물을 꿰뚫는 심판관은 이난나 안에 조각난 채 숨겨진 부분을 감지해 내고는 그녀를 비난한다. 에레쉬키갈이 "유죄"라고 외치자 이난나는 죽임을 당한다. 그녀는 쐐기에 매달린 채 서서히 부패되어 간다.

〈오즈의 마법사〉에서 마법사는 도로시에게 마녀의 빗자루를 가져오지 않으면 소원을 이루어 주지 않겠다고 한다. 이는 도로시에게는 또 하나의 배신이며 이야기의 반전이다. 빗자루를 찾기 위해 떠나는 그녀의 여정에서 도로시는 사악한 서쪽마녀에게 납치되어 사형선고를 받는다.

〈타이타닉〉에서 로즈는 구명보트에서 뛰어내려 잭을 향해 필사적으로 나아간다. 그들은 입맞춤을 나눈다. 잭이 그녀에게 왜 그렇게 했는지 이유를 묻자 그녀는 대답한다. "당신이 뛰었잖아요. 그래서 나도 뛰어내린 거예요. 기억나요?" 그녀의 마음을 사로잡고 있는 것은 잭뿐이다. 그녀는 그와 함께할 수 있다면 어떤 위험도 감내할 것이다. 자신의 곁에 있는 그와 함께라면 그녀는 죽음과도 맞설 수 있다. 그 영화의 나머지 부분은 서서히 가라앉는 배를 보며 엄습해 오는 죽음에 갇혀 있는 그들의 모습으로 그려진다.

〈이브가 깨어날 때〉에서 에드나는 아이를 출산하는 친구를 도우려 서둘러 친구의 집을 향해 간다. 친구가 감당하고 있는 끔찍한 출산의 고통이 그녀를 겁먹게 한다. 그녀가 자리를 뜨려 하자 친구는 자신은 에드나와 아로빈과의 불륜을 모두 알고 있노라며 "아이들 생각을 해봐"라고 말한다.

에드나는 아이들 때문에 고통스러운 삶에 발목이 잡혀 살고 있다고 느낀다. 그녀는 새로 이사 간 집으로 돌아왔을 때 평생의 사랑이었던 로버트가 영원히 그녀의 곁을 떠났다는 사실을 알게 된다. 로버트는 에드나가 자신 때문에 남편과 가정을 버리고 떠나올 경우 그 이후에 닥칠 온갖 조롱을 마주할 자신이 없었던 것이다.

에드나는 잠시 아무것도 걸치지 않은 채 해변에 서 있다. 그녀를 옹호해 줄 유일한 사람은 사회적 관습을 어김으로 인해 그녀가 감당할 고립에 대한 위험을 알려주는 여성뿐이다. 에드나는 바다로 걸어 들어가 자신의 죽음을 향해 수영을 한다.

〈아메리칸 뷰티〉에서 레스터는 의자에 앉아 자신의 가족사진을 감상하다 한 남자가 쏘는 총알에 머리를 맞는다. 그 남자는 자아를 찾아 떠나는 여정에 두려움을 느끼는 사람이다. 우리 사회는 관습을 타파하기를 원하는 남자들이 설 자리도 없는 곳이다.

지지

사라는 축축한 마룻바닥에 몸을 누이고 눈과 귀를 모두 막고 있다. 그녀는 탈출구를 찾을 길이 없다. 한 줄기 빛도 보이지 않아서 왼쪽도 오른쪽도 분간하지 못한다. 그녀를 부르는 소리가 들려온다. 그녀는 가만히 고개를 쳐든다. 멀리서 성냥 불빛이 위로 향하는 계단을 비추고 있다. 그 계단은 처음부터 늘 그곳에 있었지만 그녀의 눈에는 보이지 않았던 것이다. 그녀는 몸을 추스르며 일어나 빛을 따라 움직인다. 그녀는 생각한다. "이곳엔 언제나 나 혼자였다고 느꼈는데."

여성성의 여정은 한 개인과 그룹간의 관계를 포함하고 있다. 주인공

이야기를 창조하는 캐릭터의 탄생

은 스스로 자각을 경험하고 다른 사람들의 도움을 받아들이겠다는 의지로 눈을 뜬다. 그녀는 두 번 다시 배신당하지 않는다. 왜냐면 그녀에게는 자신만의 힘이 있고, 절대 빼앗길 수 없는 자아실현을 경험했기 때문이다. 그녀는 마치 감방 안에서 누릴 수 있는 영혼의 자유를 발견한 죄수와 같다. 다른 사람들이 그녀에게 무슨 짓을 하려고 하든 또 무엇을 빼앗으려 하든 이제는 문제될 것이 없다.

그녀는 다른 사람들의 모습을 있는 그대로 수용하고 서로를 지지할 수 있는 여성성의 측면도 기꺼이 받아들인다. 그녀는 우리 모두가 함께 공유한다는 일체감도 깨닫기 시작한다.

아이를 양육했던 많은 여성들이 자신을 도와줄 커다란 여성 공동체를 가지고 있지 못하다는 사실에 절망한다. 우리가 갖고 있는 것은 고립된 가족 단위이기 때문에 급하게 이웃에게 내 아이를 부탁하던 그런 시절은 모두 지나갔다. 수적으로는 그 힘이 작지 않기 때문에 그녀는 비록 자신을 이해하는 사람이 단 한 명뿐이라 해도 그룹의 일원이 되는 것도 나쁘지 않다고 느낀다.

어떤 경우, 미스터리나 영웅 이야기에서 주인공은 다른 사람들이 모두 죽고 사라져서 자신이 완전히 혼자라는 사실을 알게 된다. 이런 경우 이미 다른 인물이 그녀가 탈출구를 찾는 데 필요한 도구를 마련해 두거나 정보를 제시해 둔다. 주인공은 여전히 도움을 받고 있는 것이다. 또 다른 경우, 그녀는 여전히 혼자이지만 자신의 믿음을 통해 힘을 얻거나 잔다르크처럼 영적 힘을 통해 안내를 받는다.

남성 주인공이 그룹 전체에 스스로의 힘으로 자신을 증명해 보일 필요가 있는 반면, 여성 주인공은 스스로에게 자신을 증명해 보이고 이 지식을 그룹 전체와 나눈다. 그녀는 자신이 여자라는 사실을 받아들이고 그것을 긍정적인 것들로 껴안는다. 이전에 그녀는 자주 남성들의 세계 속에서 살아가는 남성이 되려 했었다. 이제 그녀는 자신만의 세계를 분명히 규정짓고 있다.

주인공은 다른 사람의 도움을 받아들여 활력을 얻는다. 그렇게 도움을 준 사람은 그녀가 걸어가는 내적 여정의 여러 가지 유익한 면들을 볼 수 있다. 그녀의 여정은 다른 사람들에게 영향을 주고 또 안내자 역할을 하기도 한다. 그러므로 여정은 주인공이 어느 날 손에 받아든 유인물 같은 것이 아니라 그녀가 삶을 통해 전달해 주는 실례인 것이다. 매우 자주 조연들은 자신들의 문제를 극복하는 데 어려움을 겪지만, 그들은 주인공을 도와주면서 그에 대한 보상을 받기도 한다.

7단계의 예

《길가메쉬 서사시》에 나오는 '이난나 여신의 신화'에서, 3일이 지나자 그녀의 친구 닌슈부르는 이난나의 아버지 앞에 이난나의 일을 알리고 나선다. 그녀의 외할아버지인 엔키를 제외한 그 어느 누구도 그녀를 지원해 주지 않는다. 엔키만이 하강의 가치를 알고 있는 유일한 사람으로 그는 2명의 자웅양성雌雄兩性 인간을 지하세계에 보내 에레쉬키갈과 함께 애도하며 연민의 마음을 보여 주고자 한다. 그러자 에레쉬키갈은 이난나를 부활시켜 생명을 주며 말한다. "지하세계에서 아무런 징표도 없이 무사히 살아나간 사람은 아무도 없다. 만약 이난나가 돌아가기를 소원한다면 그녀는 자신의 세계에 속한 누군가를 대신 제물로 바쳐야 한다."

이야기를 창조하는 캐릭터의 탄생

〈오즈의 마법사〉에서 사악한 서쪽 마녀에게 붙잡힌 도로시는 죽게 된다. 그녀의 친구인 허수아비와 양철 인간, 그리고 겁쟁이 사자가 도로시를 구하기 위하여 온다. 그들은 그녀를 구하면서 그들 자신의 심장과 용기, 그리고 두뇌를 발견하게 된다. 도로시에게는 자신을 지지하고 돌보아 줄 친구가 있는 것이다. 그 친구들은 자신들의 안전을 희생하면서 그녀를 돕는다.

〈타이타닉〉에서 로즈에게는 활동적이고 야심 찬 자신의 욕구와 유사한 잭이 있다. 잭은 그녀에게 용기를 주고 안내자 역할을 하지만 '로즈를 구할 사람은 로즈 자신'임을 인정한다. 그는 로즈를 위해 대신해 주기보다는 그녀가 변화하는 데 필요한 공간과 지식과 모범을 제공해 준다. 잭은 영화 전체를 통해 그녀가 하강을 할 때, 그리고 죽음을 맞이할 때도 그녀를 돕는다. 죽음이 다가온 그때 잭은 로즈에게 그녀는 반드시 살아남아서 둘이 얘기했던 모든 일들을 그녀가 꼭 이루어야 한다는 약속을 받는다.

〈이브가 깨어날 때〉에서 에드나의 여정을 도울 이는 아무도 없다. 사회에 맞서 싸우기에 그녀의 힘은 턱 없이 부족하고, 그렇다고 그녀의 여정을 위해 자신들을 희생할 만한 다른 사람들이 있는 것도 아니다. 그녀는 철저히 홀로 남겨진 채 죽음 혹은 예전 삶으로의 회귀라는 선택의 기로에 서 있다. 만약 그녀가 관습을 무시하고 자신이 원하는 삶을 산다면 그녀는 그로 인해 겪게 될 고립감을 이겨낼 수도 없을 터이고, 또한 자신의 행동으로 인해 자녀들이 사회 속에서 받게 될 편견도 감당할 수가 없다.

〈아메리칸 뷰티〉에서 삶을 변화시키고자 노력하는 자신을 지지하고 옹호하는 사람이 아무도 없음을 깨달은 레스터는 진짜 남자라면 일을 하고 가족을 부양하고 보호해야 한다는 관념들을 모두 내려놓는다. 그가 속해 있던 세계는 안전하지만 기능적 문제를 안고 있다. 그는 그 세계로 다시 돌아가는 대신 자아를 발견하고자 했다.

부활—진실의 순간

사라는 다시 한번 그 문들을 지나면서 자신이 갖고 있는 모든 도구들을 함께 모은
다. 그녀는 빛 속으로 한 발을 내딛는다. 모든 것이 예전과 똑같지만 지금 그녀에게
는 그 모든 것들이 완전히 달라 보인다.
적극적인 자세로 그녀는 목표를 향해 나아간다. 그녀는 더 이상 주변에서 일어나는
일에 그저 반응할 줄만 알았던 두려움에 떨고 있는 작은 소녀가 아니다. 이제 그녀
는 자신이 원하는 일을 할 수 있는 강한 여성이 된 것이다.

자신의 힘을 발견한 주인공은 결의를 다지며 열정적으로 목표를 향
해 나아간다. 폭군도 모든 시련도 이 단계에서 그녀에게는 그저 우스
운 존재일 뿐이다. 그녀는 삶에서 더 큰 그림을 보며 이제는 자신이
예전의 모습으로 돌아갈 수도 없고 또 그러기를 원하지도 않는다는
사실을 깨닫는다.

그녀는 지난 모든 묵은 때를 벗겨내고 완전히 새로운 힘을 움켜
쥐고 호랑이굴을 향해 곧장 걸어 들어간다. 그녀는 죽음을 두려워하
지 않는다. 왜냐면 완벽한 세계에서 자신은 이미 죽고 없는 사람이었
다는 사실을 깨닫고 있기 때문이다. 그녀는 '폭풍의 눈' 기간 동안 성
공을 맛보았고 그래서 성공의 열매는 달콤하다는 사실을 알고 있다.
이제 그녀는 모든 것을 원하고 있다. 그녀는 자신이 하강을 하면서
모든 것들을 포기했다는 사실을 믿지 못한다.

주인공은 경계를 설정하고 행동에 옮기고 자신의 내부에서 들려
오는 마음의 소리에 귀 기울이는 법을 배웠다. 그녀는 자신의 정체

이야기를 창조하는 캐릭터의 탄생

성과 무기를 되찾고 두려움은 스스로 만들어 낸 것이라는 사실을 깨닫는다. 그녀는 용기를 찾고 두뇌를 사용하며 자신을 사랑하게 된다. 용기, 두뇌, 그리고 사랑하는 마음, 이 세 가지 조합은 그녀의 성공에 필요한 것이다. 사랑과 연민의 마음을 갖게 되는 것이 이야기에 꼭 필요한 내용으로 쓰인다면 그것은 사랑의 마음이 있기에 주인공이 절대 살인 같은 극단적인 행동을 저지르지 못할 것이라고 말하는 것은 아니다. 사랑하는 마음을 지닌다는 것은 판단력과 유대감과 자신의 행동에 대한 책임감을 갖고 있음을 의미한다. 그것은 야수와 같은 반응적인 분노에서 오는 것이 아닌 사무라이처럼 고요함에서 기인하는 행동이다. 사랑의 마음을 지닌 그녀에게는 힘이 있다. 그녀는 두려움에서 반응을 하는 것이 아니라 힘과 진심에서 우러나는 행동을 하고 있는 것이다.

그녀의 목표는 손을 뻗으면 닿을 만큼 가까이에 와 있다. 그녀는 이제 그 마지막 단계를 밟아 가야 한다. "그녀가 과연 해낼 것인가?"라는 물음은 독자가 생각해야 할 몫이다. 때때로 이 단계는 그녀가 맨 처음 악역과 마주했을 때의 하강의 단계를 잘 보여 준다.

그녀는 변화된 자신을 보여 주기 위하여 마지막 발걸음을 내딛는다. 예전에 눈물을 흘렸던 바로 그곳에서 지금 그녀는 활짝 웃고 있다. 예전에 망설이고 주저했던 그녀는 이제 열망으로 가득하다. 예전의 수줍고 확신이 없던 그녀는 이제 대담해졌다. 예전의 거칠고 무감각했던 그녀는 이제 남을 배려하는 사려 깊은 사람이 되었다. 예전의 나약하기 그지없던 그녀의 모습은 이제 투지에 불타는 강한 사람으로 변모했다. 지금의 그녀는 이전 대응전략들의 상반되는 것들까지도 구현하고 있다.

《길가메쉬 서사시》에 나오는 '이난나 여신의 신화'에서, 지하세계에서 이난나가 하강을 할 때 에레쉬키갈의 악령들 둘이 그녀를 대신할 사람을 찾기 위하여 따라나선다. 이난나는 악령들이 어떤 아이도 데려가지 못하도록 한다. 이난나가 나타났을 때 그녀의 남편은 고귀한 왕좌에 앉아 있으면서 그녀의 권력을 이용해 자신의 입지를 더욱 공고히 하는 일에만 몰두했고, 왕좌에서 내려와 그녀를 도와달라는 부탁을 거절한다. 화가 난 이난나는 남편에게 자신이 경험했던 것과 같은 하강을 하도록 만들고, 그의 얼굴에 죽음의 눈을 박는다. 악령들은 그를 지하세계로 데려간다.

〈오즈의 마법사〉에서 사악한 서쪽 마녀가 도로시와 그의 친구들을 죽이려 할 때 도로시는 물 양동이를 마녀에게 끼얹어 죽게 한다. 그리고 그녀는 마법사에게 상으로 자신들의 소원을 들어 줄 것을 요구한다. 도로시는 마법사가 아무런 힘도 없는 그저 나이 든 작은 노인에 불과하다는 사실을 알게 되었을 때 또 다른 환상과 마주한다. 그녀는 자신 안에 언제나 집으로 다시 돌아올 힘이 있었다는 사실을 배운다. 그녀는 그때 막 그 사실을 깨달은 것이다. 그녀는 자신이 지나온 여정에서 경험하고 극복했던 모든 일들을 돌아보며 자신이 실제로 얼마나 강한 사람인지를 깨닫는다.

〈타이타닉〉에서 잭은 하강을 하는 로즈를 내내 옹호하고, 그녀가 내딛는 발걸음마다 용기를 심어 준다. 힘든 상황이 와도 그는 그녀를 떠나지 않는다. 그는 그녀에게 숨을 참고 구명조끼를 입으라고 말하며 시련 속에서 그녀를 이끌어 준다. 그는 어떤 일이 있어도 그녀는 살아남아야 한다는 다짐을 받고 그녀를 위해 자신의 생명을 희생한다. 그가 죽자 그녀는 맞잡았던 그의 손을 놓아 주고 안전과 자유를 향해 헤엄쳐 간다. 그녀는 이제 마음을 가다듬고 힘을 낼 수 있게 된 것이다.
구조선인 카르파티아 호에 오른 그녀에게 완벽한 세계로 다시 돌아갈 마지막 기회가

이야기를 창조하는 캐릭터의 탄생

주어진다. 그리고 지금 잭은 이미 이 세상 사람이 아니다. 그녀는 약혼자를 피해 자신을 숨기고 새로운 신분으로 새로운 세상을 살아간다.

〈이브가 깨어날 때〉에서 에드나는 여정에 필요한 어떤 지원과 옹호도 받을 수 없었으므로 그녀의 여정은 이 마지막 단계에서 비극적 최후를 맞이한다. 어떤 이들은 그녀가 자살을 선택한 것은 그것이 그녀에게 자유를 찾을 수 있는 유일한 방법이었기 때문이라며 그 결말을 해피엔딩이라고 말한다. 에드나는 자신의 삶은 그녀 자신의 것이기에 스스로 파멸을 선택할 수도 있는 것이고, 그리고 사회가 그녀 앞에 만들어 놓은 환상 따위에 절대 빠져들지 않을 것이라고 단호히 주장한다.

〈아메리칸 뷰티〉에서, 마찬가지로 아무런 지지도 받지 못했던 레스터도 이전 단계에서 죽음을 맞이했다. 전체 이야기가 죽은 레스터의 회상을 통해 그려지면서 그의 죽음은 그에게 삶의 가치를 알게 해주고 이제 그는 더 이상 억울해하지 않고 평화를 찾았다.

완벽한 세상으로의 귀환

사라는 완전한 자각을 통해 이전의 완벽했던 세상으로 다시 돌아온다. 그녀는 자신의 친구들이 유리 거품에 둘러싸여 있는 것을 똑똑히 보고는 그들 모두를 간절히 돕고 싶어 한다.
한 친구가 일어서며 유리 천장에 머리를 부딪친다. 그녀는 마치 한 번도 머리를 부딪쳐 본 적이 없는 사람마냥 천장을 올려다본다. 미소를 머금은 사라는 그 친구를 향해 걸어간다.

주인공은 자신이 얼마나 멀리 왔는지를 보려고 집으로 돌아온다. 그녀는 자신의 목표를 이루기는 했지만, 예전의 역할로 돌아가라는 압박을 받지 않고도 이 완벽한 세상을 다시 마주할 수 있을까?

이 단계는 주인공이 다시 완벽한 세상 속으로 돌아와 그 세상의 의미를 보게 되는 좀더 작은 클라이맥스이다. 그녀의 경험을 통해서 다른 사람들이 변화되고 어쩌면 그들은 자신의 두려움까지 마주해야 할 수도 있다. 그녀는 한때는 그들과 같은 사람이었지만 이제는 더 나은 삶을 살고 있다. 그러면 다른 사람들도 그녀처럼 변화할 가능성이 있다는 말인가?

보통 자각을 경험하기 이전의 주인공과 가장 가까웠던 사람이 그녀의 변모한 모습에 가장 큰 영향을 받는 사람이 될 것이다.

그녀는 다른 누군가를 선택해서 여정을 떠나게 하고 이 순환은 계속 이어지면서 다른 사람들과 그 경험을 공유하게 된다. 그녀가 바로 다음 차례로 여정을 떠나는 사람들에게 든든한 지원군이 되는 셈이다.

많은 여성 작가들은 자신들의 글이 곧은 직선으로 끝나기보다는 순환의 고리처럼 단편적인 사건들로 연결되어 있다고 생각한다. 어떤 사람들은 여성 이야기의 모델은 결말이 없다고들 한다.

여성을 다루는 이야기들도 결말은 있다. 결말에 가서는 여성들이 목표를 이루고 자신들의 삶과 성격에서 분명한 변화를 가져오지만, 때로 직선 뒤에 존재하는 계속적인 순환의 고리를 이어 가는 어떤 삶을 넌지시 암시하기도 한다. 이 여정의 마지막 단계에서 그러한 삶이 보여질 수도 있다.

이야기를 창조하는 캐릭터의 탄생

결말에 가서 남자 주인공이 여성을 쟁취하거나 외형적인 보상을 받는 반면 여자 주인공은 내적인 그 무엇, 계속적으로 이어지는 정신적인 보상을 받는다. 그녀가 목표를 이루고 삶을 변화시켰다고 해서 사회 전체가 그녀와 함께 변화되는 것은 아니다. 우리가 속해 있는 이 세계에는 여전히 폭군과 나쁜 사람 그리고 강간범과 성차별주의자가 존재한다. 그녀는 단지 이러한 장애물을 대적할 만한 더 많은 준비를 갖추고 있을 뿐이다.

　　이야기 자체가 그녀의 여정이나 과업을 완성시키도록 하는 결말을 갖고 있으므로 독자들에게 여성들도 성취하고 성공할 수 있다는 희망의 메시지를 남겨 준다. 결말이 없는 여성들의 이야기를 쓰고자 하는 사람들은 순환적으로 사건들을 묘사해 가고 이전 단계에서 주인공의 성공적인 결심을 다지기 위해서는 비록 성공이 그녀의 목표를 접는 것일지라도 이 단계를 활용하는 또 다른 선택을 고려해 볼 수도 있다.

9단계의 예

《길가메쉬 서사시》에 나오는 '이난나 여신의 신화'에서 두무치의 누이는 이난나에게 두무치를 도와달라고 간청한다. 그녀가 그를 대신해서 1년 중 절반은 지하세계에 있겠다고 맹세하자 이난나는 그녀의 청을 받아들인다. 그의 누이는 다른 사람의 여정을 돕기 위하여 기꺼이 다시 하강을 하게 될 이난나의 동정 어린 마음의 은유적 표현인 것이다.

《오즈의 마법사》에서 도로시는 완벽한 세상으로 다시 돌아온다. 그녀는 반가운 마음에 이모를 향해 뛰어간다. 분명히 많은 시간이 지난 후였고, 모두는 그녀가 어딘가 멀리 있었다는 사실을 알고 있다. 그녀의 삼촌은 새 집을 짓는데, 그것은 도로시가 겪은 모든 변화를 상징하는 것이다. 도로시는 여정에서 있었던 일을 말하고 싶어 안달이고 다른 사람들도 그 이야기를 듣고 싶어 참을 수가 없다.

영화에서 도로시는 여정에서 일어났던 모든 이야기를 들려주지만 사람들은 그녀의 이야기를 믿으려 하지 않는다. 그러자 그녀는 집을 떠나지 말았어야 했고, 자아는 뒷마당에서나 찾을 일이며, 그래서 모험 같은 것은 하지 않는 게 맞다고 한다. 도로시는 완벽한 세상으로 돌아오게 되자 다시 같은 주문에 걸려 버린 것이다. "세상에 내 집처럼 편안한 곳은 없어요. 두 번 다시 집을 떠나지 않을 거예요"라고 그녀는 말한다. 아무도 그녀의 이야기에 귀를 기울이지 않고 관심을 갖지 않는다. 그래서 그 어느 누구도 그녀의 경험에서 얻어진 혜택을 받지 못한다.

〈타이타닉〉에서 첫 무대는 나이를 먹어 늙은 로즈가 다이아몬드를 찾아나선 선원과 자신의 경험을 나누면서 시작된다. 모두가 그녀의 이야기에 넋을 잃고 과학적 자료에 근거했던 그들의 역사적 시각은 완전히 바뀌어 버린다.

영화의 끝은 초반부의 타이타닉의 완벽한 세계와 비슷하게 생긴 배의 뒤쪽에 있는 로즈의 모습으로 마무리된다. 그녀는 손에 들고 있던 다이아몬드 목걸이를 바다에 빠뜨리고 우리는 여러 해 동안 그녀가 이루어낸 많은 성취들을 보여 주는 장면을 보게 된다. 그녀는 하늘을 날고 말을 타고 산타모니카 부두로 간다. 로즈의 이야기를 들으며 손녀딸은 눈물을 흘리고, 그녀의 이야기로 인해 변화가 시작된다.

〈이브가 깨어날 때〉에서 죽음의 단계에서도 귀환은 동시에 일어난다. 에드나는 생을 마감하기 위하여 이야기가 처음 시작되었던 그랜드 아일랜드로 돌아온다. 그녀는 잠시 머뭇거린다. 바다에 빠질 듯 날개를 퍼덕이는 새 한 마리를 물끄러미 지켜보며 그녀는 초반에 들었던 이야기를 떠올린다.

〈아메리칸 뷰티〉에서 로터리를 돌아 나오듯 레스터는 자신의 죽음 이후를 1인칭으로 묘사하면서 완벽한 세상으로 귀환한다. 이제 그는 모든 것을 달리 보고 있다. 그는 어느 것도 바꾸지 않을 것이다.

이야기를 창조하는 캐릭터의 탄생

23

남자의 인생,
진정한 자아의 발견

남자의 삶은 목표를 향해 나아가기 위하여 협력자들과 필요한 도구들을 모으는 과정이다. 그는 죽음과 마주하여 부활을 향한 변화를 감내하고 마침내 승리를 거두거나 또는 실패한다. 승리를 거둔 그의 삶은 사회적 권위와 자신의 역할에 의문을 제기하면서 자신의 진정한 자아를 발견함으로써 끝이 난다. 이 새로운 이야기의 모델에서 남자가 자각의 기회를 맞이하는 것은 3막이지만 그는 어쩌면 그 기회를 붙잡지 않을 수도 있다. 9단계의 과정은 고전적인 이야기 구조를 반영하는 3막의 구성을 통해 표현된다.

완벽한 세상

> 존이라는 이름의 남자가 에베레스트 산을 올려다보며 서 있다. "나는 알아. 난 이
> 산을 오를 수 있다고." 그는 생각한다. "나와 같은 많은 남자들이 여기서 목숨을 잃
> 었어. 하지만 난 성공할 거야. 그래서 모든 사람들이 나를 믿고 의지하게 될 거야."
> 존은 이 산의 정상에 오를 그날을 그리며 여러 해를 보냈다. 그에게는 힘과 열정이
> 있고 그리고 그의 뒤에서 온 세상이 그를 향한 지지를 보내고 있다. 그는 장비를 꺼
> 내 들고 정상을 향한 발걸음을 내딛는다.

온 세상이 기회들로 넘쳐나는 듯 보인다. 주인공은 자신이 원하는 것
이 무엇인지만 결정하면 된다. 사회는 그에게 진짜 남자가 되려면 성
공을 하라고 말한다. 그러나 그는 아직 성공의 의미가 무엇인지를 자
기 자신에게 물어보지 않았다. 그저 사회의 지침을 따를 뿐이다.

만약 주인공이 "대체 무엇을 위해서 이렇게 살고 있지?"라는 의
문을 제기하고 그래서 〈아메리칸 뷰티〉의 주인공 레스터처럼 자신의
삶을 변화시키기 위한 즉각적 움직임을 보인다면, 그는 여성성의 여
정을 밟게 되는 것이다. 만약 그가 자신을 돌아보고 자신 안에 들어
있는 악의적인 모습을 대면하려는 의지가 없다면 그는 하강의 단계
를 건너뛰고 그 자신의 외형적 목표에만 집중하게 된다. 그는 자신의
상징적인 죽음과 변화와 마주하는 대신 여자를 얻고 나쁜 사람을 죽
이고 도시를 구할 것이다.

앞에서 말했듯이 사회에는 남자들을 성공 지향으로 만드는 세 가
지의 기대치가 있다. 과업달성Perform, 부양Provide, 그리고 보호Protect이
다. 이러한 기대치는 무의식적으로 주인공에게 동기를 부여하여 그

이야기를 창조하는 캐릭터의 탄생

로 하여금 인생에서 성공이 아닌 다른 방향을 관조할 기회를 차단시켜 버린다. 그는 자신이 진정 원하는 것을 추구하기보다는 자신의 앞에 펼쳐진 이상들을 좇음으로써 좁은 시야를 갖게 된다. 제드 다이아몬드는《전사의 귀환》에서 다음과 같이 적고 있다. "우리의 중심이 공허하기에 우리 사람들은 삶의 단서들을 외부에서 얻는다. 우리의 가장 큰 두려움은 외적인 것들—집, 배우자, 원칙, 지위—을 잃어버릴 경우이다. 그때 우리는 극심한 공허감에 빠져 버린다."

남성들이 요구받는 세 가지

<u>과업달성</u> '진짜 남자'라는 개념은 직업적 성취나 생계를 위한 어려운 업무와 연관된다. 이 남성은 직업적 성취를 성공 그리고 남자다움과 동일한 개념이라고 믿는다. 그는 "내가 승진하면 임금을 올려 받거나 파트너 관계의 대우를 받게 될 것이다. 잘 길들여진 개처럼 조직에서 잘 버티고만 있으면 그것은 내 손안에 들어오게 돼 있어"라고 생각한다. 팀플레이를 잘하게 된다는 것은 조직과 밀접한 관련이 있으며, 그것은 더 나아가 한 개인으로서의 그의 진정한 욕구를 억누른다. 긴장을 푸는 것, 그리고 그저 "그 자리에 존재 한다"는 것은 허용되지 않는다. 그는 가족을 희생하고 자신의 건강을 해치면서도 계속 전진 또 전진해야만 한다.

주인공은 육체노동을 하는 직업을 가질 수도 있고 또 열심히 일하는 성공적인 사람일 수도 있다. 그가 더 많이 일을 하면 할수록 더 좋은 것이다.

<u>부양</u> 진짜 남자라면 부인의 직업 여부와 상관없이 돈을 많이 벌어서

가족을 부양해야 한다. 남자는 돈이 있다면 성공을 한 것이라고 믿는다. 그가 어떤 방법을 동원해서 돈을 벌었는가는 더이상 중요하지 않고, 그가 돈을 갖고 있다는 사실만이 존재할 뿐이다. 그는 "여자들은 일이 있어도 또 없어도 상관없지만 남자들에게 일은 선택의 문제가 아니라 반드시 있어야 하는 것이다"라는 말을 들어 왔다.

때로 가족을 부양해야 한다는 책임감은 남자로 하여금 미친 짓을 하게 만들 수도 있다. 그렇다고 "여자는 가족을 부양하지 않아서 이런 스트레스에 직면하지 않는다"는 말을 하는 것은 아니다. 단지 사회가 남자들로 하여금 부양의 의무를 짊어지도록 요구한다는 의미이다. 대부분의 남자들은 육아를 하며 집안을 돌보는 일을 직업으로 선택할 수도 있고 또 그들이 그런 사람들 중 한 사람이 될 수도 있다는 생각은 하지 않는다.

<u>보호</u> "진정한 남자라면" 약자를 보호하고 복수를 꿈꾸며 자신의 감정을 드러내지 않는다. 강인한 남자의 코드에 맞춰 살아가는 남자는 무고한 사람들을 보호하고 모두가 기댈 수 있는 든든한 바위 같은 사람이 되는 것이 자신의 일이라고 생각한다. 이러한 특성은 여성들을 불행한 결혼생활로부터 구해 세상에 대한 눈을 뜨게 해주어야 한다고 생각하는 '여자의 남자' 전형과 잘 맞아떨어진다. 누군가를 보호해야 한다는 그의 강박관념이 얼마나 거칠고 또 감동이 없는 것인지, 그리고 그것이 자신만의 자유로운 생활을 빼앗고 있는지를 알기나 하는가?

대부분의 총격전이 많이 등장하는 서부영화나 액션영화에서 우리는 주인공의 남자다운 외모와 어두운 시선 뒤에 대체 무엇이 있는

이야기를 창조하는 캐릭터의 탄생

지 알지 못한다. 우리는 그 사람의 복수와 의무감을 넘어서서 그 사람의 실체나 그가 무엇에 관심이 있는지는 알 수 없다.

새로운 이야기 모델

이와 같은 영웅들을 다루는 새로운 이야기 속에서는 주인공이 자아 발견을 위한 자아 분석과 성장을 시작하면서 그 변화가 그려진다. 잘 만들어진 액션영화에서 이 단계를 보여 준다.

〈스리킹즈〉의 3막에서, 세 명의 주인공은 그곳에 사는 사람들을 이해하게 되고 또 그들을 구하기 위하여 금을 포기할 결심을 굳힌다. 그러면서 그들 자신들의 기분이 점점 좋아진다는 사실을 깨닫는다. 그들은 불가능한 상황에서 그곳 사람들을 구하는데, 총이나 거친 방법은 사용하지 않는다.

〈매트릭스〉의 3막에서 네오는 결국 사랑(감정과 느낌)에 의해서 다시금 자각을 하고—마치 '잠자는 숲속의 미녀'처럼—무기를 사용하는 대신 자신을 믿고 내려놓음으로써 싸움에서 이긴다. 본질적으로 네오는 1막에서 자각을 하고 여성성의 여정 위에 있지만, 3막에서 다시 한번 자각을 경험한다.

당신의 주인공이 일반적인 거친 남성으로 설정되기는 하지만, 후반부에 가면 모든 것이 변화되어 그가 비록 내적 변화인 여성성의 여정에 있지 않더라도 강한 인물의 전형이 구체화될 수 있다.

1단계는 그를 옹호하는 지원체계를 보여 준다. 그는 아마도 모든 것을 가진 사람처럼 보일 수도 있다.

- 주변에 친구들이 많을 수도 있다.
- 최고라는 찬사를 받거나 상을 받을 수도 있다. 자존심이 강해서 자존심 때문에 얻는 힘도 또 그로 인해 겪는 고통도 모두 내려놓질 못한다.
- 그의 앞에는 탄탄한 직업이 펼쳐져 있고 은행계좌에는 잔고가 가득 차 있을 수도 있다.
- 그가 공사장에서 일을 하고 있다면 그는 그곳에서 가장 매력적인 사람일 수도 있다. 아놀드 슈왈츠제네거나 실베스타 스텔론 혹은 스티브 시걸, 이들 모두는 단단한 근육질의 몸과 자신들을 누구보다 돋보이게 하는 카리스마를 갖고 있다. 청룽은 무술실력을 겸비한 남성적 매력을 갖고 있다.

작가 로버트 블라이처럼 이 단계는 주인공의 삶에서 잃어버린 본질—"자기 안에 숨겨진 거친 야성"—을 암시해 주기도 한다. 주인공은 보다 큰 전체적 관련성과 우리 모두가 공유하는 관계를 알고 있는 것은 아니다. 그는 자신의 감정을 억누르며 참여자가 아닌 과학자와 같은 시각으로 세상을 바라보고 있다.

많은 전쟁에 관한 영화에서는 아무런 감정도 없이 싸우고 죽이는 사람들을 보여 주는데 그들은 후에 싸움을 멈추고 자신들이 저질렀던 만행들을 둘러본다. 이 영화의 종반에 나오는 어린아이를 안전한 곳으로 데려가는 군인의 이미지는 그 캐릭터가 이 단계에서부터 얼마나 많이 변화했는지를 말해 준다.

이 단계에서 주인공은 대개 어떤 전형이든 조력자들을 만나게 되는데 그들은 주인공이 잘 알지 못하는 우리 삶의 본질적이며 본능적

이야기를 창조하는 캐릭터의 탄생

이고 또 원시적인 측면을 알고 있는 사람들이다.

《길가메쉬 서사시》에서 첫 번째 기념비는 영원히 기려지는 왕실과 자신 개인의 업적을 뒤로하고 떠나간 유명했던 예전의 국왕 길가메쉬의 지혜를 칭송하는 나레이션과 함께 시작된다. "길가메쉬에게 삶은 참으로 웅대한 것이다. 그는 사람들로부터 추앙과 존경을 받는 경외의 대상이다. 그의 세계는 스스로를 증명해 보이고 싶어 하는 열망을 제외한다면 완벽하기 그지없다."

〈스타워즈〉에서 루크 스카이워커의 삶은 만족할 만하다. 물론 그의 삼촌이 자신을 농장에 남아 있으라고 강요하는 것은 마땅찮지만 그렇다고 일들이 잘 안 풀리는 것은 아니다. 그는 가족의 부양을 도와야 한다는 책임감을 느끼고는 있지만 한편 제다이 기사단이 되기를 원하고 있다. 그는 필사적으로 자신이 살고 있는 행성에서 벗어나고자 한다.

〈스리 킹즈〉에서 걸프전이 끝나자 국가를 위해 나라를 지키는 역할을 맡았던 모든 사람은 이제 곧 집에 간다는 희망에 부풀어 파티를 열고 있다. 아치(조지 클루니 분)는 기자와 섹스를 즐기고 있다. 모든 일이 그의 뜻대로 척척 풀리는 듯 보인다.

〈모비딕〉에서 이스마엘은 세상 구경을 하고 견문을 넓힌다는 희망을 품고 작은 마을로 여행을 떠난다. 그는 잠자리를 구하고 배에 승선하게 된다. 그러나 그의 모험은 그다지 완벽하지 않을 것이라는 암시를 주고 있다. 세상은 그가 상상하는 것만큼 그렇게 완벽한 곳이 아니다.

〈롱 키스 굿나잇〉은 크리스마스를 즐기는 행복한 시골 마을의 전경을 보여 주며 시작한다. 사만다/찰리(지나 데이비스 분)는 산타클로스 부인으로 분장하여 크리스마스 퍼레이드에 참가한다. 그녀는 주위의 모든 친구들을 집으로 초대하여 크리스마스 파티를 벌인다. 기억상실증을 앓고 있다는 사실을 제외한다면 그녀의 삶은 더없이 완벽하게만 보인다.

친구와 적

> 존은 산을 오른다. 정상으로 다가갈수록 공기는 희박하고 온도는 차가워진다. 추위로 인해 손가락은 장갑에 얼어붙었고 등에 짊어진 배낭의 무게는 천근만근으로 어깨를 짓눌러 온다. 그는 그날 밤만은 모든 일정에서 벗어나 쉬고 싶은 생각이 간절하다.
>
> 그는 멀리서 반짝이는 캠프의 불빛을 발견한다. 다른 사람들이 그와 함께 있어 그는 위안을 느낀다.

이 단계에서는 동지 혹은 적이 나타나 주인공을 압박하여 다가오는 소명에 응답하도록 이끈다. 그는 지금껏 주인공이 기다려 왔던 소식을 들고 올지도 모른다. 또 주인공이 열심히 찾고 있던 정보를 손에 쥐고 있을 수도 있다. 주인공의 생명을 구해줄 수도 있는 반면 주인공의 경쟁상대로 보일 수도 있다. 또 인맥을 동원해 주인공이 다른 누군가를 만나도록 도울 수도 있다. 후일 주인공에게 요긴하게 쓰일 방편을 알려줄 수도 있고 주인공의 자존감을 북돋아 주거나 자신감을 주기도 한다. 주인공을 위해 모든 일을 엉망으로 만들어 놓고 나

이야기를 창조하는 캐릭터의 탄생

중에 새로운 방향을 제시할 수도 있다.

때로 주인공은 자신의 목표를 성취하기 위하여 다른 이들의 도움을 필요로 한다. 혼자서 은행을 털 수 있거나 운전하는 동시에 총을 쏘아 댈 수 있는 사람이 몇 명이나 있겠는가? 이야기의 끝에서 그는 결국 자신이 혼자라는 사실을 알게 될 것이다. 그러나 적어도 지금은 팀을 꾸려 여정을 떠날 준비를 한다.

이 단계는 상황에 따라 3단계로 바뀔 수도 있다. 만약 주인공이 소명에 대한 협조자를 필요로 한다면, 친구나 적 같은 캐릭터를 등장시켜 그를 돕게 하면 된다. 만약 주인공이 분명한 목표가 있어서 모험을 통해 소명에 대한 응답을 하려 한다면 이 캐릭터들은 나중에 등장시켜서 그의 여정을 돕도록 한다.

우리는 주인공이 이런 등장인물들 속에서 함께할 때 빛이 난다는 사실을 알 수 있다. 등장인물들은 주인공을 화나게 만들어 자신들의 행동에 반응하게 하거나 또는 주인공의 마음을 편안하게 해주어 속마음을 드러나게 함으로써, 주인공의 전형적인 특성이 드러나도록 돕는다. 만약 옆에서 하는 일마다 제동을 걸며 화를 돋우는 동료라도 없다면 외로운 경찰은 어디로 가겠는가?

2단계의 예

《길가메쉬 서사시》에서 근본적으로 길들여지지 않은 남자인 엔키두는 백성들을 혹독하게 다스리는 길가메쉬와 한 판 전쟁을 벌이기 위해 우르크로 향한다. 엔키두는 전쟁에서 패배하자 "세상에서는 힘이 센 것이 가장 강한 것"이라는 길가메쉬의 주장에 동의하여 그들은 서로에게 헌신적인 친구가 된다.

〈스타워즈〉에서 루크 스카이워커는 로보트 C-3PO, R2-D2, 오비완 케노비, 한 솔로, 츄바카를 만나게 된다. 그는 결국 스스로의 힘으로 궁지에서 벗어나지만 그럼에도 그는 자신을 지원해 주고 가르침을 줄 팀의 일부인 것이다.

〈스리 킹즈〉에서 아치는 누군가가 금괴의 위치를 알려주는 지도를 손에 넣었다는 사실을 알고 그 지도를 그들에게서 빼내려 한다. 그러나 그렇게 되면 그들이 자신을 쉽게 고발해 버릴 것이고, 결국은 아무도 금을 차지할 수 없음을 깨닫는다. 그는 혼자 힘으로는 도저히 금을 훔쳐서 빼내올 수 없음을 알고 모두가 합심하여 한 팀으로 움직이기로 결심한다.

〈모비딕〉에서 이스마엘은 퀴퀘그를 만나 아합 선장의 포경선인 피쿼드 호에 올라 고래 잡는 작살꾼이 되기로 서명한다. 그들은 다른 선원들과도 친구가 되어 그 무리에 합류한다.

〈롱 키스 굿나잇〉에서 사만다/찰리의 주변에는 늘 많은 사람들이 있다. 그녀는 딸도 있고 남자친구도 있고 또 교사라는 직업도 있다. 그러나 그녀의 삶은 뭔가가 비어 있는 듯하다. 그녀는 자신이 누구인지를 기억하지 못한다. 그녀가 아는 것은 어느 날 눈을 떠보니 자신이 바닷가에 있었다는 사실이다.

사립 탐정 헤네시(새뮤얼 L. 잭슨 분)는 그녀의 잃어버린 기억과 과거를 찾는 일을 도와줄 유일한 사람이다. 그는 그녀와 함께 그녀의 잃어버린 과거를 추적해 가며 그녀의 파트너가 된다.

소명을 받다

> 존은 캠프장에서 가서 친구들을 사귀는데, 그 친구들도 존과 같은 여정을 걷는 사람들이다. 존은 그 친구들과 함께 있으면 집에 있는 듯 편안함을 느낀다.
> 다음 날, 그는 동이 터오르자 모든 이들을 깨워 산 정상에 오르겠다는 다짐을 하며 다시 등반길에 오른다.

주인공은 악역 같은 다른 사람으로부터 또는 자신의 자아로부터 나오는 소명을 받아 목표를 이루기 위하여 여정을 시작한다. 이 지점에서 그는 아직 자기 내면의 소리를 듣지 못하고 있기에 자신에게 가장 중요한 것이 무엇인지, 또 자신이 원하는 것이 무엇인지 잘 알지 못한다.

소명의 여러 가지 표현

<u>도전</u> 악역은 주인공의 주변을 맴돌며 그가 어떤 성격을 가진 사람인지 알아내려 뒷조사를 하고 있을 수도 있다. 그는 주인공에게 미끼를 던져 주인공이 그것을 덥석 받아먹는지 볼 것이다. 이를 통해 주인공은 공공연하게 드러나고 어쩌면 자신의 강점이나 약점이 악역에게 노출될 수도 있다. 주인공의 승리를 향한 욕망과 성공을 향한 투지는 그를 추진시키는 강력한 힘이 된다. 그래서 그는 눈앞에 해야 할 일들을 거절하지 못한다.

<u>놀라움</u> 주인공은 목표를 좇아 성공의 기회만을 기다리며 살아왔기에, 부름을 받게 되리라고는 전혀 예상하지 못한다. 그러나 부름의 상황

은 그의 앞에 다가와 있다. 어쩌면 악역이 더욱 놀랄 수도 있다. 왜냐면 그는 주인공의 존재 자체를 인지하지 못하고 있었기 때문이다. 특별히 주인공이 뛰어나게 재능이 있거나 똑똑한 사람이라면 악역과의 대결구도에서 긴장감을 고조시킨다.

주인공의 갈망 또는 자아 주인공은 스스로 자신의 소명을 창조해 내기도 한다. "나는 그것이 필요해"라거나 "나는 이것을 원해" 또는 "나만이 그런 일을 할 수 있다고"라는 식으로 말한다. 그는 어쩌면 자신에게 주어진 과업을 완수하고 곤경에 처한 다른 이들을 도와주거나 혹은 자신의 일에만 몰두하여 자신을 돕는 일만을 하기를 원할 수도 있다.

주의 돌리기 주인공은 잘못된 생각이나 여정 그리고 목표에 사로잡힌다. 조연이 일을 망쳐 놓아 주인공을 타락의 길로 인도하기도 한다. 혹은 이야기 전체가 또 다른 캐릭터가 주인공에게 인지시켜 놓은 잘못된 믿음에 근거하여 구성되기도 한다.

명령 소명에 대한 응답을 하는 것은 주인공의 몫이다. 만약 주인공인 그가 소명을 받고도 그에 불응한다면 그는 자신의 일이나 정체성을 잃게 될 것이다. 이 시점에서 주인공은 소명을 실행에 옮기도록 요청받거나 강요당할 수도 있다. 소명은 여러 가지 목적을 수행하는 역할을 한다.

전조 주인공은 이야기 속에 설정된 더 큰 목표와 유사한 작은 목표를 이루어낸다. 그는 마치 현재는 자신을 위해 마라톤을 하고 있지만 훗날에는 어린 생명을 구하기 위한 목적으로 달리기에 참가하는 사람과도 같다.

각성 중요한 목표를 향해 나아가는 주인공의 앞을 첫 번째 장애물이

이야기를 창조하는 캐릭터의 탄생

가로막는다. 주인공에게는 모든 일들이 그저 쉽게만 보이기에 그는 힘든 장애물을 처음으로 맞닥뜨리기 전까지는 자신의 목표라든가 또는 주변의 악역에 대해서도 그다지 깊은 관심을 기울이지 않는다. 이러한 상황은 액션영화의 초반에 주인공이 악역과 대립하지만 악역은 후일의 재대결을 기약하며 상황을 모면하고 빠져나가는 장면으로 묘사되기도 한다.

<u>이야기의 반전</u> 주인공은 자신 주변에서 벌어지는 일들을 이해하지 못한다. 그는 모든 일이 잘 돌아가고 있었는데 어느 날 자신을 둘러싼 모든 세계가 갑자기 변해 버렸다고 생각한다. 그는 누가 자기편이고 또 좋은 사람인지 확신하지 못한다. 이것은 마치 스릴러 영화에서 주인공이 잠시 커피를 마시러 나갔다 돌아오니 사무실에 있던 모든 사람이 죽어 있는 장면을 눈앞에서 목격하게 되는 상황과 같다.

이 단계에서 주인공이 관심을 두는 대상이 악역에 의해 위험에 처해질 수도 있고, 또는 어쩌면 자기만의 방식으로 목표를 성취하겠다는 결심을 하게 되면서 주인공 스스로가 위험을 자처할 수도 있다.

이때 난데없이 나타난 조연들은 주인공이 잘못된 선택을 해서 일을 그르쳤고 설정한 목표를 이룰 수가 없다는 말을 하며 주인공을 비웃고 조롱한다.

3단계의 예

《길가메쉬 서사시》에서 길가메쉬는 자신의 소명을 직접 설정한다. 자신을 두고 모든 이들이 칭송을 하자 그는 천하무적의 힘을 느끼고, 그래서 때때로 지루함을 경험하기도 한다. 그는 엔키두와 함께 삼나무 숲으로 가서 신성한 삼나무를 베고는 숲의 수호자를 죽여 유명해진다.

〈스타워즈〉에서 루크 스카이워커는 레아 공주에게서 찾아온 전갈 속에 담긴 첫 소명을 받는다. 그는 오비완 케노비를 만나러 가고 케노비는 루크에게 "당신이 나와 함께 가겠다면, 포스의 섭리를 배워야 한다"는 말을 한다. 그럼에도 루크는 여전히 가족의 곁을 떠나기를 주저하며 발길을 돌린다. 집으로 돌아온 루크가 발견한 것은 엠파이어 군에 의해 파괴당하고 무너진 자신의 가족과 집의 처참한 모습이었다.

〈스리 킹즈〉에서 금은 이 영화에 출연하는 모든 이들의 소명이다. 돈에 대한 욕구와 부를 거머쥐려는 희망은 그들을 추진시키는 원동력이다. 금괴라는 소명이 그들 앞에 먼저 펼쳐지고 그들은 자신들의 목표 달성을 위하여 함께 팀을 구성한다.

〈모비딕〉에서 아합 선장은 최초로 자신의 숙소 밖으로 나온다. 그는 사람들에게 모비딕에 관한 이야기와 함께 그래서 자신이 얼마나 그 고래를 잡으려 혈안이 되어 있는지 말해 준다. 그는 배에 오른 모든 사람들은 모험을 찾아나서는 그와 한 운명의 배를 탄 것이라고 말한다. 그는 흰 고래를 최초로 발견한 사람에게 금 한 덩어리를 선사한다. 그 배에 탄 모든 사람들은 흥분과 열정으로 가득 차 있다.

〈롱 키스 굿나잇〉에서 찬송가를 부르는 한 무리의 사람들이 사만다/찰리의 집에 나타난다. 그녀가 노크 소리에 문을 열자 총을 든 한 남자가 갑자기 튀어나와 그녀와 가족을 죽이려 한다. 그녀는 그 남자에 대항해 싸우다가 그를 죽이고 만다. 그렇게 고도로 숙련된 기술로 사람 죽이는 법을 대체 어디서 배운 것인지 그녀 자신도 놀라움을 금치 못한다. 그녀는 왜 낯선 사람이 자신을 살해하려 했는지를 알아야만 하기에, 그리고 자신의 가족을 지키기 위해 가족의 곁을 떠나야 한다.

이야기를 창조하는 캐릭터의 탄생

작은 성공

존은 정상에 오르기 위한 노력을 아끼지 않는다. 그를 앞서 가던 남자가 넘어지자 존은 선두 자리로 올라선다. 넘어진 친구는 아랑곳하지 않고 부지런히 발길을 옮기는 존은 다른 사람보다 몇 시간 앞서 정상 바로 옆 봉우리까지 오른다.

그는 자신의 성취를 맛보며 잠시 앉아 행복감에 젖는다. 그는 주변을 둘러보다 아직 정상까지 많은 여정이 남아 있음을 깨닫는다. 그러나 그의 마음은 천하무적이라도 된 듯 한껏 부풀어 있다.

이 단계에서 주인공은 작은 성공을 맛보는데, 그것은 더 큰 열매를 맛보고 싶은 그의 욕구에 불을 당긴다. 주인공은 소명에 응답하여 자신의 여정을 찾아나선 것이다. 그는 자신에게 주어진 첫 번째 장애물을 만났고 그것을 극복해 냈다.

이러한 주인공의 성공이 주변의 조연들에게 어떤 영향을 미치는지를 주의 깊게 지켜보라. 그들은 주인공의 성공을 함께 기뻐하는가 아니면 그를 질투하고 있는가? 그들은 주인공에게 죄책감을 갖도록 만들고 있는가? 혹은 주인공의 승리감을 빼앗으려 하거나 그를 조롱거리로 만들고 있는가?

주인공은 자신의 과업을 수행하기 위하여 목표를 설정하면서 어쩌면 경고 같은 것을 받았지만 그것을 무시한 채 그럼에도 성공을 거둔 것일 수도 있다. 그는 자신을 당할 자는 없다고 생각하며 다른 어느 누구의 도움도 없이 혼자의 힘만으로 충분하다고 느낀다. 한껏 고무된 주인공의 자아는 그를 자기 중심으로부터, 그리고 자각으로부터 더 멀리 나아가도록 한다. 실패는 그에게 모든 것을 재검토할 기회를 줄 것이며, 그에게 겸손의 미덕을 배우게 할 것이다.

만약 그가 보다 자연과 조화로운 삶을 살아간다면 그리고 다른 사람들을 보호하려는 의지를 갖고 있다면 그는 어쩌면 매우 겸손하고 현실적인 사람일 수도 있다. 또 다른 한편으론 〈라스트 모히칸〉에 나오는 주인공들처럼 매우 자신감에 넘칠 수도 있다. 그들은 자신들이 어떤 어려움도 극복해 낼 수 있고 기회를 잡고 중요한 가치를 위해 위험을 무릅쓰는 일에는 민첩하다는 사실을 알고 있다.

너새니얼(다니엘 데이 루이스 분)은 코라 먼로(매들린 스토우 분)와 그의 여동생 앨리스(조디 맥스 분)를 구하는 데 성공한다. 그는 그 자신과 아버지 그리고 형제들이 해온 일들에 기뻐한다. 자기 자신과 능력에 확신을 가진 그는 우연히 친구의 집을 지나다가 가족의 여자들과 아이들이 모두 죽어 있는 비참한 상황을 마주한다. 그는 그들을 구하지 못한 것이다. 이 사건은 그의 분노를 끓어오르게 함과 동시에 그를 더욱 겸손하게 한다. 분노나 겸손함 모두 주인공으로 하여금 더욱 성공의 열망을 갖게 한다.

- 그는 자신이 더 큰 일을 할 사람이라는 사실을 알고 있다.
- 그는 그저 뒤로 나앉아 다른 일들을 검토나 하고 있기를 원하지 않는다. 그는 직접 그 일들을 해결하고자 한다.
- 그는 그 일에 대한 보상을 원한다.
- 그는 다른 이들이 실패한 그 자리에서 보란 듯이 성공하기를 원하고 있다.

이야기를 창조하는 캐릭터의 탄생

- 그는 자신의 활약에 대하여 불후의 명성을 얻기를 원하고 있다.
- 그는 이 시점에서는 큰 두려움들과 마주하게 되지는 않는다. 대부분 그렇듯 그는 결코 만만찮은 일이나 상대에 맞서 대립의 각을 세운다. 그러나 그것은 단지 후일 그가 마주하게 될 일들에 대한 암시일 뿐이다. 때로 그의 성공은 이전에는 그 스스로도 할 수 있을 거라고 생각지 못했던 어떤 기술 같은 것을 배우는 데서 올 수도 있다.

코미디물에서 주인공은 주변의 모든 사람들이 자신을 성공했다고 평가해 주지 않아도 어떤 사건을 성공으로 받아들일 수 있다. 주변인들은 주인공을 두고 정신이 이상하다고들 하지만 그래도 주인공은 오직 자신이 보고 싶은 것만을 인지할 뿐이다. 이 모든 것은 주인공의 판단에 달린 문제이다. 우울한 어떤 남자가 있다. 그래서 그는 데이트 같은 것은 꿈도 꿀 수 없는 사람인데 그런 그가 한 여성에게서 사랑이 가득 담긴 미소를 발견하게 될 수도 있다. 영화 〈덤 앤 더머〉에서 로이드(짐 캐리 분)에게 그렇게 한 여성이 떠오른다.

4단계의 예

《길가메쉬 서사시》에서 길가메쉬와 엔키두는 숲의 수호자를 죽이고 삼나무를 베어 영원한 명성을 얻는다. 길가메쉬는 스스로 매우 기꺼운 마음에 더 힘겨운 임무수행을 위한 길을 나서기로 결심한다.

〈스타워즈〉에서 루크는 자신이 얻은 교훈을 발판으로 성공을 이루어 간다. 루크에게

오비완은 한 번도 가져 본 적이 없는 아버지 같은 존재이기에 그는 오비완을 경외한
다. 오비완의 도움으로 루크는 레아 공주를 구해 내게 된다.

〈스리 킹즈〉에서 아치 일행은 작은 마을을 찾아나선다. 그들은 자신들을 금이 있는
곳으로 직접 안내해 주는 몇 명의 이라크 군을 만난다. 그들은 자신들의 트럭 전체에
금괴를 가득 싣는다.

〈모비딕〉에서 항해에 나선 지 며칠이 지난 어느 날 그들은 바다 한가운데서 다른 배
몇 척과 만난다. 선장들은 각자 자신들이 목격한 모비딕 이야기를 늘어놓는다. 아합
선장은 크게 기뻐하며 마지막으로 모비딕을 본 장소가 구체적으로 어디인지 알려달
라고 요청한다. 아합 선장은 자신이 모비딕을 쫓는 길을 제대로 짚고 있다는 확신이
들자 그 어느 것도 자신의 탐험을 막을 수 없다고 느낀다.

〈롱 키스 굿나잇〉에서 사만다/찰리와 미치는 실마리를 쥐고 기차역에서 누군가를
만나기로 약속한다. 그들이 매복해 있던 사람들로부터 기습 공격을 받자 사만다/찰
리는 두뇌와 힘을 이용해 자신뿐 아니라 미치도 구해낸다. 그때 그녀는 자신이 정부
를 위해 일하는 암살범이었다는 사실을 알게 된다.

초대

존은 발길을 멈추고 산 정상을 올려다본다. 얼어붙은 그의 손가락 마디마디에서 다
시금 통증이 느껴진다. 그는 자신이 서 있는 곳을 향해 올라오고 있는 한 무리의 행
렬 맨 끝에 있는 남자를 지켜본다. 대체 그 남자는 왜 이 무리에 합류한 것인지 그
는 의문이 들기 시작한다.
한 남자가 집에 들른다. 존의 아내는 전화기를 붙들고 있다. 그녀는 남편이 왜 이런

이야기를 창조하는 캐릭터의 탄생

일들을 하고 있는지 이해하지 못한다. 그는 그녀에게 속 시원한 답을 주지 못한다. 그는 단지 일을 해야 하고 그래서 성공하기를 열망한다는 사실을 알고 있을 뿐이다. 그녀의 질문은 그를 성가시게 할 뿐이다. 그는 자신의 감정을 추스르거나 자신의 선택을 돌아보기를 원치 않는다. 그녀의 행동을 보며 그는 따사로운 햇별 아래 돌고래와 물속을 누비며 수영을 하고픈 잊혀진 마음속의 꿈을 떠올린다.

이 단계는 주인공이 여성성의 여정으로 초대를 받으면서 시작된다는 점에서 특별하다 할 수 있다. 주인공이 갖고 있는 결함들이 드러나면서 그는 지금 자신의 목표가 진정 자신이 원한 것인지 의문을 품는다. 그는 표면적인 목표를 버리고 내적 변화의 과정을 겪게 될 기회를 맞이한다.

〈라스트 모히칸〉에서 자기 자신의 안위보다 사랑하는 사람과 그 마음을 먼저 생각하는 너새니얼은 여성성으로의 초대를 부분적으로 수용한 것이다. 그는 요새에 남아 있다간 반란을 일으킨 죄로 교수형에 처할 수 있다는 사실을 알면서도 다른 사람들을 따라 떠나지 못하고 홀로 남아 요새를 지킨다. 그는 자기 자신을 위해서가 아니라 다른 사람들을 생각하며, 사랑을 위해 자신을 불사르는 장렬한 죽음을 선택한다. 이러한 그의 선택은 더 이상 사랑하는 여인을 지키기 위한 행동이 아니다. 그는 자기 자신의 감정과 소통한 것이다.

대부분 주인공들은 관념들을 벗어 버리고 자신만의 여정을 계속해 나아가지만, 초대라는 부분도 언제나 그 영역을 넓혀 간다. 주인공에게 하강은 그다지 매력적인 선택처럼 와닿지는 않는다. 그가 신체적으로나 정신적으로나 두루 잘 해내고 있을지라도 자기 자신 그리고 자신의 감정과 대면하는 일은 어쩌면 너무 버거운 일일 수도 있다. 그가 아직은 완전히 자각을 한 것은 아니기 때문이다. 그는 자신을 보호하는 방어벽들을 쉽게 허물지는 않을 것이다.

- 누군가가 나타나 주인공에게 숙명처럼 마주해야 할 폭력에 가담하지 말라고 부탁할 수도 있다.
- 그는 삶에서 진정으로 원하는 것이 무엇인지에 대한 질문을 받을 수도 있다.
- 주변의 친구들이 주인공을 말리고 나설지도 모른다.
- 얼음처럼 차가워진 주인공의 태도에 질려 연인이 그의 곁을 떠날 수도 있다.
- 배신을 당한 그는 아무 일도 아니라는 듯 애써 현실을 외면하거나 어쩌면 복수의 칼을 갈 수도 있다.

이와 같은 설정은 결국 주인공의 변화, 혹은 저항을 위한 도구가 된다. 주인공은 어떤 방식으로 자리매김을 할 것인가? 그의 마음은 변화에 얼마나 가까이 다가와 있는가? 그는 마음을 열기 위해 어떤 대가를 치러야 하는가?

여정을 위한 준비

이 단계의 또 다른 부분은 여정을 떠나기 위한 준비 과정이다. 이제 주인공은 수없이 굽이굽이 펼쳐진 길 위로 극복해야 할 장애물들이 놓인 외적인 여정을 선택한 것이다. 여정을 따라가는 주인공은 자신에 맞서 저항하는 장애물을 만나기도 하고, 그래서 장애물을 정복하겠다는 희망을 품기도 한다. 그는 자신의 목표를 달성하기 위해 필요하겠다 싶은 모든 도구들, 즉 총, 돈, 변장, 전문지식들을 총동원한다. 그에게 있어서 이러한 도구들은 생존이며 승리를 뜻한다. 이제는 그 어느 것도 그를 막을 수 없다.

다양한 도구로 무장한 주인공은 자신감에 충만하지만 그의 앞에 어떤 일이 펼쳐져 있는지를 깨닫지 못한다. 그는 자신의 능력을 믿고 계속 앞으로 나아간다. 본질적으로 그를 성공으로 이끌어 내는 것은 성장을 하겠다는 그 자신의 용기와 의지인데, 정작 그 자신은 아직은 이를 깨닫지 못한다.

어쩌면 주인공에게 꼭 필요한 정보를 손에 든 멘토나 현인이 나타날 수도 있지만, 그래도 주인공은 자신만의 방도를 찾아야만 한다. 목숨을 걸고 여정을 나서는 사람은 바로 주인공 자신이다. 그렇기에 그가 다른 이들에게 온전히 의존하는 일은 있을 수 없다.

그의 머릿속에는 도움이 필요할 때 지원 요청을 할 만한 사람들의 이름이 들어 있다. 그가 신뢰하는 몇몇 사람들일 것이다. 주인공은 함께 여정을 떠나고픈 절친한 친구를 갖고 있을 수도 있다. 주변에 함께 기뻐하고 눈물 흘려 줄 사람이 있어야 성공의 의미와 가치가 더욱 그 빛을 발하는 것이 아니겠는가?

한편 주인공은 자신의 의지와 상관없이 억지로 다른 캐릭터들과 함께 일을 해야 할 수도 있다. 이러한 상황은 경찰 이야기를 다룬 영화들에서 많이 나타나는데 대부분 주인공은 단독으로 일을 처리하고 싶어 함에도 불구하고 상관은 부득불 다른 동료와 짝을 지어 준다.

《길가메쉬 서사시》에서 길가메쉬는 이난나 여왕이 하강을 겪은 이후에 그녀를 만난다. 그녀는 길가메쉬에게 '청혼'하여 그를 자신의 여정에 동참시키기 위한 초대를한다. 이는 그녀가 그러했듯 그에게도 하강을 하도록 하는 일종의 은유였다. 길가메쉬는 끝내 그녀의 청을 거절하여 그 둘은 원수가 되고 만다. 그녀는 길가메쉬를 죽일 의도로 그에게 천국의 황소를 보낸다. 이에 결국 길가메쉬는 여신의 영토인 숲으로 들어가 그녀의 나무들을 베어 버린다. 길가메쉬는 그녀도 하강도 완전히 거부한것이다. 그는 자신의 방식을 바꾸기를 원치 않는다. 대신 그는 특별한 무기들을 한데모아 자신의 여정을 향해 떠날 채비를 한다.

〈스타워즈〉에서 레아 공주는 그들이 무사히 쓰레기 구멍을 빠져나오도록 탈출을 도우면서 여자가 얼마나 강하고 거칠어질 수 있는지를 루크에게 보여 준다. 그녀를 처음 만났을 때 루크는 마치 자신의 별에서는 많은 여자들을 만나 보지 못한 사람마냥주춤거리는 듯 보였다. 루크에게 있어 레아 공주는 "여성성"인 것이다. 공주는 루크에게 힘을 주고 예전에 마치 자신이 모두 겪어 본 일인 듯 그 방법을 제시해 준다.

〈스리 킹즈〉에서 아치는 난민들을 트럭 뒤에 올라타도록 해준다. 그는 후세인의 군인들과 총을 겨누는 상황으로 내몰렸는데, 그렇다고 지금 그 사람들을 바로 죽게 내버려 두고 떠날 수도 없다. 그래도 그에게는 여전히 자기의 자존심을 지키는 일이 다른 사람들을 돌보는 일보다 더욱 중요하다. 그는 지금 생명의 위협을 받는 것도 아니고 금괴도 안전하게 잘 있기 때문에 다른 사람들의 탈출을 돕는 호의를 베푸는 것이다. 그렇기에 후세인의 군인들에게도 우두머리가 누구인지 보여 주고 싶은 것이다. 그가 다른 사람들을 돕는 데에는 그 이상의 다른 이유는 없다.
그의 트럭은 폭탄 공격을 받게 되고, 한 무리의 저항군들의 도움으로 그는 다른 사람들과 함께 탈출한다. 그 저항군들은 후에 아치에게 도움을 요청하지만 그는 더이상 도움을 주려 하지 않는다.

〈모비딕〉에서 아합 선장은 탐험을 포기하고 그 동기가 과연 무엇인지 생각해 보라는 요청을 몇 차례 걸쳐 받는다. 그러나 그는 아랑곳하지 않고 자신이 무슨 일을 하고 있는지 똑똑히 보려 하질 않는다. 그는 현실속의 자신의 모습을 보기를 원치 않는다. 그는 분노한 자신의 모습을 들킬까봐 맹목적으로 행동으로 옮기고 있는 것이다.

나중에 그는 레이첼 호와 마주친다. 그 배의 선장은 아합에게 자신의 잃어버린 배를 찾도록 도와달라고 간청한다. 그 배에는 선장의 아들이 억류되어 있다. 그러나 아합은 선장들 사이에서 지켜야 할 행동규범과 예의를 어기며 요청을 거절해 버린다. 그는 다른 사람을 돕기를 거부한 것이다.

〈롱 키스 굿나잇〉에서 찰리는 다시 암살자의 특명을 부여받았기에 예전의 자신의 모습인 사만다라는 현실을 보려 하지 않는다. 그녀는 머리를 다른 색깔로 바꾸고 화장을 하고 샤워를 한다. 그녀는 예전의 모습들을 모두 깨끗이 씻어내 버리고 싶은 것이다.

그녀는 미치를 유혹하려 하지만 미치는 그녀의 유혹을 뿌리친다. 왜냐면 미치는 그녀의 행동이 예전의 학교 선생으로 살았던 사만다의 모습들을 모두 깨끗이 씻어 버리려는 몸부림임을 알고 있기 때문이다. 그녀는 집에 가면 어린 딸이 가다리고 있다는 사실조차 잊고 싶어 하는데, 미치는 이러한 그녀의 마음도 잘 알고 있다. 미치는 그녀가 하루 빨리 자신의 모습을 직시하길 바라지만 그러나 그녀는 아직 현실을 받아들일 준비가 덜 되었다.

시련

존은 쉬지 않고 산을 오른다. 바람이 거세게 불어오기 시작한다. 그는 숨을 쉴 수가 없다. 구름이 달빛을 삼켜 온통 칠흑 같은 어둠만이 그의 주위를 감싸고 있다.

한 남자가 그를 지나쳐 가더니 바로 길 위에서 쓰러진다. 존은 쉴 만한 장소를 찾으며 계속 앞으로 나아간다. 그는 쓰러져 있던 남자의 몸에 걸려 넘어지며 머리를 부

│ 딪치고 그 바람에 물병을 잃어버린다.

이 단계에서는 목표를 향해 나아가는 주인공 앞에 많은 장애물들이 펼쳐진다. 그는 어쩌면 모든 장애물들을 쉽게 극복해 내고 있으며, 악역과 맞서 싸우는 일도 어렵지 않을 것이라 기대한다. 그러나 그의 판단은 빗나간다. 이 단계에서 주인공은 아무리 대단한 성공을 거둔다 해도 그는 다음 단계에서 자신이 가장 두려워하는 상황에 직면하는 일을 피할 수 없게 된다.

그는 두려움과 마주하고 장애물을 극복함으로써 또 다른 성공을 맛볼 기회를 얻는다. 성공을 통해 큰 힘을 얻은 주인공은 목표를 향해 부단히 나아간다.

〈스리 킹즈〉의 주인공을 떠올려 보자. 그는 우유 때문에 다툼을 벌이는 가난한 여자들과 아이들을 그저 바라보기만 하는 것은 아니다. 그들은 그의 인생관 전체를 변화시킨다. 그는 또 거의 남아 있지 않은 자신들의 음식을 훔쳐 가는 군인들도 보게 된다. 그는 군인들이 무고한 사람을 고문하고 죄 없는 아이와 그 엄마를 살해하는 장면을 목격한다. 이것은 아직은 그의 변화를 알리는 작은 시작일 뿐이다.

그의 앞을 가로막는 장애물은 다음과 같다.

• 주인공은 내적 투쟁과 도덕적 쟁점들에 직면해야만 한다. 그는 어쩌면 많은 사람들의 생명을 구하기 위하여 누군가를 죽여야 할 수도 있고, 또 누군가를 보호하기 위하여 도망치는 악당을 눈앞에서 놓칠 수밖에

없을지도 모른다. 그래서 자괴감에 시달리거나 자신의 고집을 꺾을 수밖에 없는 상황들과 마주해야만 하는 것이다.

- 그는 시간을 다투며 몰려드는 혹독한 육체적 고통으로 기진맥진 지쳐가는 외적 갈등을 경험한다.
- 악역이 짜놓은 각본에 따라 숨 가쁘게 돌아가는 두뇌 싸움은 그를 두려움의 한 가운데로 내몰 수도 있다.
- 어디선가 나타난 조연 캐릭터는 주인공의 모든 일들을 엉망으로 만들어 놓을 수도 있다.
- 주인공을 잘못된 길로 이끌어내기 위한 레드 헤링red herring(사람의 주의를 딴 데로 돌리는 것)이 이야기 속에 삽입될 수도 있다.
- 악역이 주인공이 정해 놓은 모든 규칙에 도전하고 나서기도 한다.
- 새로운 악역이 등장하기도 한다.
- 그가 가장 관심을 갖는 것이 위험에 처할 수도 있다.

이 시점이 바로 주인공이 갖고 있는 전형의 강점이나 약점들이 시험대에 오르는 때이다.

자각

만약 주인공이 자각과 변화의 길로 나아간다면 이는 바로 주인공이 자신을 둘러싼 보호막을 걷어내기 시작한 시점이다. 주인공은 자신의 세계가 이제 곧 산산이 부서져 내리고 말지도 모른다고 느낀다. 그는 자기 자신이 누구인지 더이상 알지 못한다.

만약 주인공이 지적 능력을 갖고 있는 사람이라면 그는 육체적인 시련을 당할 수도 있다. 만약 그가 자신의 감정들을 직시할 수 없다면 그러면 그는 감정적인 상황으로 내몰리게 된다. 만약 그가 탐욕스러운 사람이라면 그는 희생을 요구당한다. 영화 〈크리스마스의 캐럴〉에 나오는 스크루지 영감을 떠올려 보라. 그는 매우 탐욕스럽고 폐쇄적인 사고를 갖고 있는 사람이다. 그는 변화의 단계로 나아가기에 앞서 다른 사람들뿐 아니라 자신의 과거와 현재, 그리고 미래의 모습을 직접 대면해야 한다.

또한 영화 〈나쁜 녀석들〉에 나오는 마틴 로런스에 대해서도 생각해 보라. 그는 자신의 동료 형사와 서로의 역할을 바꾸어야만 한다. 마틴은 남편인 자신보다 동료와 더 많은 시간을 보내는 아내를 보며 거의 미칠 지경에 이른다. 그는 아내와 가족을 잃었다는 생각에 불쾌한 감정을 갖기 시작한다.

영화 〈러셀 웨폰〉에 나온 마틴 릭스 형사(멜 깁슨 분)도 상황은 유사하다. 궁지에 몰린 그가 살해당한 아내에 대한 분노의 감정을 억누르기 위하여 어떻게 싸움을 펼쳐 나가는지를 생각해 보라. 그는 자신의 방어막을 점점 더 높이 쌓아 간다.

저항

만약 주인공이 저항을 하기 위한 길로 접어든다면 이때가 바로 무너져 내리는 자신의 보호막을 더욱 강화시키려 하는 시점이다. 그의 분노는 더욱 거세지고 그로 인해 그의 감정의 불안은 가중된다. 람보라는 인물을 생각해 보라. 몇몇 인물들은 그를 논리적으로 설득하며 그의 마음을 바꾸어 보려 하지만 아무도 람보의 마음을 잡지 못한다.

이야기를 창조하는 캐릭터의 탄생

그는 마치 자동조절장치를 부착하고 임무를 완수하는 훌륭한 군인과 같다. 분노에 들끓는 맹목적인 그의 모습은 〈모비딕〉의 아합 선장과 닮아 있다.

때로 저항을 하는 좋은 주인공도 목표를 달성하기 위해 큰 대가를 치르면서까지 해서는 안 되는 위험한 선택을 감행하기도 한다. 모든 무술영화들을 생각해 보라. 주인공은 아무 관련도 없는 사람들 앞에서 그저 패배를 당해 체면을 구길까 두려운 마음에 너무 쉽게 목숨을 내건다. 대부분 그 결투가 벌어지는 주변 어딘가에는 싸움판을 뒤로 하고 유유히 물러설 줄 아는 대가가 있기 마련이다. 대가는 자신의 이름만으로도 그 명성을 알 수 있는 사람이기에 승패에 연연하지 않는다. 대가는 결판은 않고 유유히 걸어 나온 자신을 우습게 여기는 이들에게 그저 이기고 보겠다는 투지가 전부가 아님을 일깨우려 한다.

경고와 예언

주인공의 저항은 자신의 행동에 대한 경고나 임박한 죽음의 조짐에 대한 예언을 불러온다.

《길가메쉬 서사시》에서 길가메쉬는 무섭고 불길한 꿈을 꾼다. 〈모비딕〉에서 패들러는 몇몇 사람의 죽음을 예언하기도 한다.

《길가메쉬 서사시》에서 길가메쉬가 여성성의 여정을 거절했을 때 이난나는 그와 대적하기 위하여 천국의 황소를 보낸다. 길가메쉬는 그 황소를 죽이지만 신성한 삼나무를 베어 버렸을 뿐 아니라 숲의 수호자도 함께 죽였기에 신들을 화나게 만들었다. 자신들의 황소를 죽여 버린 길가메쉬에게 몹시 분노한 신들은 징벌회의를 열어 누군가가 죽어야만 하고, 그 누군가는 길가메쉬의 친구 엔키두라고 명한다. 승리감에 도취되어 자부심으로 충만한 길가메쉬는 이난나가 일러주는 이야기들을 들으려 하질 않는다. 외려 이난나에게 심한 모욕을 준다. 그는 자신이 원하는 것은 무엇이든 할 수 있는 왕이라고 믿고 있기 때문이다. 길가메쉬의 가장 큰 적은 바로 자기 자신인 것이다.

〈스타워즈〉에서 루크 일행이 레아 공주를 구해내자 경비병들이 뒤쫓아 온다. 그리고 그들은 가동되고 있는 쓰레기 처리장 안에 갇혀 버렸다는 사실을 알게 된다. 다스베이더와 결투를 벌이는 오비완을 발견한 루크는 자신들의 우주선으로 돌아가기 위하여 고군분투한다.

〈스리 킹즈〉에서 아치는 자신의 동료인 트로이(마크 월버그 분)가 인질로 잡혔다는 사실을 알게 된다. 트로이를 구하려면 저항군의 도움이 필요하다. 아치는 저항군과 협상한다. 그들이 무사히 국경을 넘을 수 있도록 도와준다면 그들도 아치가 무사히 금을 운반하고 트로이를 구해내도록 도와주겠다는 조건이다. 자신들의 이야기를 들려주던 저항군들의 말에 조용히 귀를 기울이던 아치는 작은 감동을 받는다. 자신이 오직 금을 얻는 데만 혈안이 되어 있는 이기적인 사람이라는 생각을 하게 된다. 그는 자신이 할 수 있는 좋은 일들이 어떤 것인지 알지 못한다. 그러나 스스로에게 점점 의문을 던지기 시작한다. 트로이를 구하러 떠나는 그들의 길에는 많은 장애물이 나타난다.

〈모비딕〉에서 아합 선장은 선원들의 군기를 단단히 잡아 규칙을 엄수하도록 만들어야 한다. 선상에서의 반란을 도모하는 무리들에 맞서 아합은 통제권을 지키기 위해 투쟁한다. 아합은 거친 바다의 얼음을 헤쳐나가야 하고, 다른 선장들의 경고뿐 아니라 앞날을 내다보는 패덜러의 예언들도 조율해 가면서 배 전체를 이끌어야만 한다. 아합은 자신의 생각을 바꾸려 들지 않고 주변 사람들의 말을 생각할 가치조차 없는 것이라 느낀다.

〈롱 키스 굿나잇〉에서 찰리는 골목길에서 자신을 공격하려 드는 남자 몇 명을 향해 방아쇠를 당긴다. 그때 그녀는 정부가 원하는 것은 자신의 죽음이라는 사실을 깨닫는다. 그녀는 마을을 벗어나기로 결심하고 금고에 숨겨 둔 돈과 여권을 떠올린다. 그 금고의 열쇠는 자신의 딸이 갖고 있기에 돈과 여권을 찾으려면 다시 집으로 돌아가야만 한다.

죽음—인생의 갈림길

존은 어둠 속에 손을 뻗쳐 주변을 더듬다 물병을 발견한다. 더듬는 그의 손끝에 밧줄이 만져진다. 그 밧줄이 있으면 다시 캠프로 돌아갈 수 있겠다는 생각을 할 때 그의 뒤에서 신음소리가 들렸다. 바닥에 한 남자가 쓰러져 있었다. 존은 위험을 무릅쓰면서까지 이 남자를 도와주어야 할지 고민한다. 그는 잠시 생각을 하더니 쓰러진 남자를 끌고 캠프까지 함께 돌아간다.
안으로 들어온 후에야 존은 장작불에 비친 그 남자의 얼굴을 본다. 그는 놀랍게도 자신의 친한 친구다. 그리고 그는 죽어 있다. 존은 만약 몇 시간 전에 갑자기 넘어지지 않았더라면, 어쩌면 자신도 지금쯤은 죽어 있을지도 모른다고 느낀다. 무사히 목숨을 부지한 사실에 겸손하고도 감사한 마음이 일어 존은 잠시 집에 두고 온 가족을 떠올려본다. 그러나 정상에 오르겠다는 그의 결심은 아직도 흔들림이 없다.

이 단계에서 주인공은 죽음과 파멸에 직면한다. 바로 이 시점이 주인공이 인생의 갈림길과 마주하는 때이다. 그는 자신의 실체나 상징적인 죽음과 대면하고 자각과 승리를 향해 여정을 계속해 나아가거나 혹은 맹렬한 기세로 죽음에 맞서 저항과 실패로 향한 길을 선택할 수도 있다.

자각과 성장

자신의 죽음을 대면하는 것이 갖는 의미는 죽을 수밖에 없는 인간의 운명, 그리고 영광과 영예가 드리워진 두려움과 결점에 직면하게 된다는 것이다. 그는 여성성의 여정인 하강의 단계로 접어들면서 그간의 경험들을 통해 겸손함을 갖추어 간다. 어쩌면 주인공은 일시적으로 목표를 망각해 버릴지도 모른다. 그러나 그는 그 경험들로 인해 영원히 바뀌게 될 것이다.

- 그는 어쩌면 "영혼의 어두운 밤"을 경험할 수도 있다. 그 어둠 속에 있는 그에게 모든 것은 희망을 잃고 타락한 것처럼 보인다. 그는 그러한 사실을 인정하고 수용한다.
- 그에게 패배감과 무력감을 안기며 도전해 오는 악역과 마주해야 할 수도 있다. 그러나 그는 마음 깊은 곳에서 우러나는 용기를 발견한다.
- 그는 가까운 친구나 가족의 죽음을 경험하며 그들의 자리에서 자신의 모습을 발견하기도 한다.
- 그는 〈라스트 모히칸〉의 너새니얼이나 〈타이타닉〉에서의 잭처럼 다른 사람을 위해 너무 쉽게 생명을 던질 수도 있다. 그가 여정을 위해 준비

이야기를 창조하는 캐릭터의 탄생

한 도구들이 그의 발목을 잡을 수도 있다. 그의 전략이 무너져 내린다. 그는 어쩌면 맨손으로 떠나와서 악역의 계략에 속수무책으로 휘둘릴 수도 있다. 그는 사건의 흐름에 자신을 맡기고 그저 최선을 다할 뿐이다. 그는 저항을 멈추고 일련의 사건들을 통제하려고도 지배하려 해서도 안 된다. 그는 자신의 용기를 보여 주고 두뇌를 활용해야 하며 다시 감정을 회복해야 한다.

여성성의 여정의 4단계, 하강을 살펴보라. 여성성의 여정에서 주인공은 계속해서 느린 하강을 하고 그리고 죽음의 단계에서 혼란에 빠진다. 죽음의 단계에서 주인공이 자각을 한다면, 그는 남성성의 여정과 더불어 여성성의 단계들을 거의 동시에 경험하는 것이다. 최후의 순간이 그에게 다가오고 있는 것이다. 그래서 그는 시간이 별로 많지 않다. 만약 그가 운이 좋은 사람이라면, 이 시점에서 조연 캐릭터가 등장해서 그를 도와 바른 방향으로 나아가게 할 것이다.

저항과 침체

죽음에 맞서는 주인공의 맹렬한 기세는 자신의 변화에 대항한 분노의 표현이다. 그는 죽을 수밖에 없는 자신의 운명을 마주하며 복수심에 이글거린다. 만약 그가 사랑하는 사람을 잃음으로써 죽음과 대면한다면, 그는 그 사람을 향한 원망의 마음을 품고 자신이 죽음보다 우월한 존재라는 사실을 증명하려 할 것이다. 그는 죽지 않는다. 죽을 수 없다. 그는 자신의 두려움을 인정할 수 없는 것이다.

그는 자신의 경험을 통해 전혀 겸손해지지 않았다.

- 사실 그는 자신의 자아를 굳건히 하여 자신이 한 인간 이상의 능력을 지닌 존재임을 증명하려 한다.
- 그는 깊이 생각하지도 않은 채 무작정 위험을 무릅쓰고 단독으로 악역에 맞서 싸우려 할지도 모른다.
- 그는 마치 그 어느 누구도 또 어느 것도 필요치 않은 듯 원맨쇼를 벌이는 정신 나간 남자처럼 보일 수도 있다.
- 그는 악역이 그에게 보여 주려는 것을 마주하려 하지 않는다. 자신이 인생에서 진정으로 원하는 것이 무엇인지를 깨닫기 위해 자신의 내면을 들여다보아야만 하는데, 그는 자신의 모습을 보려 하지 않는다.

특히 주인공이 많은 사람들이 우러러보는 대상이라면 조연들은 주인공을 부추겨 복수심을 갖게 할 수도 있다. 그들은 계속해서 주인공이 옳은 선택을 하지 못하도록 방해할 것이다. 만약 주인공이 지도자거나 통치자라면 어쩌면 그는 자신의 감정과 생각들을 억누른 채 자신의 역할을 유지하느라 압박을 느낄 수도 있다. 〈브레이브 하트〉에서 윌리엄 월레스를 도울 수 있는 한 남자가 있다. 그러나 그 남자의 병약한 아버지는 그를 설득해 자신의 민족을 위해 윌리엄을 배신할 것을 종용한다.

《길가메쉬 서사시》에서 엔키두는 사랑하는 친구 길가메쉬가 지켜보는 가운데 길고 고통스러운 죽음을 맞는다. 길가메쉬는 엔키두의 옆에서 지키며 지난날 함께했던 추억들을 마구 쏟아낸다. 지난날 그가 이루었던 명예와 성취는 육신의 죽음 앞에서는 아무것도 아닌 것이었다. 길가메쉬는 죽을 수밖에 없는 운명에 맞서 저항하며 불멸의 삶을 위한 비밀을 찾으려 여행을 떠난다.

〈스타워즈〉에서 루크는 오비완이 싸움을 멈추고 자신의 죽음을 받아들이는 모습을 맥없이 지켜봐야만 한다. 루크의 울부짖는 소리를 들은 경비병들은 다시 그를 쫓는다. 일단 그들의 우주선이 죽음의 별을 벗어나자 루크는 친구를 잃은 일을 자책하며 비탄에 빠진다. 루크는 자신의 삼촌과 숙모를 잃었을 때보다 더욱 비통해한다. 그러나 이제 그는 마음을 가다듬고 임무를 수행할 수 있게 된다.

〈스리 킹즈〉에서 아치는 저항군과 함께 트로이를 구하려다 죽음과 직면한다. 아치는 콘라드(스파이크 존즈 분)에게 말한다. "네가 두려워하는 일이 있다면 그걸 해봐. 그러면 넌 용기를 얻게 될 거야." 그들은 트로이를 구하면서 다른 많은 사람들도 함께 구해낸다. 콘라드는 죽고 트로이는 심한 부상을 입는다. 아치는 응급처치로 트로이를 치료해 주고 콘라드를 땅에 묻을 준비를 한다. 그러나 그는 콘라드의 시신을 성지로 옮기고 싶어 한다. 그래서 그들은 콘라드의 시신을 매장하는 대신 함께 이동하기로 결정한다.
몇몇 저항군들도 목숨을 잃었다. 그들은 장례의식을 거행한다. 그러고 난 후 그들은 모든 지역 주민에게 금괴를 나눠주어 새로운 삶을 시작하도록 돕는다. 남은 금은 모두 땅에 묻어 버린다. 아치는 사람들에게 관심을 갖는 것이 어떤 것인지를 알게 되었고, 그래서 그는 회한을 느낀다.

〈모비딕〉에서 배는 강한 폭풍우에 파손되었지만 아합 선장은 항로를 바꿀 생각조차 않는다. 몇 사람은 이미 죽었고 배는 거의 가라앉을 지경이다. 아합은 포경선 바로 옆에서 헤엄을 치는 모비딕을 자신이 목격했다고 생각하지만 다른 사람들은 그가 환영을 본 것이라고 말한다. 어떤 이들은 그가 정신이 나갔다고도 한다.

〈롱 키스 굿나잇〉에서 집에 돌아간 찰리는 딸의 방에 있던 열쇠를 찾아낸다. 밖을 내다보던 그녀는 권총의 사정권 안에 들어온 딸을 안심시킨다. 그녀는 과연 자신의 또다른 자아인 사만다를 지워 버리는 일이 과연 옳은 일인지 의문을 품는다. 그녀의 딸은 곧 납치당하고 찰리는 딸을 구하기로 마음먹는다. 찰리도 그녀의 딸도 둘 다 붙잡혀서 냉동고에 갇혀 함께 죽음을 마주하고 있다.

자각 또는 저항

존은 마음 깊은 곳에서부터 정상 등반을 계속하고 싶다는 열망이 솟구치고 있음을 느낀다. 그는 죽은 친구를 기리기 위하여 친구의 유품인 수건을 챙긴다. 자만심에 가득 차 우쭐대던 모습도 존에게서는 보이지 않는다. 존은 친구의 수건을 자신의 팔에 두른 채 정상을 향한 여정을 계속 이어 간다.
그는 산을 오르다 만난 다른 이들에게 자신에게 일어났던 일들을 말해 준다. 그들 모두는 정상까지 오르기 위해서는 함께 행동해야만 한다고 마음을 모은다.

만약 주인공이 죽음과 대면할 수 있는 마지막 단계를 종결시킨다면 이제 그는 이 단계에서 자각을 향해 나아가는 것이다.

자각과 성장
주인공은 경험을 통해 많은 교훈을 얻었다. 그는 자신의 결점, 그리고 두려움과 마주한다. 그는 지금까지의 자신의 행적을 돌아보며 인생의 진정한 목표가 무엇인지를 깨닫는다. 그는 더 이상 사회에서 바라는 가치관에 이끌려 다니는 노예가 아니다. 이제 그는 자신이 진정 원하는 것이 무엇인지 스스로 생각해 낼 수 있는 사람이 되었다. 주인공이 그다지 적극적인 편이 아니었다면 바로 이 시점에서 그는 진실한 행동을 보여 주며 자신이 원치 않는 일에 대해 "아니오"라고 대답한다. 이는 여성성의 여정의 1막에서 여자 주인공이 보여 주는 행동과 유사하다. 그는 자신이 무얼 해야 한다고 일러주며 그의 행동을 강요하던 사람들의 이면을 본다. 그는 스스로 자신을 찾아나서야 한다는 사실을 깨닫는다. 그는 더 이상 복수심에 이글거리는 사람이 아니다.

주인공은 다음 같이 행동할 수 있다.

- 그가 소년 시절 꿈꾸었던 일이 어떤 것이었는지 기억을 더듬어 본다.
- 가족들과 함께 하지 못했던 수많은 시간들을 생각해 본다.
- 자신의 지난날, 그리고 여정을 통해 자신이 저질렀던 과오에 대한 용서를 구한다. 바로 이 시점이 이야기 속에서 속죄를 통한 구원이 나타나는 때다.
- 그동안 자신이 이용당하기만 했던 모욕적인 관계나 굴욕적인 일들을 벗어 버리기로 결심한다.
- 자기 자신의 결점과 실패를 받아들이고 자신과의 타협점을 찾는다.
- 전체와 관련이 있는 더 큰 그림을 보게 되고, 이제는 더 이상 죽음을 두려워하지 않는다.

- 지금까지 목표를 이루기 위해 최선의 노력을 했던 것은 아니므로 이제 더 많은 노력을 기울이기로 마음먹는다. 예전의 그는 상사에 맞서서 자신의 의견을 피력하기를 두려워하는 사람이었을 수도 있다.

저항과 침체

이 선택의 기로에서 주인공은 더욱 악역과 닮아 간다. 주인공은 자신의 경험을 통해 무언가를 배우려는 생각따위는 하지 않는다. 그는 자신의 결점과 두려움을 마주 보려 하지 않는다. 그러니 삶의 진정한 목표를 깨닫기 위해 지난날의 행적을 돌아보거나 하는 일은 더더욱 하지 않는다. 그는 실패와 죽음에 대한 두려움으로 점점 맹목적으로 변해 간다. 그의 목표에는 자신이 삶과 죽음을 초월한 존재임을 증명해 보이기 위한 방법들을 찾는 것도 포함될 수 있다. 그는 자신을 덮쳐 오는 죽음으로부터 벗어나 부활을 약속하는 영생의 묘약을 찾고 싶어 자신의 원래 목표도 포기해 버릴 것이다.

이 주인공은 비록 자신의 목표에 도달해도 보통은 이야기 전체를 통해 같은 모습을 유지한다. 그는 자신의 내면이나, 신념, 또는 동기에 대한 성찰을 하지 않는다.

주인공은 다음과 같이 행동할 수 있다.

- 더 많은 권총과 무기를 챙긴다.
- 자신이 홀로 앞서 가면서 모든 사람들을 옆으로 밀쳐낸다.
- 새로운 목표에 도달하기 위하여 자신에게 의미 있었던 사람들과 일을 모두 망각해 버린다.

- 자신의 앞길을 막아서는 사람들을 따라잡기 위해 나선다.
- 자신의 의식세계를 지키기 위하여 자신이 행하는 모든 행동을 정당화 시킨다. 만약 자신이 사랑하는 사람이 악역에 의해 희생이라도 됐다면 주인공은 더욱이 자신의 행동을 정당화시킬 충분한 명분을 갖게 된다.

마지막 단계에서 주인공이 어떤 방식을 선택하든 그는 이제 여정에 발을 내딛은 것이다. 그의 남은 여정이 어떻게 펼쳐질지 훤히 들여다 보인다. 저항의 길로 접어든 그의 결심이 이미 자신의 운명의 결말을 분명하게 드러내고 있는 까닭이다.

8단계의 예

《길가메쉬 서사시》에서 길가메쉬는 영생불멸의 방법을 알려줄 사람을 찾아나서는 길에, 그것은 불가능하다는 경고를 받는다. 길가메쉬는 불멸의 열쇠를 가진 사람을 만나게 되고 영생불멸의 힘을 얻기 위해 잠을 극복할 수 있는지 시험을 받는다. 그러나 그는 실패하고 이제 그의 안에는 어떤 신념도 남아 있지 않다. 그는 지금의 지혜를 갖고 다시 살아갈 수 있도록 해주는 식물을 하나 받아들고 집으로 향한다. 그러나 그는 이러한 사실을 믿을 수 없어 의구심을 떨치지 못하다 결국은 식물도 잃어버리게 된다. 그는 결국 아무것도 얻지 못한 채 빈손으로 집으로 돌아온다.

〈스타워즈〉에서 루크는 죽음의 별을 폭파시키기 위한 임무를 수행하러 하늘로 날아오른다. 그는 '귀향' 때처럼만 한다면 임무를 완수할 수 있을 것이라며 스스로의 능력에 자신감을 드러내 보인다. 그러나 죽음의 별을 향한 최종 발사를 앞둔 시점에 그는 과거에 배웠던 모든 것들을 내려놓아야 한다. 그는 없었던 것이 아니라 바로 자신 안에 있었던 포스에 대해 자각한 것이다. 그는 R2-D2에게 동력을 더 강화시키라고 명한다. 이는 오비완이 늘 루크에게 올바른 길로 나아가도록 해주던 말이었다. "자, 가자 루크. 이제 포스를 사용하는 거야. 날 믿으라고." 예전의 교훈에서 얻은 성공은 루크 자신에 대한 신념을 갖게 한다.

〈스리 킹즈〉에서 아치가 다른 이들의 목표와 안위를 보다 우선에 두고, 금을 향한 집착을 단념하며 자신만의 안위를 추구하던 목표에서 벗어나기로 결심한 그때에 비로소 그의 참된 자각이 시작된다. 아치 일행은 저항군을 국경까지 이동시킨다. 그러나 자신들이 범죄를 저질렀기에 영창 신세를 지게 될 것이라는 사실을 알고 있다. 그들은 종군기자에게 저항군의 메시지를 세상에 알려달라고 요청한다.
군의 헬리콥터가 나타나자 그들은 사람들과 손을 맞잡는다. 그들은 헬리콥터가 착륙하기 전에 저항군이 국경을 넘을 수 있도록 도와주려 하지만 결국 실패한다. 아치는 주위에 있는 사람들을 쳐다본다. 그들 모두는 고개를 끄덕이며 동의의 눈빛을 주고받는다. 금괴를 내어주고 그 대가로 이 모든 사람들을 풀어 달라는 거래이다.

〈모비딕〉에서 아합 선장은 저항을 지속한다. 그는 흰 고래의 뒤를 쫓고 있다. 그들은 사흘 동안 고래와 사투를 벌이고 있지만 고래를 죽이지 못하고 있다. 주변 사람들이 하나둘 목숨을 잃어도 아합 선장은 단념하지 않는다. 예언은 점점 현실이 되어 다가오지만 그의 기세는 수그러들 기미가 보이지 않는다. 그의 분노는 이미 극에 달했다. 그는 칼로 고래를 찌르고 자신도 죽음을 향해 끌려가고 있다.

〈롱 키스 굿나잇〉에서 찰리는 스파이로서 자신의 능력을 자각했을 뿐 아니라 한 아이의 엄마로서 모성애에 눈을 뜬다. 그녀는 자신의 딸을 돌보고 탈출 계획을 도모하며 딸에게 탈출에 성공하면 강아지를 한 마리 사서 키우자는 말을 한다. 그녀와 딸은 탈출하지만 다시 딸을 구해야만 한다. 그녀는 다리 위에 쓰러져 죽어 가면서 딸에게 달아나라고 한다. 그러나 딸은 엄마의 말을 듣지 않는다. 찰리는 난생 처음 시민 라디오에 도움을 요청한다. 그녀는 자신이 혼자가 아니며 또 다른 사람들을 도와줄 책임이 있음을 깨닫는다. 그녀는 무엇이든 자기 뜻대로 조종하며 죽음의 위험마저도 감수할 수 있는 그런 일당백의 능력을 가진 사람은 아니었던 것이다. 그녀는 다른 사람들에게 관심을 갖는 법을 배웠고 그래서 자기 자신에게도 관심을 기울이게 된다.

이야기를 창조하는 캐릭터의 탄생

승리 또는 실패

> 존은 모든 사람들과 함께 정상에 오른다. 누구보다 가장 먼저 그리고 최초의 정상
> 등반이라는 목표가 자신에게 얼마나 중요한 의미를 부여했는지 이제는 모두 잊었
> 다. 그에게 그런 것들은 더 이상 의미가 없다.
> 그는 고개를 돌려 주변을 돌아보며 주위의 아름다운 풍광을 즐긴다. 이것이 바로
> 그가 받은 보상이다. 그는 저 멀리 지평선을 바라다보며 등반길에 감내한 모든 고
> 통들을 이제 발아래로 지그시 내려다본다.

승리

만약 주인공이 마지막 단계에서 자각의 길을 선택한다면 그는 이제
승리를 맛보고 보상을 받는다. 그는 이제 자신이 누구인지 그리고 왜
목표를 향해 달려가는지를 알고 있다. 그렇기에 그는 악역이 던져 주
는 그 어떤 위험에도 두려움 없이 맞설 수 있는 용기와 노하우가 생
긴 것이다.

만약 그가 벌이는 싸움이 자기 자신을 위해서가 아니라, 더 큰 무
엇을 구하기 위함이라면, 모든 사람들은 그의 편이 되어 그를 지지할
것이다. 그는 목표 달성을 위해 희생을 하고, 자신이 해야 할 일이라
면 어느 누구의 마음도 달래 준다. 그는 이제 더이상 자신의 자아에
만 관심을 두거나 자아에 통제 당하지 않는다. 그는 왕국 전체를 구
하기 위해 왕의 발 아래 머리를 조아리는 겸손함으로 승리를 위해서
는 자신의 결점도 시인할 것이다.

실패

만약 주인공이 마지막 단계에서 저항의 길을 선택한다면 그는 이제 실패를 맛보게 된다. 그는 더 큰 선을 위해 자아를 단념하거나 자신을 희생하는 일은 하지 않을 것이다. 그에게 중요한 것은 다른 사람들의 눈에 비치는 자신의 모습이다. 그는 나라를 구하기 위하여 왕의 발 아래 엎드리는 겸손한 사람으로 보여지기보다는 왕국을 통치하는 권력자로 보여지고 싶어 한다. 그의 저항은 이제 돌아올 수 없는 막다른 길로 그를 이끌고 있다. 그의 눈에 씌워진 눈가리개는 그에게 중요한 모든 진실을 가려 버리고 만다. 뿐만 아니라 주인공은 눈가리개로 인해 자신이 갖고 있는 두려움과 대면할 수 없으니, 두려움을 극복하는 일은 요원해진다. 그래서 그는 출발 지점과 비교해 볼 때 그다지 많은 성장을 하지 못했다.

이 단계가 끝나갈 즈음에 그는 어쩌면 자신이 실패했음을 깨닫고 마치 명예를 지키기 위하여 자살을 선택하는 사무라이처럼 구원을 청할 수도 있다. 그는 과거를 돌아보며 이제 자신의 과오를 깨닫지만 그러나 모든 것을 바꾸어 놓기에는 이미 너무 멀리 와버렸음을 안다. 〈모비딕〉의 아합 선장이나 아서 밀러의 작품인 〈세일즈 맨의 죽음〉에 나오는 윌리 로만을 떠올려 보라.

주인공은 어쩌면 아직도 분노의 감정에 사로잡혀 마지막 숨이 넘어갈 때까지도 자신의 죽음을 다른 사람들의 탓으로 돌리며 부인할 수도 있다. 왕과 왕국을 모티브로 한 많은 역사적인 이야기들은 이 부류에 속한다.

B급 영화의 덫에 걸려들지 않도록 주의하기 바란다. 그 영화들에

이야기를 창조하는 캐릭터의 탄생

는 일말의 가책도 없이 상대를 죽이고 싸워서 여자도 얻고 결국 모든 영광을 손에 거머쥐는 터프한 매력을 자랑하는 주인공들이 넘쳐난다. 이 이야기들은 실패한 주인공을 선택해 놓고는 그에게 잘했다고 보상을 해주는 격이다. 만약 아합 선장이 마침내 모비딕을 죽이고 살아남는다면 어떠했을지 상상해 보라. 그의 강박적인 행동을 두고 사람들은 무슨 말을 했겠는가? 이야기가 얼마나 만족스러웠겠는가? 그 사건이 이야기를 어떻게 바꾸어 놓았겠는가? 과연 이 이야기가 대작으로 남을 수 있었겠는가?

9단계의 예

《길가메쉬 서사시》에서 길가메쉬는 빈손으로 집으로 돌아온 채 자신의 친구와 가족들을 대면해야 한다. 그는 여정을 통해 자신이 했던 모든 판단들을 생각해 본다. 이제 자신이 저질렀던 실수들을 바꾸기에는 너무 늦어 버렸다.

〈스타워즈〉에서 루크는 자신을 내려놓고 자신과 주변의 병사들을 신뢰한다. 죽음의 별은 흔적도 없이 사라졌다. 그와 한 솔로, 츄바카, 그리고 드로이드의 전사들은 레아 공주로부터 메달을 수여 받고 국민들로부터는 존경을 받는다.

〈스리 킹즈〉에서 아치와 동료들은 귀국길에 오른다. 기자는 저항군들의 진상을 알리는 특종을 보도하며 아치와 동료들을 감옥에 보내선 안 된다는 내용을 방송에 내보낸다. 이후 아치와 동료들은 직업을 구해 각자의 삶으로 돌아가 일상을 이어가면서도 자신들이 옳은 일을 했다는 생각에는 변함이 없다.

〈모비딕〉에서 아합 선장은 바다에 빠져 죽고, 흰 고래 모비딕은 모든 배를 부수고 마침내 자기를 해치려했던 사람들을 모두 죽여 버리고 만다. 모비딕은 깊은 바다를 향해 헤엄을 치며 사라진다.

〈롱 키스 굿나잇〉에서 찰리는 자신과 딸을, 그리고 악당들에게 목숨을 잃을 뻔했던 모든 사람들을 구해낸다. 그녀는 대통령에게 자신은 예전 교사의 삶으로 돌아가길 원한다는 말을 하며 금고에서 빼낸 돈을 챙긴다. 마지막 장면에서 그녀는 찰리와 사만다의 머리 모양을 섞어 놓은 것 같은 모습으로 등장한다. 남자 친구와 나란히 앉아 있던 그녀는 칼을 꺼내 나무 사이로 던져 버린다. 그녀의 얼굴에 옅은 미소가 번진다.

이야기를 창조하는 캐릭터의 탄생

"이번에 번역할 책은 소설이나 영화, 드라마 등의 등장인물을 그리스신화의 신 캐릭터에 따라 분석한 스토리텔링 안내서입니다"라는 편집자의 설명과 함께 이 책을 건네받았다. 신화 얘기라면 몇 년 사이 할리우드 영화부터 어린아이들의 만화책에 이르기까지 싫증나게 들어온 터라 크게 흥미가 일지 않았고, 스토리텔링이라고 하니 그 독자층이 소설가나 드라마 작가 지망생들로 한정되거나 조금은 전문성을 띤 내용이리라 짐작되어 새 글을 접하는 설렘 대신 담담한 마음으로 번역을 시작했다.

그러나 번역을 시작한 지 얼마 지나지 않아 슬슬 발동이 걸리며 속도가 붙기 시작했다. 도입을 지나 본격적인 45가지 인물의 전형을 소개하는 장에 들어가니 인간의 유형을 분석해 놓은 심리학 책 같기도 하고 잡지책 어딘가에 실린 별자리 점을 읽는 것 같은 느낌도 들었다. '어쩜 내 성격이랑 이렇게 똑같을까?'라는 생각을 하며 한 줄

한 줄 읽어 가는 즐거움을 발견한 것이다.

 이 책은 여러 유형의 캐릭터를 전문적인 접근법이 아니라 널리 알려진 신화 속 인물을 통해 그리고 있다. 또한 각 캐릭터의 성격 역시 전형적 특성을 부각시킨 설명에만 그치지 않는다. 각각의 캐릭터가 갖는 관심사나 두려움, 동기를 부여 받는 원천은 어떠한 것인지, 그리고 다른 사람들은 그 캐릭터를 어떤 시각으로 바라보는지도 묘사하고 있다. 뿐만 아니라 캐릭터의 한계를 극복하기 위한 전략과 성장을 위해 어떤 유형의 인물과 더 잘 어울리는지도 상세히 기술되어 있다. 무엇보다 논리적으로 다가온 것은 캐릭터를 무조건 좋거나 나쁘다는 식으로 분류하지 않고, 각 캐릭터의 성격적 장·단점을 고루 파악해 그중 부정적인 측면이 어떠한 계기로 부각되면 사악한 인물이 되기도 한다는 식으로 펼쳐낸 것이다.

 책을 번역하면서 살펴보니 역자와 가장 근접한 캐릭터는 여성 가

이야기를 창조하는 캐릭터의 탄생

장 혜라였다. 자세히 살펴보니 스스로 이미 나 자신을 많이 알고 있다 생각했지만 의외로 여러 가지 새로운 특성들을 발견할 수 있게 되었다. 또한 주변 지인들의 유형도 함께 파악해 보며 그들의 특성을 좀더 이해하고 공감할 수 있게 되었다.

책의 중반부터는 설정된 캐릭터들을 등장시켜 여자나 남자를 주인공으로 어떻게 이야기를 펼쳐나갈지를 단계별로 설명하며 우리의 삶의 여정을 보여 준다. 우리는 살아가면서 크고 작은 두려움과 어려운 결정, 그리고 때로는 시련과 난관에 부딪친다. 준비된 사람에게도 시련은 올 수 있고, 슬기롭게 시련을 극복했다고 안도의 숨을 쉬는 사이 더 큰 시련의 파도가 밀려와 우리의 삶을 덮쳐 버리기도 한다. 모든 것을 상실한 죽음의 시련 앞에서 여성들은 자신보다 더 큰 힘에 의존하려 하고, 남성들은 자신의 무능을 인정하려 들질 않으며 저항한다. 그러나 저항을 하는 대신 자신과 삶에 대한 자각을 한다면 어디선가 한 줄기 빛이 비추고 감추어졌던 출구가 나타난다. 나락은 인생의 끝이 아니라 새로운 변화의 시작인 것이다. 변화에 맞서 저항하다 침몰하고 마느냐 또는 자각을 통해 승리를 얻느냐의 선택은 인생의 주인인 우리들 각자의 몫이다.

우리네 인생이 언제나 화창한 봄날과 같기만 한다면 얼마나 좋을까? 하지만 우리 삶의 여정에는 비바람도 일고 거센 눈보라도 치게 마련이니 어쩌랴. 대신 시련을 극복하는 자에게는 선물이 주어진다. 바로 자각과 성장이라는 것이다. 깨달음을 얻은 이는 주변사람들과 자신의 경험을 나누고 자신의 상처를 치유할 뿐 아니라 다른 이들의 상처를 보듬고 삶을 지지해 줄 힘을 얻는다. 지극히 평범한 교훈이지만 가벼이 여겨지지만은 않는 것은 실제 우리의 삶도 크고 작은 시련의 연속이며, 그 여정도 녹록치 않음을 알고 있기 때문이다.

이 책을 읽는 독자들이 여러 인간 유형의 성격적 특성을 통해 자

이야기를 창조하는 캐릭터의 탄생

신을 보다 잘 이해하고 주변 사람들과의 공감대를 넓히며, 삶의 여정에서 마주하는 아픈 상처나 역경도 분연히 딛고 일어설 힘을 얻을 수 있으면 좋겠다. 더 나은 세상을 만들기 위해서 글을 쓴다고 했던 어느 작가의 말이 떠오른다. 삶의 깊이와 감동을 전해줄 수 있는 그런 인물들을 그리는 작품들을 많이 만나 봤으면 하는 바람을 담아보며 이제 이 책을 손에서 놓을까 한다.

남길영